本书得到河南大学文学院重点学科经费出版资助

BEIER HUKESI
HEIRENNVXINGZHUYI WENXUE
PIPING YANJIU

# 贝尔·胡克斯
# 黑人女性主义
# 文学批评研究

赵思奇 著

中国社会科学出版社

图书在版编目(CIP)数据

贝尔·胡克斯黑人女性主义文学批评研究/赵思奇著.—北京：中国社会科学出版社，2014.9
　ISBN 978 - 7 - 5161 - 4299 - 8

　Ⅰ.①贝…　Ⅱ.①赵…　Ⅲ.①美国黑人—妇女文学—文学评论
Ⅳ.①I712.06

　中国版本图书馆 CIP 数据核字(2014)第 106503 号

| | | |
|---|---|---|
| 出 版 人 | 赵剑英 | |
| 责任编辑 | 罗　莉 | |
| 责任校对 | 刘　娟 | |
| 责任印制 | 李　建 | |

| | | |
|---|---|---|
| 出　　版 | 中国社会科学出版社 | |
| 社　　址 | 北京鼓楼西大街甲 158 号（邮编 100720） | |
| 网　　址 | http://www.csspw.cn | |
| | 中文域名:中国社科网　　010 - 64070619 | |
| 发 行 部 | 010 - 84083685 | |
| 门 市 部 | 010 - 84029450 | |
| 经　　销 | 新华书店及其他书店 | |

| | | |
|---|---|---|
| 印　　刷 | 北京市大兴区新魏印刷厂 | |
| 装　　订 | 廊坊市广阳区广增装订厂 | |
| 版　　次 | 2014 年 9 月第 1 版 | |
| 印　　次 | 2014 年 9 月第 1 次印刷 | |

| | | |
|---|---|---|
| 开　　本 | 710×1000　1/16 | |
| 印　　张 | 14.5 | |
| 插　　页 | 2 | |
| 字　　数 | 207 千字 | |
| 定　　价 | 45.00 元 | |

凡购买中国社会科学出版社图书,如有质量问题请与本社联系调换
电话:010 - 64009791

# 目　录

# 序

自 20 世纪 60 年代末期以来，女性主义文学批评在欧美学界异军突起，给当代文学批评带来了一股新鲜强劲的思想潮流。至今这股潮流仍然汹涌不绝，不仅搅动着西方各国，而且波及中土，给中国文学批评界和思想文化领域以不少影响。这种影响首先体现于西方女性主义文学批评代表人物及其著述在中国学界的广泛译介和传播，以及大量研究性论著的发表和出版。仅我所在的山东大学文艺美学研究中心，近年来先后有 6 篇博士论文探讨中外女性主义文学问题，直接研究西方女性主义文学批评的就有 4 篇。由点窥面，可知女性主义文学批评研究也已成为中国学界一个不可小觑的热点。呈现于读者面前的这部著作，由赵思奇的博士论文修改而成，为上述 4 篇博士学位论文之一。

女性主义文学批评是西方于 19 世纪后半叶兴起的妇女解放运动深入到文化、文学领域之后的思想呈现，与 20 世纪 60 年代后出现的第二次女权运动相伴随。在其发展演进过程中，形成了英美和法国各有其不同代表人物和理论特色的两大批评派别。在英美一派中，黑人女性主义文学批评构成一支不可忽视的力量。她们在传统女性主义文学批评所倚重的性别视角之外又引进种族视角，把"承认黑人妇女创作中性政治与种族政治和黑人妇女本身的存在是不可分离的"（芭芭拉·史密斯语）作为最基本的理论出发点，丰富和拓展了女性主义文学批评的理论蕴含。而在美国黑人女性主义文学批评中，贝尔·胡克斯又是一个极为显赫的人物。她是美国当代著名的黑人女性主义批评家、文化批评家、教育家、作家、诗人，也是当今美国最重要的黑人公共知识分子、西方后殖民批评的重要代表人物。她不仅著述丰厚，而且思想具有挑战性，其不少著述都被西方专业人士评价为是"有洞察力、智识高超、引起思考"的成果。因此，将贝尔·胡克斯的女性主义思想作为研究对象，显然极有意义，这不仅有助于学界更好地了解和把握西方女性主义文学批评的发展现状和理论全貌，而且对于研究者磨砺自己的思想锋芒、锻炼自己的致思能力也大有裨益。须知，不敢与学术高手思想大家进行交流甚至过招的研究者终究是不会有什么大出息的。

在赵思奇的研究之前，国内已有一些贝尔·胡克斯论著的翻译和介绍，对其女性主义思想也有不少涉及或者专门研究的论著和博、硕士论文。然而，总体来看，与其丰厚多量的著述相比，译介还远远不够，研究也欠缺全面系统之作，这自然增加了进一步研究的难度。好在硕士论文写作时，赵思奇就选择了女性主义批评方面的题目，有一定的学术积累作基础。读博期间她继续将研究触角探向女性主义文学批评，选定毕业论文题目后，便心无旁骛地投入论文写作之中，遇到困难也不退缩，表现出了敢于攻关的学术勇气和良好意志品质。记得她的博士论文在匿名外审和答辩时均得到专家们的好评，应该说是较好地完成了预定的研究任务，收获了一颗属于自己的甜美果实，为三年博士求学生涯画上了一个圆满的句号。

就论文本身的写作而言，赵思奇的研究至少有这样几个值得肯定的方面：一是大量地引用了没有译介过来的第一手英语文献，比以往的一些研究增加了新的材料，相应地也就将其研究置于更为扎实、可靠的基础之上，显示出严谨踏实的学术作风，与某些浮躁虚空的研究形成了较为鲜明的对比。二是紧紧围绕贝尔·胡克斯作为一位积极参与社会活动的黑人知识分子的政治诉求，从黑人女性写作、黑人女性文学传统、黑人女性形象批评、"姐妹情谊"观以及黑人两性关系五个方面，较为全面和系统地分析阐发了其文学批评观念，彰显出一位集种族、性别和阶级三位于一体的女性主义批评家的思想风貌。三是将贝尔·胡克斯的女性主义批评思想置于西方历史文化，特别是女性主义文学批评的具体背景和脉络之中，对其相关文学思想的建构语境与建构策略做了贴近语境和对象的梳理与辨析，揭示出胡克斯在西方女性主义批评尤其是在黑人女性主义批评发展中的独特理论贡献，同时对其将主流话语和非主流话语、标准英语和美国黑人口语交织融合在一起，力图打破学术话语和大众话语疆界的对话体批评方法给予充分关注和高度评价。四是基于实事求是的学术原则和立足本位的学术立场，对贝尔·胡克斯女权主义文学批评的特色、启示和局限做了清晰明确的总结和评判，有助于读者更好地理解和把握胡克斯的学术与思想，也为后续的研究勾勒提示出了学术对话与争鸣的理论节点和疑难性问题。对以上几点，相信用心的读者能有真切的体验。

以往，我始终认为自民国以后特别是新中国成立以来，中国的女性在选举、教育、就业等各个领域的公民权利均已获得法律保障，因此中国不存在形成女权运动和女权主义的社会基础，进而也对西方女权主义思潮和女性主义文学批评在中国的传播究竟具有多大社会意义和学术价值心存怀疑。近期内重新翻阅赵思奇的这篇论文以及受老家族人之托为续修的《齐郡谭氏族谱》作序，使我的上述观念有所改变。在搜检浏览各种族谱时，我发现无论古代还是当代的族谱都是以男性传人记录家族世系的，家族的女性无论社会贡献和名声有多大，都只附记在男性配偶之下而且不能作为一个家族的独立分支出现在谱系列表单元中。这不正体现着男尊女卑的传统男权思想和文化意识对女性的遮蔽吗？思想和文化是积淀在民族精神的内在机理和深处的东西，数千年来统治两性关系的男权思想的确不见得会在百多年的历史变迁中就轻易被驱除殆尽。父亲对家庭的绝对统治曾对贝尔·胡克斯女性意识的生发和女性生存命运的思考产生过重要催化作用，其实在今天的中国，类似于贝尔·胡克斯那样的家庭人际关系和生存体验也具有相当的普遍性，更不用说女性在受教育、就业中遇到的那些实际困难了。所以，仅仅从族谱这样一种历史书写形式和人们的实际生存状况来看，应该承认男权至上的幽灵依然游荡在我们的社会生活和文化意识里，女性的彻底解放依然是一种借以击打现实，促进两性关系和谐建构的理想愿望。

而这，恐怕也就是女性权利、女性主义以及女性主义文学批评依然值得我们加以关注、加以研究的现实语境吧。换言之，女性主义文学批评在中国一样有其现实基础和发展空间。甚愿赵思奇能以此作为基础，在女性主义文学批评研究中继续努力，以思想智慧和学术汗水营构出一片属于自己的理论高地和女性花园！

是为序。

谭好哲

2014 年 4 月 8 日于济南千佛山下住所

# 绪　论

## 一　选题意义

就黑人女性主义批评的发展历史而言，黑人女性主义批评家芭芭拉·史密斯最先把种族的因素引入到女性主义议题中，为当代美国黑人女性主义文学批评的诞生"铲了第一锹土"，贝尔·胡克斯则进一步强调了种族与阶级因素的重要性，并认为性别、种族和阶级三者是连锁本质，共同决定女性的命运，她所提出的文学传统问题、主体性问题、表述问题以及姐妹情谊等问题，从某种程度上也体现了美国黑人女性主义批评最为关注的一系列核心问题。活跃于当今美国学院和公众话语两个领域的胡克斯，其国际政治影响力不断提升，她被美国最有影响的知识分子杂志之一《大西洋月刊》评为"我们国家的主要公共知识分子之一"[①]；2001年出版的《二十世纪美国文化理论家》把她列为35位20世纪改变了美国思想的知识分子之一[②]；在巴特·穆尔–吉尔伯特等编纂的影响深远的《后殖民批评》一书中，将贝尔·胡克斯与赛义德、斯皮瓦克、霍米·巴巴等十二人一起列入"西方后殖民批评重要作者"简介的名单之内，并肯定了她作为一个文化批评家不断上升的地位。在导言（中文版）中，作者说道："如果，后殖民批评和女性主义的相互交织

---

①　贝尔·胡克斯：《激情的政治》，沈睿译，金城出版社2008年版，第125页。

②　Paul Hansom, *Twentieth-century American Cultural Theorists*, Detroit：Gale Group, 2001，pp. 219 – 229.

为人身、为语言、为理论与实践的关系带来了一些新的观念，乃至为个人与政治之间的复杂关系带来了一些新的观念，那么，蓓尔·赫珂丝在此恰是一个典范人物，因为她横跨了后殖民研究中的那些竞相争胜的地带。赫珂丝之所以重要乃是因为她所提出的发言者身份的真然性问题、表达问题以及自我的地位问题都是后殖民理论中的核心问题。"①

哈佛教授、当代美国黑人男性知识分子科奈尔·维斯特则这样评价胡克斯："贝尔·胡克斯对知识分子生活、美国文人和黑人思想的独特的贡献，在于她创造了一大批具有挑战性的作品，这些作品表达了单独一个人的既对自己坦白直率，也向我们这个世界里的各种非人的力量挑战的斗争。"② 2003 年出版的《不被束缚的声音：12 位美国女性知识分子》一书把胡克斯列入 200 年来美国女性公共知识分子行列，并这样评价她："毫不奇怪，贝尔·胡克斯把自己看成是一个知识分子，而不是一个学院教授。"如特里·伊格尔顿在他的《理论的重要性》和爱德华·萨义德在《知识分子的再现》说的一样，胡克斯也把知识分子看成是"'创造性的思考者，在思想领域中的探索者，能把自己推到思想领域的极限边缘，超越极限和边缘'，就在这样的地带，知识分子对传统和教条提出挑战性的问题"。③ 中国的一些重要的后殖民主义理论选本，如罗钢、刘象愚主编的《后殖民主义文化理论》（中国社会科学出版社 1999年版）等，也将胡克斯的黑人女性主义批评著作纳入其中。贝尔·胡克斯的著作获得过很多文学奖励和表扬，也被很多批评家援引为评论对象，其中，《渴望：种族，性别与文化政策》（*Yearning：Race，Gender，and Cultural Politics*）获得美国图书奖（1991）；《我

---

① 蓓尔·赫珂丝：《革命的黑人女性：自己争取成为主体》，毛荣运译，杨乃乔校，见巴特·穆尔－吉尔伯特等编《后殖民批评》，杨乃乔等译，北京大学出版社 2001 年版，第 98 页。

② 贝尔·胡克斯：《激情的政治》，沈睿译，金城出版社 2008 年版，第 142 页。

③ Lucindy A. Willis, *Voices Unbound：The Lives and Works of Twelve Women Intellectuals*, SR Books, 2002, p.176.

不是一个女人吗：黑人女性与女权主义》（*Ain't I a Woman：Black Woman and Feminism*）被 1992 年的《出版家周评》评为"上 20 年对美国最富有影响的女性写的 20 本书之一"；她的文化评论《不可接受的文化：抵抗再现》（1994）、《我心中的艺术：视觉的政治》（1995）以及《胶片与真实：电影中的种族、性别和阶级》（1996），都被专业人士评论为是"有洞察力、智识高超、引起思考"的著作①；她的《激情的政治》被评论者杰西卡·泼兹尼克认为"这本书虽然短，但是非常有力量。它探讨了当代女性主义运动面临的最有关的问题……这本书用简单的语言表述了复杂的议题，使这些议题对那些对女权主义作为学科而一无所知的人更可理解了"。② 另一个评论者戴维·阿兰·萨普则认为该书"在短短的一百多页里，其思想含量十分丰富，是给每个朋友的好礼物"。③ 尤其在黑人女性主义文学批评方面，贝尔·胡克斯的影响力不容忽视。黑人女性写作经历了漫长的摸索和历史积淀期。从历史上三次女权主义运动可以看出，主流女性主义无论在文化领域还是政治领域都占据着领导地位，黑人女性一直处于被边缘化的状态，事实上，面对西方话语的霸权，很多黑人男性学者也一直处于失语和本土话语建构的矛盾中。针对这种现状，很多黑人男性学者要么据守着"非洲中心主义策略"，试图用专属非洲的文化和文学批评对主流批评取而代之，要么直接借用主流批评话语，但不论采取哪种策略，都不能将黑人本土文化和主流批评融合在一起，前者有闭门造车之嫌，无形中禁锢了黑人文学的传播范围和生命力，且存在陷入本质主义的可能性，后者则抹杀了黑人本土特色，完全的借用外来话语，强化了本土话语的边缘化。在这个问题上，黑人女性知识分

① James Winchester, *The Journal of Aesthetics and Art Criticism*, Vol. 57. No. 3 (Summer, 1999). pp. 388 – 391.

② Jessica Poznik, "Reactions to Hooks' Feminism is for Everybody", http://www.gwu.edu/~medusa/2001/hooks1.html.

③ David Alan Sapp, "Everything we do in life is rooted in theory", http://reconstruction.eserver.org/BReviews/reFeminism.htm.

子采取了不同的策略，她们大多倾向于与主流批评对话的言说方式，一方面源于非洲文化的口述传统，采取"应—答"的方式，将说者和听者都置放于重要的地位，同时激发二者的作用；另一方面，也和非洲传统哲学思想中的精髓"和谐"因素相关，即世界方方面面的对立面基于相互作用基础上的和谐共存。黑人女学者盖尔·琼斯就明确表示过对注重听者角色的对话形式感兴趣，佐拉·尼尔·赫斯顿更是熟练地将对话体应用于小说创作中。作为黑人女性主义批评家，胡克斯别出心裁，她立足于非洲文化传统，创造性地改造了西方统治制度的支柱性思想，即非此即彼的二元对立思想，将对话性应用于批评话语建构之中，提出了"对话体批评"。在胡克斯看来，黑人女性有着多重身份，相对于白人而言，她是黑色，相对于男性，她又是女人，这种多重边缘身份模塑了黑人女性的独特经历，构成了对话体诗学的现实生成语境，使得用一种多样化的语言和表述形式去修正普适化的主流话语成为可能，在此前提下，胡克斯将主流话语和非主流话语、标准英语和美国黑人口语交织融合在一起，既体现黑人特色，又使批评具有现实生存的可行性，并且具有越界向中心发展的可能性，弥补了历史上黑人批评的局限。

写作的政治性一直是女性主义者们孜孜以求的目标，不仅出于女权主义运动的需要，也与文化领域中性别角色的变革息息相关，缺乏了政治性诉求，女性主义就流失了其精髓和支柱。主流女性主义者们将政治性完备地体现在性别革命中，她们或通过写作，或通过社会活动彰显性别的政治要义。如凯特·米丽特的《性政治》通过对包括 D. H. 劳伦斯、亨利·米勒等在内的几位男性作家作品的分析，揭示出他们意识中的菲勒斯根基，在对劳伦斯的小说《查太莱夫人的情人》进行评论时，米丽特指出劳伦斯实际上是男性性意识的狂热鼓吹者，将男性性能力捧至无以复加的地步，而作品中查太莱夫人，则完全臣服于男性的神秘力量。波伏瓦在《第二性》中也对男性作家作品中的性别主义烙印进行了揭露，但作为白人知识分子，她们基本将目力都锁定在性别角色的建构上，执著于性别势力分配和女性言说权力的占有，忽略了种族背景和阶级要素。在这个问题上，作为黑人女性的胡克斯，源于自身深切的边缘化体验，更多地将目光锁定在种族要素方面，揭示出白人艺术家如莱尼·里芬斯塔尔的电影和摄影作品中隐藏的种族主义和霸权策略，以及身处白人世界中的黑人艺术家，在吸取黑人传统艺术精髓和仿效白人艺术风格的双重矛盾中被殖民化的艺术取向，如吉恩·米切尔·巴斯奎特的涂鸦。胡克斯尤其对利用女性主义标签作为标榜自身砝码的所谓"女性主义者"如麦当娜给予了透彻的批判，揭露出她激进形象背后遮掩的与父权统治共谋的政治本质。事实上，胡克斯基于多年的实践发现，在黑人女性主义聚会和黑人女性主义团体中，存在着利用口号和团体力量为自己谋权力的现象，这种求一己之利，无意于整个女性主义事业发展的情况，尤其在同一个团体中，黑人女性或因为利益分配不均，或因为划分不同派别，造成彼此之间相互诋毁的现象，引起了胡克斯的极大关注。在这个问题上，白人女性主义批评家也持有相似的保留态度，力图清晰女性主义的政治内涵，明确女性主义的现实目的，如弗吉尼亚·伍尔夫，她在小说《出航》中描绘了一个"女权主义者"伊芙琳·马格特洛伊德的漫画形像：她高谈阔论，风头甚健，虽然标榜要为女性争取与男性平等的权利，却以帝国的男性统治者和政客为楷模，为己谋利，其思想实质上并没有摆脱男权体制的控制和男权意识形态的窠臼。事实上，胡克斯指出的黑人女性主义运动内部的这种不足，也是很多黑人女性前辈所忽略的，所以这是一种崭新的姿态：当女性意识到应当摆脱男性价值观念体系对自己思想的束缚，跳出男权思维的窠臼时，女性主义才能进入一个全新的阶段。从这个意义上说，胡克斯将黑人女性主义批评引入一个新的发展空间。

谈到黑人女性写作，必然离不开对文学传统的关注，胡克斯一直将建立黑人女性文学传统作为重要的工程，她认为，只有明确了传统，黑人女作家才能从中汲取营养和支持，所以她致力于填补传统里程碑中的空白。应该说，建构传统是女性主义批评家们一致的意识自觉，不只是胡克斯，白人女性主义者们也大都致力于此项工作，从英国维多利亚时期的女性主义批评家弗吉尼亚·伍尔夫起，此后的英美白人女性主义者们就从未放弃过这方面的努力，她们基本延续伍尔夫的思路：挖掘被埋没的女作家和作品；对很多被曲解和被贬低的作品给予重新解释和评价。但具体到个体的批评家，又各有侧重，伊莱恩·肖瓦尔特从女性创作的历史、主题、类型和结构的相似性中寻求认同感，指出，女性基于共同的诸如青春期、行经、性心理的萌动等生理体验和作为女儿、妻子和母亲的社会角色的独特心理体验，将她们紧紧结合在一起，形成一种非自觉的文化上的联系，这种联系既可以让女作家们相互理解，也可以让女作家和女读者之间形成认同，而传统也正建基于此；爱伦·莫尔斯从史的角度将女作家群体写作的过程予以综述，彰显她们创作中反复出现的主题、意象和写作风格，以此证明女作家创作的显在性，是主流文学之下或与之并行的一股汹涌澎湃的潜流；吉尔伯特和古芭突破了史述的研究思路，改用现代批评理论和方法来阐释女性文学传统存在和延续的内在本质原因。她们认为，女作家不同于男作家，男作家为挑战"诗的传统"这一父亲形象，渴望打一场文学上的俄狄浦斯之战，而女作家首要面临的是"作者身份焦虑"，找到女前辈才是她们的当务之急。那么，对于 19 世纪女作家如何突破"作者身份焦虑"这个问题，她们偏执地认为，女作家们用表面上与父权制文本建立同一关系，实则篡改其性质和意义的方法实施反叛。正是建基于这种共通的策略，19 世纪的女作家们构筑了统一的阵线。

综观上述观点，她们基本都将目光锁定在白人女作家群体，而且大都是历史上比较"著名的"白人女作家，关注她们的文学创作，关注作为白人女性的共同性和联系点，对于有色人种女性的作品则基本是漠视的。所以，她们的传统建构必然不完整，出现"艾略特崖、勃朗特岭"这样一种时断时续的现象，尽管如此，她们的研究思路对作为黑人的胡克斯仍然大有启发，胡克斯将伍尔夫视为指路人，对于伍尔夫的著作《一间自己的屋子》中鼓励沉默的女性写各种各样的书大加赞赏，并吸取了伍尔夫梳理女作家创作历史的史述观念，从黑人女性的写作历史入手，探寻架构黑人女性文学传统的建构点，将托尼·凯德·班芭拉、安·佩特里、汉斯伯里等众多黑人女作家都并入传统之中，并彰显她们在黑人女性创作历史中承前继后的地位和影响，凸显黑人女性传统的显在。可以说，在这个问题上，胡克斯承继了英美白人女性主义批评的方法论原则，但同时又另辟蹊径，再造了另一个属于黑人女性的"传统"，弥补了主流批评的缺陷。事实上，从艾丽丝·沃克寻找佐拉·尼尔·赫斯顿开始，就已经拉开了建构黑人女性传统的序幕，但胡克斯的传统再造，不仅仅限于创作，而将目光扩大到宏阔的文化领域内，相对于主流女性批评和先于她的黑人女性批评而言，也是一种突破。当然，先于胡克斯的黑人女前辈中，也有批评家将眼界扩展到黑人艺术中寻求认同感，如沃克，她将种花养草、缝纫、歌唱、养孩子等日常生活琐事都纳入黑人妇女的艺术表现方式中，胡克斯对此又进一步加以补充，将爵士乐、富于黑人特色卷发以及专属于劳工阶级居住的小屋甚至黑人的肤色都纳入到了传统之中，从表现形式上丰富了黑人女性传统的多样性。

胡克斯尤其对白人及黑人男性文学歪曲黑人女性形象的创作进行了彻底的批判，并在此基础上提出如何在克服陈旧形象的基础上更新形象。她主要强调了黑人妇女包括妓女型、保姆型以及女家长型的刻板形象，在她看来，这些形象的产生，既有历史的因素，更多地在于主流文化的刻意歪曲及黑人男性的附和，使得这些形象生存的土壤一直存在，建构着主流世界对黑人女性的认知，其后果，不仅打击了黑人女性的自我评价和自信，也使得黑人妇女的生命和劳动贬值，甚至给人身安全带来威胁。因此，揭示客体化的黑人女性轮廓，不仅可以还原历史及现实中黑人女性的真实面目，还可以明晰种族、性别和阶级连锁压迫系统运作的机制。在女性形象批评方面，白人女性主义批评家针对西方文学史上白人男性作家笔下的诸多消极女性形象也进行过批判的努力，揭示隐含于其中的男权传统文化创造的实质，观乎之，不外乎泼妇型、天使型、妓女型等几种类别，虽然均针对白人女性，事实上批评也具有普遍性。以泼妇型为例，不论古希腊悲剧家埃斯库罗斯的悲剧《俄瑞斯特亚》中塑造的克鲁泰墨丝特拉这个女性形象，还是欧里庇德斯的悲剧《美狄亚》中塑造的美狄亚这个杀子叛国的悍妇形象，抑或是莎士比亚笔下的麦克白夫人、高纳里尔和里根等，她们均出自男性之手，以塑造泼妇形象闻名的女性作家数量少之又少，就算女作家塑造出具有执拗顽强个性的女性，也有明确的自我追求，敢于大胆反抗男权压迫，表现了女作家对女性自我追求的充分理解。

针对男作家塑造的刻板女性形象，白人女性主义批评者们主要从性别视角出发，以揭示女性的真实存在、彰显女性自己的声音为己任，但她们关注的是属于她们群体的女性，而不是沉默的黑人女性群。黑人女性的消极形象成为胡克斯关注的重点，黑人女性主义批评家柯林斯也曾著文剖析黑人妇女消极形象产生的背景及背后隐藏的种族主义内涵，但她基本上集中于小说创作领域，对于更宏大的文化领域则疏于分析。在这个问题上，胡克斯将批判的重点集中于影视中黑人女性形象这一大多黑人学者或忽视或不敢涉足的领域，这当然与她文化批评家的身份相关，也与她实事求是的学术勇气密不可分，她的研究很前沿，将20世纪末的流行电影如《保镖》和《哭泣游戏》及黑女摇滚巨星都纳入批判的范围，通过揭示影视所模塑的黑人女性命运及与白人、黑人男性的欲望关系，展现黑人女性在大众文化中被言说的位置和形象，可以说，胡克斯不仅为位居边缘的黑人女性发声，关键是还扩大了发声的影响和范围。

倡导姐妹情谊是女性主义批评的理想之一，胡克斯又一次提出了这个概念，指出黑人女性在与男性尤其黑人男性存在矛盾基础上的姐妹关系建构并非一帆风顺，与白人女性之间的错综关系，包括黑人女性相互之间的竞争，都使得姐妹关系的健康发展困难重重。在这个问题上，白人女性主义者也有论述，如肖瓦尔特，她将女作家之间及女作家与女读者之间的团结视为姐妹情谊的表现，虽局限于写作领域，对女性主义在政治领域的延伸不无启发，其后这个问题被主流女性主义者们反复提及，并在女权运动中被呼吁，强调不同阶级和群体的妇女们团结起来，增强女性的力量。但事实是，一些白人妇女俱乐部，为扩大影响力，寻求更多的支持，宁可将部分在民权运动中有影响的黑人男性吸纳其中，也不放宽加诸黑人妇女的苛刻条件，不仅在一些女性主义团体中严格限制接纳黑人女性的条件，在社会生活的各个方面如工厂、作坊等机构中也排斥黑人女性。黑人女性发现，她们不仅在本族群内受压制，在同为女性争取权力的机构内也失语，她们的发言不被重视，甚至不被白人女性同盟们给予发言的机会。同时为了形成表面上的坚固同盟，白人女性主义者们呼吁各族群女性将"共同压迫"作为首要解放目标，以此压制群体内不同的需求和呼声。

胡克斯基于实际观察指出"共同压迫"口号的现实可行性与不足之处，她认为，从广义上而言，女性主义是为了结束性别歧视和性别压迫，正是这种歧视和压迫的存在使不同群体女性之间存在联合的可行性，但"共同压迫"并不能遮掩差异，解决"共同压迫"有不同的途径，也有不同的要求，这是不能一概而论的，就是在黑人女性群体内，也是一样。事实上，并不只有胡克斯对这个问题有关注，很多黑人女作家如莫里森等对此问题都有所意识，但与胡克斯的亲历不同，她们一般参考了相关的资料记载，将问题表露于小说创作领域，与事件本身大多是疏离的。从这个意义上说，实践性正是胡克斯批评的生命力之所在。作为一位激进的女性主义活动家，胡克斯深刻认识到了开展女性主义运动的重要性，这是她理论实用性的突出表现。早在 1982 年，米切尔·华莱士就注意到，"尽管黑人女性主义者的人数众多并且为领导妇女运动做出了很大的贡献，但还没有出现黑人妇女的运动，而且一定时间内也不会出现"。[①] 鉴于此，胡克斯热切呼吁开展黑人女性主义运动："许多黑人民众不知道女性主义这个词意味着什么，他们只把它想象为是白人妇女的愿望，她们想与白人男性平等分享权利。实际上，女性主义是一个运动，旨在结束性别歧视主义和性别主义的压迫……旨在

---

① Jacqueline Jones, *Labor of Love, Labor of Sorrow：Black women, Work and the Family from Slavery to the Present*, New York：Vintage Books, 1986, p.320.

满足黑人女性、男性和儿童所需要的女性主义运动，能加强我们之间的联系，加强我们的社区感，进一步解放妇女。对创造出这样一种运动，我们不必恐惧。"①

胡克斯关注的领域很广泛，除了黑人女性文学批评外，女性的教育、为人父母的方式及暴力等与女性实际生活关系密切的问题也都是胡克斯深入研究的重要课题，并在这些问题上提出了她自己独特的见解。可以说，在某种程度上她转变了西方主流女性主义的议题，从种族、性别和阶级三者联合的角度入手研究黑人女性的现状，消除了性别一隅的偏颇，为女性主义研究提供了一个崭新的视角，也在某种程度上校正了主流女性主义的偏颇和失误之处。尤其从 20 世纪 60 年代开始，由于社会、文化等各方面的因素，社会上的大多数人和学院中的大多数学生以及教师，习惯于对女性的文化贬低，他们通过嘲笑女性研究，或对女性研究视而不见挑战女性研究。有人认为女性研究是浪费时间，还有人觉得女性研究的题目太政治化，或者太具有革命性，让人无法接受。到了 80 年代，新的挑战继续出现，社会普遍认为，女性研究作为一个时髦的潮流，热潮已经过去，行将步入死胡同，90 年代后，这些论点在大众传播媒体的影响下愈演愈烈，形成了女性主义研究的"回潮"（backlash）现象，虽然这种现象主要在社会上发生，在学院里的女性研究一直在蓬勃发展，并未受到大的打击，但也产生了一些回音。社会上对女性主义研究的"回潮"反应，表达了社会主流对巨大的社会变化的不安，特别是两性关系的变化，女性地位的提升，对成长在传统价值社会中的男女而言，有很大的直接的个人利益冲突。

并不是每位女性都对自己地位的变化表示欣喜，那些接受了传统价值观念的女性，对变化的恐惧使得她们抵制女性主义。对男性而言，女性研究挑战了他们生存的条件，面对两性关系的巨大变革，他们失去了很多过去认为理所当然的特权，这对每一个男性都

---

① Bell Hooks, "Feminist-It's a Black Thang", *Essence*, Jul, 92, Vol. 23, Issue3, pp. 124, 1, 1bw.

是挑战，在攻击女性主义理论中，很多男性都是从自己特权的岌岌可危的恐惧出发。同时，"回潮"发生的媒体效应在社会上对女性主义理论及女性研究产生了很大的负面影响，一般没有经过任何女性研究学术训练或女性主义理论学习的人，很容易被媒体的宣传操纵，于是社会上女性主义的"恶魔化"开始出现，喜欢制造轰动效应的传媒对女性写的攻击或批判女性主义理论的著作格外感兴趣，一些女性，出于不同的目的，也适应了这种潮流，主要包括卡米丽·佩格利亚（Camille Paglia）、克里斯蒂娜·霍夫·索莫斯（Christina Hoff Sommers）、达芬妮·帕泰（Daphne Patai）、凯伦·李也曼（Karen Lehrman）等，她们通过女人批判女人的方式为自己的出书制造舆论效应，而她们的书又加强了女性主义陷入危机的社会效应。胡克斯对于"回潮"现象是理性的，她认为"回潮"有其赖以存在的社会环境土壤，但不足以对女性主义造成实质性的改变，无论是女性主义运动还是学院研究，仍然有其继续发展的空间和前景，所以，当今时代研究胡克斯的女性主义批评，对于坚定女性主义道路和信心，具有更加重要的现实意义。

就女性主义研究的本土化而言，胡克斯的黑人女性主义批评，对中国当代的女作家和女性写作不无启发意义，中国当代女性书写步履维艰，对一些敏感问题如身体写作、两性关系等的探索困难重重，这一方面与中国缺乏女性研究的历史契机不无关系，自新中国成立后，女性也步入了"翻身解放"的行列，在女性能顶半边天的意识形态宣传下，女性们"不爱红妆爱武装"，穿着和男性一样的衣服，做着和男人一样的工作，尤其在"文化大革命"中，出现在公众视野中的女性形象，都与国家宣传策略紧密相关：女劳模、女士兵、革命的母亲、追随父亲革命脚步的女儿，等等。各种文化宣传部门和动员组织也利用一切可能的机会，向妇女们反复传达男女平等的观念，就如同中共中央华东局1950年所发的关于土改准备时期妇女工作的指示中所说的："只有发动妇女群众积极参加土地改革，使妇女同样分得一份土地和生产资料，并领导妇女积极参加劳动生产工作，才能使妇女与男子同样获得平等的经济权利，才能解除千百年来封建制度所给予中国妇女的压迫和束缚，才能使中国广大劳动妇女获得真正的解放。"① 于是，"平等""解放"这样一种全新的观念使妇女们有了扬眉吐气之感，在她们看来，参加社会劳动虽增加了她们的负担，但社会参与使她们有一种精神上的荣誉感，这样的一种社会环境，使得绝大多数人认为，中国从历史上就不具备产生妇女运动的气氛，也不具有像西方那样呼吁妇女平等和解放的土壤。

然而拥有性别意识的女作家和女性批评家们基于自身的感受，敏锐地察觉到作为女人的心理和情感需求：她们并非是"无性"且"无语"的沉默者，她们有不做男性附庸的独立精神，有追求自身价值的强烈渴求，同时也有彰显异于男性性别意识的需求。虽然女作家和批评家们不愿被标榜上女性主义的头衔，但在她们的意识形态中，却有着强烈的性别观念。当然，她们的追求会遇到很多障碍，坚固的文化体制使得中国女性研究缺少参与现实事件的原动力。拥有强烈自省精神和济世意识的女作家，虽然希冀通过书写对女性甚至人类的启蒙，却与学术界之外沉默的女性群体有着无法逾越的隔阂，在写作中构筑女性的乌托邦时，思想的矛盾和困惑无从寻求解决之途……在这种情况下，研究胡克斯的黑人女性主义批评对本土化的女性写作就具有一定的现实意义，虽然胡克斯的关注点集中在黑人社群，但所关注的女性写作和女性问题的相似性以及解决问题的瓶颈和策略，对同为第三世界的中国女性和处于低迷的中国女性写作大有可资借鉴之处。

尽管作为当代美国黑人知识分子重要代表的胡克斯，不论其个人的影响力，还是在女性主义批评方面的建树，影响都很大，但事实上对她的理论化、系统化研究在中国可以说尚处于空白。从 20世纪 80 年代末起，胡克斯几乎每年都出版新书，但迄今为止，国内对她著作的介绍和引进还都很有限，她的著作中仅有两本被翻译

---

① 《中共中央华东局关于在土地改革准备时期加强妇女工作的指示》，载《新中国妇女》1950 年第 14 期。

成中文。就中国对美国黑人文学总体的译介和研究来说，并不稀缺，20世纪80年代，随着改革开放的全面发展，带来了文化领域的复兴，中国文艺界出现了"西学热"，文化领域开放地吸纳各种世界文化资源，黑人女性文学被作为具有现代性的事物引入中国。20世纪80年代初到80年代末，对黑人女性文学的介绍重点表现在对黑人女作家和作品的概述方面，介绍某位作家的生平和创作、作品的思想内容和艺术特色等，如1981年《读书》第11期，发表了董鼎山撰写的《美国黑人作家的出版近况》一文，作者用了100字左右介绍莫里森，迈出了中国对美国黑人女作家介绍的第一步。翻译部分作家的访谈录是另一种介绍的方式，主要有王逢振在《读书》1983年第10期发表的《访艾丽丝·沃克》、黄源深在《外国文学报道》1984年第3期发表的《艾·沃克谈美国黑人文学》以及余正译在《外国文学报道》1984年第3期发表的《托尼·莫里森采访录》。

1993年莫里森获得诺贝尔文学奖，另一位黑人女作家玛雅·安吉萝被邀请在克林顿总统的就职典礼上朗诵诗歌，这两件事标志着黑人女性文学被提到了一个新的高度。于是从20世纪90年代初至1993年，国内就黑人女性文学的单篇作品研究也进入一个高潮，如莫里森，她的任何一部新作都能引起国内对她的巨大关注，国内先后再版了她的《宠儿》《所罗门之歌》《柏油娃》《最蓝的眼睛》以及《天堂》等作品，并成为研究的焦点。从1994年至今，是中国对黑人女性文学研究的高峰期，出现了研究黑人女性文学的专著，如1999年王守仁、吴新云出版了《性别、种族、文化——托妮·莫里森与二十世纪美国黑人文学》，该论著把莫里森的创作放在了性别、种族和黑人文化的背景与框架中予以分析；2000年翁德修、都岚岚出版了《美国黑人女性文学》，这是国内第一本综论黑人女性文学发展的专著。纵观这些著作，虽然国内对黑人女性文学和批评的研究，无论在深度和广度上，都渐趋深入，但研究对象大都集中于20世纪50年代以前成名或出生的女作家，对于出生于20世纪50年代的胡克斯，并无涉及，对她的女性主义批评的系统研究更是空白。胡克斯作为出身劳工阶级背景的批评家，在文学和文化领域有如此众多和独特的建树，现有的研究与她在国际上的声望和学术地位是远不相符的，因此，研究胡克斯的黑人女性主义文学批评，不仅对全面准确地把握女性主义全貌具有实际意义，而且对中国的女性写作和女性研究很有启迪。尤其在我国当今学界，对黑人女性主义批评家思想的专门研究还是比较薄弱的，在这种背景下，以女性主义理论作为参照，对胡克斯的黑人女性主义理论思想进行系统的研究，可以很好地促进中国女性研究的"本土化"进程。

## 二 研究现状

根据笔者所搜集到的资料，国外对胡克斯的研究，主要体现在对她著作的评论方面，欧阳·洛伦佐·威灵顿（Darryl Lorenzo Wellington）认为胡克斯的著作《震撼我的灵魂》（*Rock My Soul*）"深受当代自助文学的影响，像在以前的书中一样，她尽力提供了一个微妙的论点……认为美国黑人遭受着自尊的危机，她认为这场危机比种族主义、贫困或制度化的压迫更重要，因为缺乏自尊会导致故意的自我毁灭和心理壕沟……虽然胡克斯消极地批评了自由个人主义文化，但自助书籍恰恰是自由个人主义文化的产物"，并且欧阳对如何建立黑人自尊提出了自己的建议①；内尔·欧文·潘特（Nell Irvin Painter）对胡克斯的著作《杀死愤怒：结束种族主义》（*Killing Rage：Ending Racism*）评论道："胡克斯在性别关系上的眼光是尖锐的，她注意到'颜色种姓等级制对黑人女性生活的伤害和对黑人男性的伤害是不同的'……像维斯特一样，胡克斯也把自己看作革命者，既反对白人至上的资本主义父权制，也反对学术圈内自封为看守人的特权……她谴责其他黑人知识分子肤浅的一体化思

---

① Darryl Lorenzo Wellington，"The Importance of Self-Esteem for African Americans"，*The Journal of Blacks in Higher Education*，No. 39（Spring，2003），pp. 128 – 129.

想，认为他们的愤怒仅仅是'自恋的愤怒'。"① 桑德拉·阿代尔
（Sandra Adell）认为胡克斯的《吃甜薯的姐妹们》（*Sisters of the Yam*：*Black Women and Self-Recovery*）是利用黑人群体战略抵制包括种族主义、性别歧视、阶级剥削以及各种各样其他统治结构的努力，以及作为自我复原的必要的第一步，正是在这个意义上，桑德拉认为该书是胡克斯最"合宜的"一本书，但她也批评了胡克斯在书中使用看起来很迂腐并且意识形态性太沉重的如"白人至上的资本主义父权制文化"之类的词组，同时指出该著作通过提议健康的生活方式如不要酗酒和沾染毒品，避免暴饮暴食和避免强迫购物等驱赶黑人女性所受的伤害②；梅尔芭·威尔逊（Melba Wilson）评论到，胡克斯的《话语回击》（*Talking Back*：*Thinking Feminist*，*Thinking Black*）以一种诚实而不过于费解的方式提供了一系列家庭真理，即仅强调个人或身份是不够的，还要有政治意识，同时梅尔芭指出，在胡克斯对身份政治的讨论中，当关涉到"分裂主义、个人主义和内向型的概念"时，胡克斯明确认为，"只描述一个人受剥削和压迫的经验不是政治化的行为"，相反，"女性主义政治是在抵制统治的对立框架内对自我和身份进行社会建构"。③

乔伊斯·佩蒂斯（Joyce Pettis）指出，胡克斯在《女权主义理论：从边缘到中心》中，无情地解剖了女性主义理论将非白人女性和贫穷的白人女性排除在外的概念失误，同时乔伊斯也指出，胡克斯忽略了将资本主义、父权制、阶级主义、种族主义和性别主义等问题放入女性主义理论中是可取的。④ 另一位批评家帕特里夏·贝尔－斯科特（Patricia Bell-Scott）对《女权主义理论：从边缘到中心》评论到，虽然此部著作具有挑战性，却不太容易阅读，因为胡

---

① Nell Irvin Painter, "A Black Intellectual at War With the Establishment", *The Journal of Blacks in Higher Education*, No. 11（Spring, 1996）, p. 125.

② Sandra Adell, *African American Review*, Vol. 29, No. 3（Autumn, 1995）, pp. 529 – 530.

③ Melba Wilson, *Feminist Review*, No. 33（Autumn, 1989）, p. 96.

④ Joyce Pettis, *Signs*, Vol. 11, No. 4（Summer, 1986）, pp. 788 – 789.

克斯提出了大多数人容易避开的问题。帕特里夏指出，"处于边缘，意即虽是整体的一个部分，但却处于主体之外"，书中第一句话概括了基本主题——在女性主义实践和理论建构中，贫穷的大多数和少数女性是被边缘化的，尽管一些读者发现，胡克斯经常在写作中重复这个主题，但事实是，她关于种族、性别和阶级的连锁压迫的观点是具有前瞻性的。《女权主义理论：从边缘到中心》承继了胡克斯 1981 年开始的话题，反映了一名优秀作家的成熟过程，对女性主义理论和实践继续发挥影响。① 詹姆斯·温彻斯特（James Winchester）横向梳理了胡克斯著作《我心中的艺术：视觉的政治》（*Art on My Mind：Visual Politics*）中的观点，他指出，胡克斯描述了"美丽"在人们的日常生活中发挥作用的一系列途径以及艺术在劳工阶级生活中的价值。对有些人而言，美丽体现在消费中，而对另外一些人，如对祖辈人而言，美丽则与消费无关。胡克斯承认，包括她在内的当代女性主义者，经济较为充裕，她思考的是如何调和激进的女性主义议程，平均分配自己享受的昂贵奢侈品。她呼吁女性主义者们创造"道德的消费方式"，拒绝加强"我们努力改变的统治结构"，对胡克斯而言，美丽的创造不仅关涉个体的愿望，也是革命性的行为。詹姆斯认为，这本书不仅仅是研究美国黑人艺术家的学术著作，还是对于种族、阶级和性别如何影响艺术的生产和接受的思考，它鼓励我们扩展审美视野，而且，其理论洞见和生活息息相关，这是后现代主义的最佳状态，在这里，"破坏"和"边缘"的探索不是肤浅的言论，胡克斯为我们提供了对被主流忽视的审美区域的有说服力的分析。②

　　同时，詹姆斯对胡克斯的另一部著作《胶片与真实：电影中的种族、性别和阶级》（*Reel to Real：Race，Sex and Class at the Movies*）也进行了评论，詹姆斯重申了胡克斯在书中提出的观点：首先，电

---

　　① Patricia Bell-Scott, "The Centrality of Marginality", *The Women's Review of Books*, Vol. 2, No. 5 (Feb., 1985), p. 3.

　　② James Winchester, *The Journal of Aesthetics and Art Criticism*, Vol. 54, No. 4 (Autumn, 1996), pp. 389 – 390.

影不只表明事物原本的样子，"电影制造魔力"并诱导人们，对胡克斯而言，电影是现实的再想象和再创造，而不仅仅是对现实的模仿。同时，詹姆斯提出，胡克斯的批评经常针对电影中的性别主义和种族主义想象，她很多评论批评当代电影将女性（尤其有色女性）和黑人男性塑造为刻板模式，她的观点既不是纯粹的赞美，也不是纯粹的批判，大多数都是褒扬电影里的某些方面，同时批评另外一些方面，胡克斯所承诺的她的评论具有严谨性和娱乐性，詹姆斯表示认同。另外，詹姆斯提到，胡克斯在书中评论了斯派克·李（Spike Lee）的电影《六号女孩》（*Girl* 6），虽然胡克斯经常批评斯派克·李的电影，但对这部电影却大加赞赏，因为电影表现了"好莱坞电影里黑人女性身份最多元化的形象"。胡克斯还评论了导演昆汀·塔伦蒂诺（Quentin Tarantino）的电影《低俗小说》（*Pulp Fiction*），对其创新性大加赞扬，并称昆汀是"解构主义大师"和"时尚的虚无主义者"。此外，对其他导演及影片也进行了评论。①米歇尔·华莱士（Michele Wallace）指出，胡克斯在《我心中的艺术：视觉的政治》导言中提出艺术没有种族或性别之分，"艺术，尤其绘画，对我而言，是可以逾越边界的领域，是所有肤色的人自由实践的领域"，米歇尔认为，这样的言语从人所共知的左翼分子文化评论家口中说出，有些自相矛盾，因为胡克斯一直提醒自己和别人不要忘记她的种族和性别。②

　　特蕾西·斯凯尔顿（Tracey Skelton）指出，胡克斯在《越界文化》中所讨论的主题，对政治具有挑战性，且充溢着绝望和伤痛的内涵，但无可置疑，特蕾西认为胡克斯是一个熟练的作家和思想家，以同情、鲜明的观点和信心处理这些话题，表明事情不应该这样，改变应当发生等。特蕾西指出，胡克斯的写作具有高度的批判性，她在著作中探讨了麦当娜、卡米帕·格里亚、斯派克·李，电

---

① James Winchester, *The Journal of Aesthetics and Art Criticism*, Vol. 57, No. 3 (Summer, 1999), pp. 388 – 389.

② Michele Wallace, "Art for Whose Sake?", *The Women's Review of Books*, Vol. 13, No. 1 (Oct., 1995), p. 8.

影《哭泣的游戏》以及《保镖》等，写作前经过了充分的研究，观点既有赞美也有批评，并且胡克斯强调这种"明星"流行文化应是开放的文化，应考虑他们所代表的主题和工作的方式。在特蕾西看来，《越界文化》对当代美国文化和政治辩论的特点进行了批评，适宜于读者的阅读，因为它超越了地域界线。胡克斯不厌其烦地写到，各种复杂的统治形式残酷地压迫边缘群体。书中独特的观点是，她探索了统治和压迫之间的关联性，在整部作品中，胡克斯拒绝将统治过程独立出来，而提供压迫形式如何结合和相互交织的批评分析，《越界文化》通过"抵制"和"崭新的变革"方式，提供了丰富的政治辩论和文化批评文本。① 史蒂夫·莱特（Steve Light）评论到，胡克斯的《黑色骨骼：少女时代的回忆》，是在一种渴望讲述故事的欲望支配下写作出来的，不是将过去理想化，而是将讲述的欲望完全理想化。史蒂夫指出，虽然胡克斯认为，《黑色骨骼》"不是普通的故事，是少女时代叛逆的故事，是创造与我周围世界相异的独特自我和身份的故事"，但事实是，她的界定掩饰了她的承诺，胡克斯在序言中将回忆录描述为"非常规的"，"它汇集了我作为一个女孩的经验、梦想和幻想"，史蒂夫认为胡克斯的描述缺失了验证，和她的自我称谓相悖。② 纵观上述评论，评论对象基本都是胡克斯单本的著作，无论评论者批判或认同，都是针对胡克斯在著作中的某一个或几个观点展开，虽然其中也不乏洞见之处，但是相对于胡克斯在黑人女性主义发展历史包括在整个西方女性主义发展历程中的影响而言，缺乏宏观视角和体系性。

国内学界已经开始关注贝尔·胡克斯的理论，但对她的研究尚处于发轫期，还未有出现研究胡克斯黑人女性主义批评的专门著作。山东大学文艺学专业宋素凤的博士论文《多重主体策略的自我命名：女性主义文学理论研究》（山东大学出版社 2002 年版），系

---

① Tracey Skelton, *Transactions of the Institute of British Geographers*, New Series, Vol. 21, No. 3 (1996), p. 590.

② Steve Light, "Autobiographical Desire", *Callaloo*, Vol. 22, No. 1 (Winter, 1999), p. 240.

统地梳理了西方女性主义理论的发展与历史，从女性主义与文学话语再造的关系入手，重新评价了女性创造的经典书目，力图重寻女性文学母亲系谱。同时，分析了女性主义的后现代处境，具体包括：（1）女性主义与后结构主义的对话。（2）精神分析理论对女性主义理论探讨上的影响。另外，论文还探讨了伊丽格瑞的"女人话"，西苏的阴性书写，克里斯蒂娃的边缘颠覆书写。作者在论文最后一章"身份政治与后殖民女性主义理论"中专门论述了黑人女性主义文学批评，出于行文需要，在某些问题的探讨中谈到了贝尔·胡克斯的观点，如胡克斯指出在 20 世纪六七十年代第二波黑人美学运动中，性别歧视比前代黑人争取权力运动还要严重的情形，性别歧视忽略了女性的贡献和能量，无形中也限制了黑人自强运动可达到的成果，尤其在黑人美学运动的时代，有些男性黑人运动活跃分子，常视若无睹地挪用黑人女性的作品，既不加以注明出处，更没有对她们的智慧贡献作出任何肯定之举；另外，作者肯定了胡克斯将黑人女性主义边缘化位置进一步理论化的努力，并认同胡克斯对黑人女性"自传性写作"的重视，诚如胡克斯所指出的，自传不仅是黑人女作家的一个宝贵的文学传统，也是作为边缘女性自我形塑、介入话语权的一个利器；同时作者也提到了胡克斯对她早期黑人女性主体论点的调整：仅仅反抗是不够的，黑人女性主体的建立不应以优势白人为对立的反面依据点，黑人女性主体的抵抗应是正面的，在建立主体的同时，要避免落入原先所反对的那种二元对立的霸权逻辑，身份认同建立的同时还要尊重差异，发展一种尊重差异的批评意识；此外，宋素凤的论文还谈到了胡克斯关于批评界对第一世界和第三世界女性文学评论的看法：并不认同编辑和出版商对黑人女性创作的消极评价，如黑人女性创作的最能反映"后现代抗拒感性"的那些以"抽象的、断裂的、非线形叙述"为特征的作品，常遭退稿的命运，因为这样的作品不符合出版界认定的黑人女作家"应该"写出的文本模式，她们那种"抽象的、断裂的、非线形叙述"的作品被认为无法保证在以白人为主流读者诉求的市场上卖得好。宋素凤的整篇论文侧重对西方女性主义发展历程和流派做全面的梳理，黑人女性主义批评只是其中的一个组成部分，作者根据需要涉及到了胡克斯的观点，因为不是对胡克斯的专门研究，所以即使论述到胡克斯，也是有选择地涉及，如对胡克斯女性主义批评中的女性形象批评、姐妹情谊等话题完全省略了，而且即使涉及到胡克斯的观点，也是以转述她的观点为主，缺乏批判的反思。鉴于选题的缘故，作者谈到胡克斯在文学传统问题上的观点，但也只是针对她的自传写作理论，对胡克斯在文化研究领域中的传统建构观并未涉及。

北京师范大学教育学原理专业贝淑琴的硕士论文《教育即自由的实践：贝尔·胡克斯的教育思想研究》（2005），作为国内最早专门介绍胡克斯的学术论文，系统研究了胡克斯的教育理论。作者指出，胡克斯在教育实践的基础上提出"交融教育学（engagedpedagogy）"的概念，一方面她基于过去被边缘化的求学经验，既反对传统教师在教学上的权威心态，也批判白人教育系统的阶级意识形态；另一方面，她借"交融教育学"重新检视教育的本质，重视师生之间的互动性认知关系，建立交互主体性对话和增能的转化机制，培养学生以批判意识去发声和发现，激发其求知的欲望和界定学习的意义，即以教育作为自由的实践，每个人都可以成为他（她）自己，从而实现自我。作者从专业的角度，对胡克斯的教育思想进行了全面透彻的论述，但对她黑人女性主义文学批评并无涉及。另外，东南大学政治学理论专业黄琼的硕士论文《平等、性别与妇女解放——评析西方女权主义政治哲学》（2005）第四章第二节"姐妹情谊与妇女解放"谈到了贝尔·胡克斯的"姐妹情谊"，对胡克斯所提出的诸如性别歧视和种族歧视阻碍了女性的团结、探索发展政治团结的跨文化交流的多种方式、指出"支持"在妇女运动中的基奠作用等方面进行了论述。该论文对西方女权主义政治哲学进行了整体研究，胡克斯的"姐妹情谊"是作为女权主义哲学中的一个方面，并且是从政治哲学的角度进行阐述，与女性主义文学批评无涉。山东大学文艺学专业王淑芹的博士论文《美国黑人女性主义文学批评研究》（2006），以女性主义文学批评作为参照系，尝试对美国黑人女性主义文学批评的不同议题进行整体研究。在系统论证的过程中，作者多次引用到胡克斯的理论观点，包括胡克斯道出了"黑人"被视为"黑人男人"的同义词、"妇女"被视为"白人妇女"的同义词，无论黑人男人还是白人妇女，虽然也是受压迫者，但他们的社会地位都比黑人妇女优越的社会现象①；虽然黑人妇女处于双重边缘的位置，但胡克斯指出，边缘可以提供一个特别的本体论姿态，被边缘化的黑人妇女一直都在通过各种渠道发出强迫听者倾听的言语②；胡克斯批驳了传统女性主义所谓的所有妇女都经受"共同压迫"（common oppressed）的观点，指出种族的差异性③；胡克斯指出黑人女作家建构黑人女性完满形象的途径：仅仅对立和反抗是不够的，如何更好地更新自己④；胡克斯批评了把黑人妇女创作本质化的批评方法，避免女作家描写类似的刻板形象⑤；胡克斯强调了黑人女性主义批评理论和实践联系的重要性，指出理论中否认经验的危险并建议女性主义群体改变奋斗方向，实行新的理论政策以便将边缘群体包含进来，发挥更大的作用⑥，等等。该论文对胡克斯女性主义文学批评中的观点进行了有选择的论述，作为一篇宏观论述黑人女性主义流派的论文，胡克斯只是作者涉及的诸多黑人女性主义批评家中的一位，且基本是从概述的层面上展开，对胡克斯的观点，大多是为了整体论述的需要，以引用为主，缺乏将胡克斯置于整个黑人女性主义批评语境下包括整个西方女性主义批评语境下的客观评价，且疏漏了她女性文学批评中的重要论题如"文学传统"和"姐妹情谊"等。

　　四川大学比较文学专业周春的博士论文《美国黑人女性主义批评研究》（四川大学出版社 2007 年版）作为国内较早对美国黑人

---

　　① 王淑芹：《美国黑人女性主义文学批评研究》，山东大学博士论文，2006 年，第 56、62 页。
　　② 同上书，第 64 页。
　　③ 同上书，第 85 页。
　　④ 同上书，第 117—118 页。
　　⑤ 同上书，第 177 页。
　　⑥ 同上书，第 184 页。

女性文学批评进行系统研究的著作，从黑人女性文学批评的生成语
境、学理渊源以及对黑人女性文学批评实践的整体性思考出发，依
托比较研究的视阈，厘清了黑人女性文学批评在女性主义批评话
语、美国黑人文学批评以及美国主流批评话语中所处的地位以及它
们之间的关系，同时对美国黑人女性主义批评核心议题进行了归纳
和梳理。在这个过程中，胡克斯作为美国黑人女性主义批评的重要
代表，成为论文多次关注的人物。周春指出，作为 20 世纪 70 年代
以后有影响的黑人女性批评家，贝尔·胡克斯也同时被许多国内外
学者认可为后殖民女性主义的代表之一①，她的理论著作如《女权
主义理论：从边缘到中心》等不仅已成为黑人女性主义文论中的经
典之作，而且也是当代女性主义批评中必引的篇章②。周春认为：
胡克斯挑战了女性主义理论中所隐含的种族主义，将跨学科研究、
文化研究等纳入其批评话语，以实践性、抵抗性、对话性为特点，
揭示了黑人女性在当代的生存状况；胡克斯坚决反对囿于学术界之
内的做法，提倡将理论和实践联系起来，认为批评的目的不仅在于
去认识，更是去改变社会，即强调批评的政治性；同时，也简要提
及了胡克斯对影视作品中黑人女性形象表征的审视，并提到胡克斯
指出自传文学的重要性。作为一部研究整个黑人女性主义批评流派
的著作，胡克斯并不是作者着力研究的对象，除了将胡克斯所主张
的"对话体批评"作为第四章第二节"美国黑人女性主义的对话
体批评"中的一个方面加以具体论述，以及将胡克斯从分析黑人女
性的家庭、工作入手主张重新定位女性主义作为第五章第一节
"'差异'的女性主义观"中相对具体的论述外，基本都是在某些
章节中只言片语地简单提及，并未展开论述，并且囿于选题和篇
幅，作为研究黑人女性主义文学批评的著作，疏漏了胡克斯女性主
义文学批评中的重要论题如女性文学传统，即对文学文本中的黑人
女性形象分析以及女性书写方式等重要的文学批评领域也并未深入

---

① 周春：《美国黑人女性主义批评研究》，四川大学出版社 2007 年版，第 7 页。
② 同上书，第 11 页。

研究。同时，缺乏对胡克斯理论中矛盾之处的合理完备论述。此外，河南大学英语语言文学专业吴晓燕的硕士论文《万物皆爱——贝尔·胡克斯女性主义理论再解读》（2008），从对贝尔·胡克斯爱的伦理理解的角度出发，试图对她的女性主义理论进行初步探讨，以求阐明胡克斯所提倡的爱的伦理是她女性主义理论和实践基本的伦理基础。全文共分为五章，介绍了胡克斯批评思想的发展历程，以及对爱的伦理的 10 个方面论述，揭示了美国白人至上的资本主义父权制社会中黑人女性的命运，讨论了女性主义运动存在的问题及其对黑人女性参与的负面影响，指出爱的伦理是胡克斯理论具体措施和策略建造的基础。论文围绕"爱"切入胡克斯的女性主义，指出胡克斯理论中"爱"的具体表现，侧重于强调爱的伦理对社会运动实践的影响，但作为一篇语言文学专业的学术论文，对胡克斯黑人女性主义理论在文学中的表现有忽视，且对胡克斯的再解读，基本是对她观点进行再陈述的层面上展开，缺乏批评话语。

综观上述论述，基本都疏漏了一个很重要的问题即女性主义研究的本土化问题，宋素凤在最后一章的最后一节中谈到后殖民女性主义批评对中国文学（实指台湾文学）研究的参考性，谈到只有将女性主义和后殖民相结合，才能真正瓦解男权中心的二元对立体系，事实上，作者并未明确论述到西方女性主义流派（包括黑人女性主义）在哪些具体论题上对中国女性文学的研究有帮助，或对中国女性文学研究在哪些具体方面有启发意义，有什么样的启发意义。其他的研究者如周春和王淑芹也不同程度地存在这个问题，王淑芹虽特设一节谈到黑人女性主义对中国的影响，但基本是从文化的层面展开，周春则侧重于从黑人女性主义成功建构本土话语范式的角度谈对中国女性主义本土批评建构的启发。除此以外，还有一些专门研究胡克斯理论的期刊文章，具体包括杨静萍的《胡克斯女性主义思想的评析》，作者从胡克斯的专著《女权主义理论：从边缘到中心》入手，剖析了她在书中提出的女性主义思想，即女权运动应该容纳各种族、各阶层妇女有差异的需求；把男性作为女权运动中的同志；重新思考工作的本质，关注妇女工作场所条件的改善；在哺育孩子方面，强调"共同抚养"的重要性，确保妇女不是唯一的、初始的育儿者；结束暴力的宗旨必须延伸为结束所有形式的暴力运动，包括结束女性暴力，等等。作者评析了胡克斯理论中的优点和不足之处，以期为中国女性思想的发展有所贡献。另外，李克的《语言斗争之场——读女性主义理论家贝尔·胡克斯的〈语言，斗争之场〉》，作者认同胡克斯所提出的把语言领域描述为斗争之场的观点，即"转变我们怎样看待和怎样运用语言的方式，必然会改变我们认知我们所知的方式"。作者指出，如果我们把语言比喻为一面镜子，那么这面镜子折射的是社会统治阶级意识形态，因此，改变语言，就不仅仅是改变一种表达媒介，而是改变现实、解放自身的需要。由此作者认为，把语言领域描述为斗争之场，不仅表达了黑人女性主义理论家的真实感受，也能引起争取自由和解放的人们的共鸣。[1] 此外，北京第二外国语学院周春的《贝尔·胡克斯的对话体诗学》一文，评析了胡克斯在理论和批评话语建构方面的独特贡献，主要是其对话体批评，作者指出，这种话语游走于主流话语与非主流话语、标准英语与黑人口语、学术话语与大众话语之间的边缘性话语策略，颠覆了西方主流独白性的话语言说模式，有效地修正和完善了主流文学批评话语。总之，无论专论，还是期刊文章，一般都是集中于贝尔·胡克斯理论的某一面或几面，并且出于选题的局限，往往多为引用，疏于反思，尚未出现对胡克斯黑人女性主义文学批评的系统性研究，更缺乏对胡克斯在整个黑人女性主义批评乃至西方女性主义批评中地位和价值的科学评价。从胡克斯在当今西方知识分子界的重要地位，以及她对女性主义批评的独特贡献来看，国内已有的这些研究是远远不够的，和她的影响力也是不相称的，因此，对她的研究还有很大的空间需要开拓。

---

① 李克：《语言斗争之场——读女性主义理论家贝尔·胡克斯的〈语言，斗争之场〉》，《博览群书》2001 年第 5 期，第 66 页。

## 三　文献综述与本书构架

1977 年，黑人女性主义批评家芭芭拉·史密斯发表了《迈向黑人女性主义批评》一文，大胆质疑了传统女性主义文学批评的普遍性，她最先将种族的因素引入女性主义议题中，成为黑人女性主义文学批评的奠基之作。贝尔·胡克斯则进一步提出性别、种族和阶级三者的连锁本质，它们共同决定女性尤其是边缘群体女性的命运。到目前为止，胡克斯有两本著作被译介到中国，分别是《女权主义理论：从边缘到中心》（晓征、平林译，江苏人民出版社 2001 年版）和《激情的政治：人人都能读懂的女权主义》（沈睿译，金城出版社 2008 年版）。第一本书从批判贝蒂·弗里丹《女性的奥秘》中的种族中心主义入手，针对女权运动、权力、暴力等方面提出与传统女性主义不同的观点，第二本书则勾勒出女权主义理论的整体关注议题，即"什么是女权主义？""怎样实践女权主义？"对每个议题包括女性的工作、婚姻及伴侣关系、为人父母的方式等进行探讨。此外，《后殖民批评》（巴特·穆尔－吉尔伯特等编撰，杨乃乔等译，北京大学出版社 2001 年版）一书节选了胡克斯的《革命的黑人女性：自己争取成为主体》一文，《语言与翻译的政治》（中央编译出版社 2001 年版）一书节选了胡克斯的《语言，斗争之场》一文，《与学校对簿公堂：校园官司启示录》（广西师范大学出版社 2003 年版）一书节选了胡克斯的《欲望与抵抗：消费他者》一文。除了前面我们在研究现状中所提到的论及胡克斯的专著和专门研究她的期刊文章外，罗斯玛丽·帕特南·童著的《女性主义思潮导论》（艾晓明等译，华中师范大学出版社 2002 年版），在第七章"多元文化与全球女性主义"中也对贝尔·胡克斯的思想作了简要的叙述。就胡克斯本人的著作而言，除了上述译介到中国的两本外，还包括她所写的第一本著作《我不是一个女人吗：黑人女性与女权主义》（1981），胡克斯在该书中向历史和现实中的女权主义运动以及黑人解放运动中所持的黑人女性的位置的观点发起了挑战，该书在经历了很多波折后，最终由南端出版社出版。此后，胡克斯以此为基点，笔耕不辍，相继创作了《话语回击：思考女性主义，思考黑色》（1989），以亲身经历讲述怎样通过写作、通过话语发现自己的声音。《渴望：种族，性别与文化政策》（1990），从后现代理论、文化批评理论以及性别和种族的政治的角度探讨大众文化以及文学、电影中对黑人形象的再现。

在《阻断的生计：黑人起义者的智力生活》（1991）中，胡克斯和黑人男性知识分子科奈尔·维斯特就黑人知识分子在美国社会的位置和作用展开对话。《黑色外表：种族和再现》（1992），通过对文学和电影的解读对黑人形象做了很具体的分析。《吃甜薯的姐妹们：黑人女性与自我发现》（1993），胡克斯检验黑人女性的感情是怎样被日常的种族主义和性别主义伤害的，从工作、美容、上瘾、性欲望等方面，探讨当代文化与黑人女性的关系，提出发现自我的方法，包括如何与种族主义、性别主义和消费性的资本主义作斗争。另外，还包括《不可接受的文化：抵抗再现》（1994），《教导逾越边界：教育作为自由的实践》（1994），《屠杀战争狂：种族主义的终结》（1995），《我心中的艺术：视觉的政治》（1995），《胶片与真实：电影中的种族、性别和阶级》（1996），《黑色骨骼：少女时代的回忆》（1996），《情感的创伤：一个写作的生命》（1997），《全神贯注地思考：作家在工作中》（1999），《快乐的娜比》（1999），《我们站在哪里：阶级问题》（2000），《关于爱的一切：新视野》（2000），《救赎：黑人和爱》（2001），《社区教育：希望的教育方式方法》（2003），《震撼我的灵魂：黑人和自尊》（2003），《改变的意志：男人，男性气质和爱》（2003），《我们真酷：黑人男性和男性气质》（2004），《灵魂的姐妹：女性、友谊和实现的满足》（2005）等。胡克斯对美国社会的批评是多重的，作为一个写作者，她坚持自己的边缘立场，向既存的理论进行挑战，既检验理论意义和针对性，也帮助修正和提高这些理论。她从性别、种族、民族、阶级、边缘、全球与地方等角度出发，分析美国社会与文化，像一个勇士与多重敌人作战，她把自己描述为"黑人女性知识分子，革命活动者"，这种自我描绘的革命立场虽然在美国知识分子中比较罕见，但却真实地表达了胡克斯的身份和价值。

本书对国外最新资料进行了文本调查，综合历史分析、文本阐发和比较研究等方法，在广泛参考胡克斯及其他美国黑人女性主义批评专著的基础上，将胡克斯置于整个黑人女性批评发展的历程中，与其他黑人女性主义批评家如柯林斯、艾丽丝·沃克、芭芭拉·史密斯等人的观点进行比较，并与主流女性主义批评进行比较，以突出胡克斯在整个西方女性主义批评中的贡献尤其在黑人女性主义发展中的独特性。绪论之外，共分为七章。第一章分两节，第一节介绍贝尔·胡克斯的生平和思想发展历程，主要讲述她的生活和成长环境对她日后成为一位集种族、性别和阶级三位于一体的女性主义批评家的影响；第二节讲述贝尔·胡克斯黑人女性主义文学批评产生的文化历史背景，描述了黑人历史中种族主义的渊源，以及奴隶制时期黑人女性所经受的双重压迫，正是这些因素决定了胡克斯黑人女性主义批评的范畴。第二章"胡克斯黑人女性写作观"分两节，第一节评述胡克斯写作的政治性策略，主要包括她对黑人女性主义话语与主流女性主义话语关系的态度，以及她通过写作凸显黑人女性主义政治性的要义，并对胡克斯的"对话体批评"产生的历史和理论渊源以及影响进行了探讨；第二节介绍胡克斯对黑人女性写作中误区的批判。第三章"胡克斯黑人女性文学传统建构观"分为两部分，第一部分讲述胡克斯指出的黑人女性文学传统在历史上缺席的原因，正如她所言，由于主流的审查制度、评论界、媒体等因素的合力，另外，还包括一些现实因素的制约，如出版界和市场的导向作用、经济援助的缺乏、黑人男性学者的排斥和敌意等，最根本的则在于受到白人主流文学批评标准的操纵，使得黑人女性文学传统不清晰；第二部分讲述胡克斯黑人女性文学传统的建构策略，胡克斯认为，这既与黑人女性主义批评家的努力息息相关，也离不开黑人女作家的成就，批评家艾丽丝·沃克恢复赫斯

顿在美国文学史中应得的地位，就是具有启示性的举措，另外还有
女剧作家洛林·汉斯伯里，女作家托尼·莫里森、哈丽特·威尔
森、哈丽特·雅格布等一系列黑人女性，都对文学传统的建构作出
了不可磨灭的贡献。胡克斯从文化角度入手，将黑人的卷发、富有
南方黑人特色的小屋、爵士乐以及百纳被都纳入传统的形式中，特
别对黑人女性文学传统的重要形式——自传进行了探究。第四章
"胡克斯黑人女性形象批评观"分为两个大问题，第一节，通过梳
理胡克斯所揭示的黑人女性刻板形象，指出其中所包含的种族、性
别和阶级的建构策略；第二节，讲述胡克斯建构黑人女性消极形象
的策略，包括建立黑人女性"主体性"、争取自我定义权等。第五
章"胡克斯的'姐妹情谊'观"分两节，第一节，探讨胡克斯所
提出姐妹情谊的建构语境，分别从黑人女性与男性尤其是黑人男性
之间的关系、与白人女性的关系以及黑人女性群体内部的关系等方
面入手；第二节探讨了胡克斯所提出的姐妹情谊的建构策略，主要
包括把种族、性别和阶级的压迫结合起来考虑，强调"支持"在姐
妹情谊建构中的意义以及接受差异性。第六章"胡克斯论黑人两性
关系"分为两个部分，第一部分谈胡克斯基于实际观察发现的影响
黑人两性关系的因素；第二部分论述胡克斯针对上述因素提出的应
对策略。第七章概述贝尔·胡克斯女性主义批评的特色、启示和局
限，特色主要包括性别视角的本土化和批评方法的通俗化，以及关
注现实的强烈意识；启示包括如何确立女性主体身份，如何建构和
谐的性别关系以及写作中女性主义意识的重要；就局限而言，胡克
斯以黑人女性主义视角介入批评，女性主义的视角是切入理论和文
本研究的一个点，但不是全部，当仅以本族群的女性视点切入问题
领域时，无形中缩小了视界。此外，胡克斯在对主流女性主义霸权
进行批判的同时，又不主张和其分离；她在批判本质主义对身份建
构、坚持身份的多样性和黑人经历多样性的同时，又坚持要建构黑
人女性的主体性，认为这是摆脱黑人女性刻板形象的重要途径。事
实上，这些矛盾不仅是胡克斯一人难以解决的困惑，也是整个黑人
女性主义批评难以解决的困惑。

# 第一章

# 贝尔·胡克斯的思想发展历程和
# 理论产生的历史文化背景

## 第一节　贝尔·胡克斯的思想发展历程

贝尔·胡克斯（bell hooks，1952—）原名格洛里亚·沃特金斯，她是美国当代著名的黑人女性主义批评家，文化批评家，教育家，作家，诗人，也是当今美国最重要的黑人公共知识分子、西方后殖民批评的重要代表人物。她曾先后任教于南加州大学、欧柏林学院、耶鲁大学、纽约市立大学，是纽约市立大学"杰出英文教授"，目前她在家乡肯塔基州的博睿雅学院做驻校作家，同时授课。格洛里亚1952年9月出生于美国南方肯塔基州的霍金士域小镇，她的家庭是典型的美国南方黑人劳工家庭，她的童年和家庭对她成长为一名女性主义者有着很强烈的影响。她的父亲是邮局里的一名传达员，母亲在白人家里当女佣，家里有六个姐妹，一个弟弟。虽然家庭中女性的数量占绝对多数，但男性占绝对统治地位。"不管母亲决定要做什么，如果父亲开口说'不'，他的话就是法律……父亲不是家庭中唯一的人，但他在家庭内有绝对的权力。"① 母亲忍辱负重，尽力维持父亲的统治，并教导家里的女孩子要和一般大多数的黑人女性一样沉默和认命。父亲经常对母亲动手，母亲总在事后表现出若无其事的样子，并且不允

---

① bell hooks and Cornel West, *Breaking Bread： Insurgent Black Intellectual Life*, Boston, MA： South End Press, 1991, p. 69.

许孩子以愤恨的态度指责父亲。格洛里亚切实地认识到母亲的处境，对黑人尤其黑人女性的生存状况有了深刻的体验：不容易挣脱逆来顺受的命运形式。她的父亲则是一家之长，统治着家里的一切，并常常有意无意地跟自己妻子娘家较量，担心自己失去权力。女性在家中说话的声音会随着父亲的在与不在而调整，"当他（父亲）出门工作之后，这个世界充满了语言，我们声音可以提高，我们可以大声、热情、生气地表达自己……当他回家之后，我们会随他的心情调整……如果必要的话，我们会保持沉默"。① 而且，格洛里亚还没有她弟弟那样有一间自己的小房间的特权。这样的生活环境对她的性别意识觉醒有很大的作用。成年后她这样回忆："我不记得第一次听到女性主义这个词或理解这个词是什么时候了。我清楚地知道，就是在我的少年时代我就开始对性别角色感到怀疑，我开始看到被'制造'成一个女性的经历与被'制造'成男性的经历是不同的。也许我有极强的这种意识是因为我的弟弟是我长期的玩伴。我用'制造'这个词，因为在我们家里，性别角色非常明显的是建构的，那就是几乎人人都同意，很小的孩子几乎都是相似的，唯一不同的是身体。几乎人人都经历过用社会构建的不同把我们制造成小女孩、小男孩的过程，小男人、小女人的过程。"② 由于目睹家庭内的性别权力关系，在格洛里亚了解"女性主义"这个词之前，就已经体验到传统的性别模式，并对其产生质疑，为性别问题成为她日后研究女性主义理论的重要命题埋下伏笔。

除了家庭之外，格洛里亚生活的黑白隔绝的社会环境对她女性主义思想的形成也具有决定性影响。她出生的那个南方小镇在20世纪50年代还是黑白分隔的，白人用铁道来划分和黑人世界的差异性。格洛里亚生活在一个全是黑人的区域内，白人对他们

---

① bell hooks, *Talking back: thinking feminist, thinking black*, Boston: South End Press, 1989, p. 128.

② 贝尔·胡克斯：《激情的政治》，沈睿译，金城出版社 2008 年版，第 127 页。

而言是一个标志着危险的概念和符号。在黑人区只有简陋和废弃的房屋，而在白人区则有整齐的街道，黑人们每天可以跨越铁道进入白人世界，只是为了做一些白人不愿做的低下工作，用辛苦的劳力来赚取微薄的工资。格洛里亚在写作中回忆自己真实的成长环境："对于住在肯塔基小镇上的美国黑人来说，火车的铁轨每天在提醒我们自己处于边缘。越过这些铁轨便是铺设得很好的街道、我们不能进入的商店、我们不能进去就餐的餐厅和我们不能直视的人们。在铁道的那一边是我们工作的地方，在那里当女佣、门房、妓女……只要是服务业。我们可以进入那个世界，但不能在那里居住。我们始终都要回到边缘，回到铁路的那一边，回到小镇边缘的小屋和废弃的房子里。"① 铁道两边不同的世界时刻提醒格洛里亚，必须学会抵抗才能让自己跨越家和世界的藩篱，格洛里亚希望在另一个心灵和心胸的位置再度让"自我"出现。在格洛里亚的中小学时代，她就读于全黑人学校，由于当时美国种族歧视意识的强烈，对黑人而言，学校教育基本上是政治性的。格洛里亚认为黑人学校既是学习知识的地方也是革命的地方，"我们很早就了解致力学习作为反霸权的行为，是关乎心智的一种生活，是抗拒白人种族歧视者每一项殖民主义的基本方式"。② 当时学校里的老师，大部分是单身的黑人女性，她们尽心尽责地传授知识，帮助黑人学生将来可以成为学者、思想家或文化工作者，帮助塑造他们对有色人种的自我认识。尤其是天资聪慧的格洛里亚，深受老师喜爱，一位老师在她上中学时就鼓励她要用自己的天分和知识日后做出点成就，这给了她很大的激励。由于格洛里亚中小学时代一直在黑人区环境中度过，所以当时她还不具有强烈的种族概念。她回忆那时的学习情况："甚至当现实世界中性别、阶级和种族的因素侵犯了我所创造的想象空

---

① 贝尔·胡克斯：《女权主义理论：从边缘到中心》，晓征、平林译，江苏人民出版社2001年版，第9页。

② bell hooks, *Talking back*: *thinking feminist*, *thinking black*, Boston: South End Press, 1989, p. 128.

间，我也坚持我的写作梦想。在全黑人学校，没有人怀疑我们可以平等地进入想象的世界；没有老师用轻视、嘲笑或者蔑视的态度看低我对于阅读和写作的爱好；没有人认为，作为黑人、女性和劳工阶级的出身会阻碍我前进；也没有人认为我喜爱狄金森和华兹华斯是奇怪的；更没有人质疑我热爱伟大文学作品的权利，不管作品是谁写的。"① 到了她的高中时代有了巨大的改变，20世纪60年代末期，肯塔基州要求黑人学校和白人学校合并，对于格洛里亚而言，这是一个痛苦的经历。白人种族歧视者认为黑人学生是劣等的和没有学习能力的，黑人学生在白人学校被视为入侵者、干扰者。与白人学生混在一起，格洛里亚对自己的身份感到格外敏感，"在白人学校，聪明的黑人受到质疑，甚至在老师培养我对写作的热情的过程中，我也第一次感觉到我会遇到障碍——没有人会严肃地对待黑人作家写作的作品"。② 她感到作为一个黑人找不到归属感的痛苦，多年后她回忆道："我们这些黑人孩子对于离开我们亲爱的全黑人学校，跨过整个市镇去和白人学校整合感到很生气，可我们必须这样做……我们不得不离开熟悉的世界，而进入一个既冰冷又奇怪的世界，这不是属于我们的世界，也不是属于我们的学校。我们理所当然地处于边缘，而不是中心位置，这让我们受到了伤害。"③ 这样的生活和学习经历，促使种族问题成为她日后愈加关注的一个重要理论话题。

另外，劳工阶级家庭的出身让格洛里亚对阶级身份有了更清醒的认识。和大多数劳工阶级出身的人一样，格洛里亚的母亲在年轻时就结婚了，有了很多孩子，她照料家庭并培养孩子们的理想，她在家庭外的工作是在白人家庭里做女佣，家庭成员主要依

---

① bell hooks, *remembered rapture*: *the writer at work*, New York: Henry Holt and Company, 1999, p. 48.

② Ibid., pp. 48 – 49.

③ bell hooks, "A Revolution of Values: The Promise of Multi-Cultural Change", *The Journal of the Midwest Modern Language Association*, Vol. 26, No. 1, Cultural Diversity (Spring, 1993), pp. 4 – 11.

靠父亲在邮局当传达员的收入生活。贫困的生活让格洛里亚对劳工阶级这个特定群体早早就有了关注，当她远离家乡到斯坦福大学读书，上第一节女性研究课程时，同样来自劳工阶级背景的作家、访问教授蒂丽·奥尔森（Tillie Olsen），给学生们讲述了女性谋生、养育孩子和写作的艰难，直到那时胡克斯才知道，母亲为了养育七个孩子和照料父亲的生活，牺牲了自己的梦想。就是在这堂课上，胡克斯开始批判地思考劳工阶级的黑人女性，可以说这是她思想发展的一个转折点。当弗里丹提出中产阶级白人女性为"无名问题"而厌倦时，胡克斯一针见血地指出："她（弗里丹）没有讨论如果有更多的妇女像她一样从家务劳动中解放出来，得到与白人男性平等的就业机会，将有谁来替她们带孩子、做家务。她也没有提到没有男人、没有孩子、没有房子的妇女的需要。她忽略了所有非白人妇女和贫穷的白人妇女的存在。她也没有告诉读者做一名女仆、保姆、工人、店员或者一名妓女是否要比做一名悠闲的家庭妇女满足。"① 胡克斯指出，当弗里丹撰写《女性的奥秘》时，有超过三分之一的女性在工作，虽然有许多女性希望做家庭妇女，但只有那些有钱有闲的女性才能以女性奥秘的方式真正形成她们的特性。绝大多数黑人女性仍然一直在劳务市场上奔波，她们关心的是与生存有关的事情，而非"成就感"的问题。白人女权主义在经济上所关注的基本职业，对低收入和没有收入的黑人女性来说，是可望而不可即的。就胡克斯本人而言，当她读大学时，在家庭出身优越的学生占绝大多数的斯坦福大学内，她作为一名物质匮乏的学生，境况的对比，也是激起她思考阶级问题的一个重要原因。"没有人愿意面对或谈论阶级的差异，淡化这种不同很容易，只要装作我们都是来自于优越背景就可以，在一起工作、在同一间宿舍内生活，被这所学院录取就意味着我们这些来自于贫困家庭的人已做好了向优越阶级过

___

① 贝尔·胡克斯：《女权主义理论：从边缘到中心》，晓征、平林译，江苏人民出版社 2001 年版，第 2 页。

渡的准备，如果不期望这个过渡，就被看作是叛逆的、很难成功……难怪我们劳工阶级的父母惧怕我们进入这样的世界中，他们担心我们会为自己的出身蒙羞，甚至和家庭决裂，或者在他们面前称王称霸。"① 真切的生存体验培养了胡克斯对阶级的批判意识，阶级问题成为她理论批判的一个重要部分。

格洛里亚 17 岁时，乘飞机离开家乡到斯坦福大学就读，之前她没有乘过电梯，没有坐过城市公共汽车，更没有坐过飞机，她的这个决定遭到了父母的强烈反对。"他们担心大学教育会对孩子的思想造成不利的影响，尽管他们也认可教育的重要性，但他们不理解我为什么不就近在全黑人学校读大学，事实上，对他们而言，任何一所大学都可以，因为最终我会毕业，成为一个老师，选择一个好的婚姻，过上体面的生活。我很难评价我的父母以及他们对我的影响，因为他们对我的理想经常处于一种矛盾、警惕和不信任的状态中。"② 尽管如此，胡克斯还是坚决地选择了离开家庭和社区。到斯坦福大学后，她坚持使用与田纳西州和格鲁吉亚州相异的肯塔基口音，非主流的南方腔调给她造成了不利于表达自我的困境，面对种族歧视、性别歧视和阶级歧视对她的漠视，她开始学习不同的说话方式来建立自己独特的表达风格。在大学二年级时，她加入了女权运动，29 岁时，第一本著作《我不是一个女人吗：黑人女性与女权主义》由南端出版社（south end press）出版。正是因为她了解黑人女性所受的多重压抑以及她们无奈的宿命和被迫的沉默，为了表示认同，她选择坚持己见、不怕跟别人顶嘴的母系外曾祖母的名字"贝尔·胡克斯"作为笔名，在谈到选择笔名时她说道："格洛里亚本是要成为一个甜蜜的南方女孩子，安静，服从，招人喜欢。她不该有我母亲家中的女人的野性的特点"，然而格洛里亚决定继承贝尔·胡克斯

---

① bell hooks, *Talking back*: *thinking feminist*, *thinking black*, Boston: South End Press, 1989, p. 75.

② Ibid. .

意志顽强、勇敢无畏的传统，以笔名"肯定我与我的敢说敢做的女性先辈的联系"①，并且她有意打破正统英语的书写习惯，将名字的第一个字母小写，在第一本著作中用 bell hooks（贝尔·胡克斯）这个名字与读者见面。从此，格洛里亚自觉地成为了贝尔·胡克斯，在以后的岁月中，胡克斯以第一本著作为基点，先后出版了一系列作品，她的大部分作品都采用自传体风格，通过故事性的叙述结构和没有引注的文体，一以贯之地履行她所坚守的作家使命。就她著作的整体内容而言，胡克斯以性别、种族和阶级因素来贯穿所有的作品，包括她的诗歌《女性的悲歌》，表达了女性失去所爱后拒绝让死亡毁灭记忆的呼吁；她的童书《快乐的娜比》，通过描述黑人小女孩整理头发的心情，主张黑人女性恢复自信心，接受自我认同。更不用说她的理论著作，从《我不是一个女人吗：黑人女性与女权主义》开始，她的理论著作每年都在问世，包括《阻断的生计：黑人起义者的智力生活》《话语回击：思考女性主义、思考黑色》《渴望：种族，性别与文化政策》《黑色外表：种族和再现》，等等。她所关注的焦点也从文学问题逐渐扩展到文化、政治和教育等诸多方面，在著述的过程中，黑人女性的特殊身份让她的笔触具有了批判的敏感，黑人女性主义批评的自觉意识让胡克斯的作品充满了"话语回击"的特质。

## 第二节　贝尔·胡克斯黑人女性主义文学批评产生的文化历史背景

　　黑人女性主义文学批评作为女性主义文学批评的重要理论组成，迄今为止并未形成一个统一确定的概念，主要是因为黑人女性主义这一早已获得普遍使用的术语包含着多样矛盾的含义，以至于很多批评家在定义这一概念时不得不采用多重标准。美国著名黑人女性主义批评家帕特里夏·希尔·柯林斯（Patricia Hill Collins）指

---

① 贝尔·胡克斯：《激情的政治》，沈睿译，金城出版社 2008 年版，第 129 页。

出：黑人女性主义批评包括非洲裔美国女性创造的阐明黑人女性立场，以及为黑人女性阐明立场的专门知识。她同时指出，并非所有的非洲裔美国女性都包含于其中，也并非其他群体就被排斥在这个范围之外。① 可以看出，柯林斯试图在比较狭义的范围内来使用这个概念，同时将是否具有女性主义意识作为界定的关键。事实上，很多著名的学者在讨论这个问题时都强调了这两点，如芭芭拉·史密斯（Barbara Smith）、弗兰西斯·怀特（Frances White）以及贝尔·胡克斯，她们将黑人女性主义者定义为拥有女性主义意识的非洲裔美国女性，这一方面凸显了黑人女性主义批评的政治性特征，同时也为了尽量使得概念的范围比较清晰明确，尽管很多黑人女性主义批评家并不否认从广义上将具有特定政治视角的任何黑人女性的批评甚至白人女性和白人男性以及黑人男性批评也纳入其中，如黑人女性主义批评家贝弗里·盖依－谢芙特沃（Beverly Guy-Sheftall）就将弗雷德里克·道格拉斯（Frederick Douglass）和威廉·E. B. 杜波依斯（William E. B. DuBois）列为黑人男性女性主义者（Black male feminists）。② 黑人女性主义批评家麦克道威尔在黑人女性主义文学批评发展中堪称经典的宣言《黑人女性主义批评的新方向》一文中指出：我使用黑人女性主义这一术语，仅用来指从女性主义政治视角分析黑人女性作家作品的黑人女性主义批评家，当然也可以指任何黑人女性的批评——甚至一名男性从女性主义视角或政治视角所写的书，或是黑人女性写的书，或是关于黑人女性作家的书，或者是任何女性所写的东西。③ 从这些不同的界定可以看出，随着黑人女性主义批评的不断发展，其外延也在相应地扩展。综合上述，作为行文的根据，本书以柯林斯的定义为主，并综合参考贝尔·胡克斯等人的较为狭义意义上的界定，将黑人女性主义批评的研究对象界定为美国黑人女性主义批评家的批评思想，而

① Patricia Hill Collins, *Black Feminist Thought*：*Knowledge*，*Consciousness and the Politics of Empowerment*，New York：Routledge，1991，p. 22.

② Ibid.，p. 19.

③ Ibid.，p. 21.

女性主义批评本身"并不仅仅只是针对女性写作的批评，它是一种具有女性主义立场的文学批评实践活动，既可以是针对女性作家及其作品的批评实践，也可以是对男性作家、男权文化传统中包含的性别规范的反思和批判"①，鉴于此，黑人女性主义批评研究对象具体包括美国黑人女性主义批评家关于黑人女性写作、黑人女性与白人女性的话语关系等方面的批评，以及她们以黑人女性主义视角对文学艺术文本进行的政治性解读和她们对白人及黑人男性文学歪曲黑人女性形象的创作进行的批判等。

　　贝尔·胡克斯黑人女性主义批评的发生得益于女权主义运动的促进。女权主义运动在历史上经历了很长的发展过程，19 世纪末 20 世纪初爆发了妇女运动的第一次浪潮，它形成了两股潜流，一方面是劳动妇女，随着资本主义大机器生产迅速发展，大批女性劳动力进入工厂，她们甚至比男子付出更繁重的劳动，却得不到相同的报酬，工作和生活待遇极为恶劣，引起了社会的普遍关注。恩格斯的《英国工人阶级状况》一书，就是在这种背景下写出的，他突出揭露了劳动妇女问题，为妇女解放争取了广泛的社会同情；另一方面来自于中产阶级女性，从英国资产阶级革命到全欧性的工业革命，近两百年的时间造就了一大批中产阶级家庭出身的知识女性，她们一般在家庭中完成基本文化教育，接受启蒙主义思想，因为个人很少有财产，在婚姻市场上缺乏竞争能力，又不愿屈尊到工厂做工，因此，要求广泛就业，争取高等教育权，成为她们的迫切要求，她们也恰在教育和就业方面，为女性解放做出了卓越贡献。妇女运动第一次浪潮取得了显著的成绩，很多国家和地区的女性相继赢得了选举权，女子学校大量涌现，女性就业率也显著增加。在此基础上，20 世纪 60 年代发生了妇女运动的第二次浪潮，如果说第一次浪潮关注的焦点在女性个人与集体的政治和社会权益，那么第二次浪潮的基调则是"要消除两性差别，并把这种差别视为造成女

---

　　① 徐艳蕊：《当代中国女性主义文学批评二十年》，广西师范大学出版社 2008 年版，第一章，第 4—5 页。

性对男性从属地位的基础"。① 当时的女权主义者要求各个公众领域对女性开放，缩小男人和女人的差别，使两性趋同，并主张女性克服自身的女性气质，努力发展诸如独立性等男性气质，提出无论男性还是女性，其特征和气质并不是来自于先天的遗传，而是后天培养的结果。正当"两性差别论"成为争论焦点时，20 世纪 70 年代，随着欧洲和美国女权运动的深入开展，以及以美国黑人女性为主的有色人种女性主义和第三世界女性主义的发展和壮大，第一世界的有色人种女性和第三世界的女性对主流女性主义的思想基础提出了挑战，她们要求公正地看待她们在女性主义运动中的地位和贡献，并呼吁重新界定她们与西方主流女性主义的关系。黑人女性主义批评家，如芭芭拉·克里斯汀（Barbara Christian）、钱德拉·T. 莫汉蒂（Chandra T. Mohanty）、芭芭拉·史密斯（Barbara Smith）等，都对主流女性主义的思想提出质疑，呼吁主流女性主义实施政治和文化方面的改革。这样的文化背景，必然会影响到天性敏感的胡克斯。出生于 20 世纪 50 年代初的胡克斯，本身思想就很活跃，悟性也很高，出于自身的原因，对女性的问题一直很关注。在 20世纪 60 年代末读大学时，她就接受了主流女性主义思想的浸润，热衷于参加全是女性的团体聚会，积极参与校园演讲，宣传女性主义思潮，在 70 年代初，她直接加入当时轰轰烈烈、席卷美国校园的女权主义运动，受运动的感召，耳濡目染，对运动的内部情形有较深入的了解，对主流女性主义的偏颇和疏漏也有很深的体会，所以当 70 年代一些有影响力的美国黑人女性发出自己的声音时，让本身就是黑人的胡克斯感同身受，初始的失望转变成了追求知识的动力，所以，当时的文化环境对胡克斯思想的发展和转变起了很积极的疏导作用，促进了她基于自身黑人身份的本土化批评话语的建构。

此外，20 世纪六七十年代妇女研究和妇女运动资料在美国的受欢迎，也为胡克斯黑人女性主义批评的凸显创造了条件，当时美国

---

① 李银河：《女性权力的崛起》，文化艺术出版社 2003 年版，第 131 页。

社会各种思潮很活跃，在这种氛围下，贝蒂·弗里丹的《女性的奥秘》于 1963 年出版时，如同一颗信号弹，吸引了大批女性读者群，女性们是应该安于家庭主妇的角色，还是应该走出家门，从事社会性职业，成了争论的热点。与此同时，学院内的女性研究出现热潮，1970 年美国第一个妇女研究所在加利福尼亚圣地亚哥州立大学成立后，有关女性的各种历史学、心理学和社会学的课程，也在各大学纷纷开设起来。当 1976 年美国妇女教育咨询委员会对妇女研究学科进行统计时，全国已有 270 个妇女研究系所，共开设 1.5 万多门课，参与的学校有 1500 多所，全国有 850 多位教师专门从事制定并教授妇女学科课程，有些课程如"文学中的妇女形象""性别角色的社会学""美国妇女历史"等成为妇女研究的核心课程。1978 年，"妇女研究"第一次作为索引条目出现在《国际博士论文提要》中，到 1985 年，这个条目下的博士论文提要已达到1.3 万多部。[①] 在建立妇女研究系所的同时，很多女性主义学者也积极联络，成立学会，召开学术会议。1968 年，现代语言协会成立了"妇女地位和教育委员会"，随后，人类学、心理学、历史学、哲学等学科也相继成立了相似的协会。为了推动妇女研究学术的发展，1972 年，芙劳润·斯赫、保罗·劳特等创办了"女权主义出版社"，并发行了学术交流的信息刊物——《妇女研究季刊》（*Women's Studies Quarterly*），同年，另外两个杂志《女权主义研究》（*Feminist Studies*）和《妇女研究》（*Women's Studies*）也相继创刊，1975 年，《标志》（*Signs*）杂志创刊，所有这些跨学科的刊物都对20 世纪六七十年代以后的女性主义学术发展作出了巨大贡献。就胡克斯而言，她从 20 世纪 60 年代末进入斯坦福大学起，就选择了学院派道路，先后在威斯康星大学和加州大学圣·克卢斯分校获得硕士学位及博士学位，多年来辗转于多所大学任教，任多所著名大学的教授，这种学习和研究的生涯，必然会让她感受到美国学院内

---

① 贝尔·胡克斯：《激情的政治》，沈睿译，金城出版社 2008 年版，第 155—157页。

女性研究的动向和气息，并且她本人也以女性主义研究作为阵营，在大学里开设黑人女性文学研究课程，举办演讲，出书，参加各种学术会，顺应形势地宣传自己与主流女性主义相异的思想，受到学院同行和学生们的欢迎，随着她影响力的日渐提升，针对她著作的评论纷纷出现在《妇女书评》（*The Women's Review of Books*）、《美国黑人文学论坛》（*Black American Literature Forum*）、《高校黑人杂志》（*The Journal of Blacks in Higher Education*）、《女性主义评论》（*Feminist Review*）等著名学术刊物上，所以妇女研究和妇女运动的受欢迎，对胡克斯黑人女性主义批评的传播也起到推动作用。

此外，美国政府的改革措施也有利于胡克斯批评的实质性进展，"至少在里根政府前，联邦政府看来一直在努力增加黑人和女性的平等机会"①，1972 年的教育法特别禁止在学院和大学的性别歧视，许多州都取消了禁止堕胎的立法，1973 年，最高法院宣判堕胎是医生和病人之间的私人决定，从而在实质上使女性获得了使用堕胎权利的自由。1973 年春天，提交到国会达 50 年之久的平等权利宪法修正案在两院通过，到 1975 年，使宪法修正案生效所必需的 38 州中有 32 州也通过了这个修正案，社会的启蒙环境及政府的具体改革措施对黑人女性争取权利形成了一种激励，启迪了黑人女性追求思想自由的精神，丰富了有关黑人女性批评的话题，为胡克斯黑人女性主义批评的成熟奠定了坚实的基础。后殖民主义理论家艾勒克·博埃默（Elleke Boekmer）指出，到 70 年代末为止，女性主义对权力的分析，主要集中在强调女性受压迫的共同经历，而其他的一些文化、种族和阶级等方面的差异则往往被忽略了：动因和权力都是从美国白人和欧洲白人的角度去界定的，强调的都是个人。② 在白人女性中心论的倾向下，早期的白人女性主义者把自己

---

① Roy L. Austin and Hiroko Hayama Dodge, "Despair, Distrust and Dissatisfaction among Blacks and Women, 1973—1987," *Sociological Quarterly*, 1996（Index）, Vol. 33, Issue 4, pp. 579, 20.

② 艾勒克·博埃默：《殖民与后殖民文学》，盛宁、韩敏中译，辽宁教育出版社1998 年版，第 259 页。

的生活经历和观点普适化，成为具有不同阶级、不同种族女性的代言人，忽略了黑人女性和其他第三世界女性的不同观点。有学者指出："究竟是否存在着一种适用于全球妇女运动的原则，这个问题在今后数十年中将成为争论的热点。"① 如今事实已经证明，黑人女性的文学理论已出现在当代各种女性主义经典读本中，对白人女性主义批评形成必要的补充，如张京嫒主编的《当代女性主义文学批评》就将芭芭拉·史密斯收录其中。鉴于黑人女性主义的后发之势，有学者认为："黑人女性主义批评对于女性主义批评的作用恰如女性主义批评对当代学界的冲击。"② 正是在黑人女性与白人女性的交锋中，黑人女性主义批评异军突起，性别之外的种族和阶级因素日益成为关注焦点，贝尔·胡克斯作为交锋和论证中颇具影响力的代表，以其独具特色的批评话语和多重的身份特征成为黑人女性主义批评中日益焦点的人物，她将种族和阶级放置于与性别同样重要的层面，对主流女性主义批评中所隐藏的霸权主义进行了反思和批判。她明确指出，白人女性主义者的作品中往往存在着大量种族主义观点，并强调白人至上的理论，"从而否定了妇女们可以超越民族和种族的界限形成政治联合的可能性"。③ 由于美国社会的阶级结构是由白人至上的种族政治构成，因此"阶级斗争与结束种族主义的斗争是不可分割的"④。

事实上，种族问题及其连带的阶级问题之所以成为胡克斯论证的重点，源于她黑人女性的身份及对非洲历史上黑人妇女悲惨处境的关注，她指出，从白人殖民者踏入非洲大陆那一刻起，非洲妇女就开始了苦难的受奴役历史，白人殖民者通过人贩买卖、诱拐等方式将黑人女奴运往美国开发种植园经济，在运送的船只上，黑人女

---

① 瓦勒里·布赖森：《女权主义政治理论引论》序言，载李银河《妇女：最漫长的革命——当代西方女权主义理论精选》，三联书店1997年版，第6页。

② Sacvan Bercovith ed., *The Cambridge History of American Literature*, Vol. 8, Cambridge：Cambridge University Press, 1996, p. 343.

③ 贝尔·胡克斯：《女权主义理论：从边缘到中心》，晓征、平林译，江苏人民出版社2001年版，第3页。

④ 同上书，第4页。

奴遭受着白人男性对她们身体伤害的威胁，哺育孩子的妇女更是遭到非人的待遇，在著作《我不是一个女人吗：黑人女性与女性主义》中，胡克斯提到一个九个月大的黑人孩子的遭遇：他因拒绝进食而受鞭笞，当鞭笞不能奏效，船长命令将孩子的双脚放入一锅开水中，当试了几种方法仍不能奏效后，船长丢弃了孩子，导致了他的死亡，然后他命令孩子的母亲把尸体扔出船舱。① 在殖民地任何一个种植园中，女黑奴从事着和男黑奴一样繁重的体力活，承受着和男黑奴一样残忍的体罚。她们每天的劳动数量，就作为她个人以后每日劳动的定额，收工时，一旦不够此数，则遭毒打。白天劳动时间长达十八九个小时，夜间则被关入破陋不堪的木屋草舍。有的黑人女奴把新生儿掐死，以免自己的子女坠入被奴役的黑暗深渊。1856 年 1 月 28 日，黑人女性玛格丽特·加纳（Margaret Garner）与四个孩子、丈夫及父母一行从肯塔基州逃往俄亥俄州，当他们安顿下来不久，白人主人就带着一队人马追至，玛格丽特当时喊道："在把我的任何一个孩子带回肯塔基之前，我要把他们每一个人都杀死"，结果在追兵冲进屋里之前，她只来得及杀死不到三岁的女儿，后来媒体就此事报道说："对于孩子的失去，母亲没有显示出任何别的感情，只有喜悦"②，黑人女作家莫里森的小说《宠儿》就是以此事件为故事原型，描述夭逝近十八年的女儿借他人的身体复活，向母亲追讨那份被"割"断的母爱。即使在白人家庭里做帮佣、看护或女裁缝之类，女黑奴面对的折磨也不比在田间劳作的奴隶少，因为她们要面对不停发号施令的女主人和男主人，经常会因一点小过错而受虐待。胡克斯记述了一个来自亚拉巴玛的前奴隶蒙哥·怀特（Mungo White）对她母亲工作情况的回忆：她的工作对任何一个人来说都是艰难的，她必须作为女仆为怀特先生的女儿服务……每天纺织和梳理四股线，然后洗刷，还要断开一百四十四根

① bell hooks, *Ain't I a Woman*：*black woman and feminism*, Boston, MA：South End Press, 1981, pp. 17 – 19.
② 参见唐红梅《种族、性别与身份认同：美国黑人女作家艾丽丝·沃克、托尼·莫里森小说创作研究》，民族出版社 2006 年版，第 177—178 页。

线，如果她不能把所有的一切做好，当天晚上就要挨四十下鞭打。①
19 世纪白人女性人类学家丽迪雅·玛丽·奇尔德（Lydia Marie
Child）准确地总结了奴隶制时期黑人妇女的生存状况："黑人妇女
既不受法律保护，也不被公众舆论保护，她是她主人的财产，而且
她的女儿也是她主人的财产。她们被许可不具备良心上的顾忌和耻
辱感，也不用考虑丈夫或父母的感受：她们必须完全臣服于主人的
意志，只要能满足主人的乐趣，哪怕忍受鞭笞至死的疼痛甚至死
亡。"② 而且胡克斯指出，奴隶制时期的黑人男性命运也很悲惨，
除了被迫从事非人的劳作外，还遭受着白人奴隶主对他们"去男性
化"的侮辱。

　　事实上，黑人之所以蒙受着种族的歧视和压制，和历史上种族
主义的泛滥是分不开的。启蒙运动时期就已经出现了反黑人倾向，
伏尔泰以白人中心论代替了人文主义，他首先通过均衡推论提出亚
当不是各个"人种"的共同祖先，进而推论出文明的白人是一种比
黑人更高级的类别，"正如这些黑人比猴子高级，正如猴子比牡蛎
和此类其他动物高级"③ 一样。休谟则对黑人的思考能力和才干提
出质疑，他断言在数十万远离老家运来的黑人中，而且其中大多数
已经获得自由的黑人中，"还从来没有找到一个在艺术、科学或任
何其他高尚领域中做出大事的人"④。康德进一步将黑人的缺少才
干归因于"愚钝"的遗传特性，并认为这决定了黑人不可能因受到
教育和纪律的熏陶而有所改善。黑格尔则认为"非洲本身"就是黑
非洲，它退缩自保，"严格地说没有历史可言"，黑格尔对非洲大陆
非历史性的断言，实质同断言其"不可改善、不可文明化和不可改

---

　　① bell hooks, *Ain't I a Woman*: *black woman and feminism*, Boston, MA: South End
Press, 1981, p. 24.

　　② Ibid., p. 26.

　　③ 皮埃尔 - 安德烈·塔吉耶夫：《种族主义源流》，高凌瀚译，生活·读书·新知
三联书店 2005 年版，第 84 页。

　　④ 同上书，第 91 页。

造的居民的动物性是相辅相成的"①，都是为种族主义寻找借口。塔吉耶夫指出，种族主义是一种源自欧洲的现代现象，所依据的标准是：人由于其自然归属于价值不等的种族（"进化度"不同），价值也不同，应当以不同的方式对待他们。② 种族主义策略使白人奴隶主任意奴役黑人合法化、合理化，尤其女黑奴，命运更悲惨。胡克斯指出："女黑奴不能从任何男性群体那里寻求帮助，即使在绝望中求助于女主人，也常常不能奏效。"③ 奴隶制的废除并未使黑人获得真正的自由，随着时代的发展，种族主义也出现了新面孔，美国社会机构通过各种形式来达到对黑人种族的压制，黑人仍难以享受到应得的权益，尤其黑人女性的境况更不容乐观，她们受到的歧视和压制一如既往地存在。作为学院教授，胡克斯深有感触地指出，黑人女性学者时常处于坚守自己的思想和向殖民思维靠拢的矛盾中，"在白人至上的资本主义父权制社会语境下，黑人女性如果不使自己的思想非殖民化，她也许能成为成功的学者，但不能成为知识分子，维持被殖民化的头脑，也许使她们在学院内胜出，但无助于智力的过程"④。不仅作为知识分子，就绝大多数沉默的黑人女性群体来说，低收入、失业以及缺乏人身安全是她们一直面对的状况。1970—1985 年，黑人女性的中等收入与白人女性相比，从后者收入的 92% 降到了 85%，1998 年，黑人女性只能挣到白人男性收入的 59%，而且从 1972 年以来，黑人女性的失业率是白人女性的两倍。⑤ 尤其第一次世界大战前，美国的种族主义达到猖獗的程度，在南方黑人居住地，经常发生针对黑人男子的私刑，黑

① 皮埃尔－安德烈·塔吉耶夫：《种族主义源流》，高凌瀚译，生活·读书·新知三联书店 2005 年版，第 94 页。

② 同上书，第 3 页。

③ bell hooks, *Ain't I a Woman*：*black woman and feminism*, Boston, MA：South End Press, 1981, p. 36.

④ bell hooks and Cornel West, *Breaking Bread*：*Insurgent Black Intellectual Life*, Boston, MA：South End Press, 1991, p. 160.

⑤ Jennifer Hamer and Helen Neville, "Revolutionary Black Feminism：Toward a Theory of Unity and Liberation", *Black Scholar*, Fall/Winter98, Vol. 28, Issue3—4, pp. 22, 8.

人女性常受到人格的侮辱，在南方的黑人学校里，女孩被教导要尽量穿着庄重，以便在她们离开校园时，白人男子不敢对她们轻举妄动，某些州禁止黑人女性使用"小姐"或"太太"这样的称呼，在买衣服时，如果没有付款，则不能试穿。对强奸罪的刑罚也不一样，如果受害者是黑人女性，一般都比受害者是白人的刑罚要轻。①

对于黑人女性而言，她们除了和黑人男性共同面对种族主义压迫外，胡克斯尤其强调了她们所遭受的性别压迫："奴隶制时期，殖民地白人男性家长的性别歧视使黑人女奴免遭同性恋强暴和其他形式性暴力的羞辱，却使得对黑人女奴的性剥削合法化。"② 胡克斯描述了白人男性惯用的几种方式，首先强暴是最普遍的一种形式。在当时，黑人女性被描述为妖妇，她们的身体充满了毫无节制的性欲，是"自然的"女性存在的精华象征，它是有机的，动物性的，原始的。黑人女性被看作"只有身体，没有思想"，是"无序的妇女"概念的现实例证，是她们把白人男性从精神的纯洁引向罪恶，白人男性通过这种意识形态的宣扬达到剥夺黑人女性掌握自己身体自由的目的，为自己肆虐的暴行寻找借口。对年轻的黑人女奴而言，被勒令与男主人和女主人同睡一间卧室是正常的，这就为对她们进行性侵犯提供了便利。胡克斯记述了曾为女奴的黑人琳达·布伦特（Linda Brent）在自传中描述的白人男主人以强暴胁迫她服从自己权威的妄想：当琳达初次为主人弗林特先生服务时，弗林特就不停地以口头宣称要占有她的方式来折磨她，并告诉她，如果她不服从他的命令，他就会使用武力。黑人活动家安吉拉·戴维斯指出："白人男性强暴黑人女奴并不是为满足自身的性欲，事实上是造成黑人妇女道德败坏和非人化制度化的一种恐怖主义手段。"③ 其次，肆虐地鞭打裸体的黑人女奴也是一种性剥削的方式，常用于

---

① 洛伊斯·班纳：《现代美国妇女》，侯文蕙译，东方出版社1987年版，第54页。

② bell hooks, *Ain't I a Woman: black woman and feminism*, Boston MA: South End Press, 1981, p. 24.

③ Ibid., p. 27.

惩罚不服从的奴隶，在胡克斯看来，通过让女黑奴在围观的男性面前裸露，"增加了她们自身的堕落感和羞辱感"，"让她们意识到自身的性别弱势，同时也表现了男性对女性的蔑视和仇恨"①。再次，哺育也是一种有效的手段，当时美国南部各州奴隶交易非常普遍，奴隶主的收益主要来自于所拥有的奴隶数量的增加，尤其随着棉花种植业的兴起，种植园对奴隶劳力的需求不断扩大，奴隶的价格连续上涨。一个健壮的奴隶 1780 年售价为 200 美元，1800 年为 350—500 美元，1818 年为 700—1000 美元，1860 年为 1400—2000 美元。奴隶售价的直线上升，使得奴隶贩子除了加大走私活动的力度外，还将黑人妇女的身体当作孵化器（incubator）。当时的一些蓄奴州如马里兰、密苏里、弗吉尼亚等发展起了一种专门从事繁殖奴隶的生意，残暴的奴隶主把身强力壮的黑人从一个庄园送到另一个庄园去"配种"，黑人女性则被视为母畜，十三四岁的黑人女孩就被强迫生育。据说，有一女奴隶连生双胎，在她 41 岁时，就已生育了 41 个。在 1820—1860 年这 40 年内，仅弗吉尼亚和马里兰州就繁殖了 25 万个奴隶。② 胡克斯指出，在传统的非洲社区内，黑人女性的哺乳期，一般是休整身体的时间，白人奴隶主就采用暴力胁迫的方式让她们连续生育。此外，他们还鼓励黑人女子和黑人男子通婚，因为这也是有效增加奴隶数量的方式，而这种行为直接导致了黑人奴隶亚文化（black slave sub-culture）的建立，而且，在亚文化内部，也出现了与白人社群相似的性别政治，胡克斯指出，"在黑人亚文化圈内，由黑人女性负责做饭，清扫，看护病人，缝洗衣物并照顾孩子们的需要，黑人男人将诸如此类的事情看作是妇女的工作……纵使当母亲和所有的孩子都生病了，农场出现了危机，作为一个男黑奴也会拒绝做为奶牛挤奶这样的活儿，因为这会

---

① bell hooks, *Ain't I a Woman*：*black woman and feminism*, Boston, MA：South End Press, 1981, pp. 37 - 38.

② 中国人民解放军五二九七七部队理论组、南开大学历史系（美国史研究室及七二届部分工农兵学员）：《美国黑人解放运动简史》，人民出版社 1977 年版，第 65—67 页。

被认为有损他的男性尊严。"①

黑人男性也是给予黑人女性性别压迫的主要来源，他们经常使用武力确立在家庭内的权威。黑人女作家艾丽丝·沃克的小说《紫色》形象地刻画了黑人女性在家庭内的悲惨处境，女主人公茜莉被继父强暴后又被像拍卖商品一样嫁给了阿尔伯特，丈夫对她肆意蹂躏，时时痛打，茜莉只有默默忍受，当她挨打时，她所能做到的只是不哭，让自己像木头一样愚钝，茜莉的形象是当时黑人女性处境的真实描写。胡克斯指出，除了武力，强暴也是黑人男子确立他们男子气概与男性权力的方式，而受到性侵犯的黑人女奴，"不得不应对周围人的厌恶和鄙视，没有人会关注强暴给她们心理造成的创伤，黑人女奴陷于矛盾的处境中，当她迎合黑人男子的强暴时，她们就被压迫者看作具有兽性的，毁坏了'真正女性'应有的灵魂，没有人称赞黑人妇女践行宽恕的慷慨心灵"。② 胡克斯认为，夏洛特·皮尔斯－贝克（Charlotte Pierce-Baker）根据黑人女性被强暴的故事编辑而成的著作《在沉默中生存》（*Surviving the Silence*），某种程度上揭示了社会对强暴黑人女性并不关心的状况，正因为如此，被强暴的黑人女性经常保持沉默，活在创伤之后的精神混乱中，黑人女性长者一次次地谴责这种罪行，或者要求沉默以保护肇事者，这些事情使得黑人看清楚了奴隶制的境况：保护邪恶，而不是试图改变它。③ 胡克斯将黑人男子的这种行为称为"暴力循环"，分析了出现这种现象的原因，她认为，黑人男性经常在公共环境中受到虐待，可为了维持物质生存，他们只能屈从于老板或有权力的人带有侮辱和贬低性的控制，于是为了释放自己的情感痛苦，只能将暴力施向更弱势的黑人女性身上来。④ 这种观点虽有待商榷，却

---

① bell hooks, *Ain't I a Woman： black woman and feminism*, Boston, MA： South End Press, 1981, p. 44.

② bell hooks, *Salvation： Black People and Love* , New York： Harper Collins Publishers, 2001, pp. 94 – 95.

③ Ibid. , p. 102.

④ 贝尔·胡克斯：《女权主义理论：从边缘到中心》，晓征、平林译，江苏人民出版社 2001 年版，第 141 页。

真实地揭露了黑人群体内部性别歧视的存在，那些弱小无助的黑人女性，是背负着种族、性别双重压迫的牺牲品，她们不仅在白人男性面前毫无尊严可言，在黑人男性面前也不具备做人的尊严，虽同样是女人，却不具备白人女性的优越和特权。尽管处身于边缘之边缘的地位，还得小心翼翼地生存下去，尽量不让自己被不合理的社会所吞没。事实上，黑人男性的这种态度和性别歧视的社会化（sexist socialization）相关。在很年轻的时候，黑人男孩子就被教导他们在世界上有特权地位，因为他们生而为男性，这种地位比女性优越。当女性不肯定他们的男性地位，或不愿意承担附属的角色时，他们就可以对不顺从的女性表现出蔑视和敌意。胡克斯指出，黑人男子将黑人女性的痛苦摈斥为无关紧要，正是因为性别歧视的社会化教会他们将女性看作不具有人的价值的客体，这种反女性的态度是父权制特有的。所以黑人男性往往以他们是黑人种族唯一代表的姿态回应种族主义，仿佛他们成了种族主义压迫的唯一受害者，是他们而不是黑人女性被剥夺了自由。胡克斯分析了美国黑人文学史上"抗议文学"代表作家理查德·赖特（Richard Wright）的抗议小说《唱不尽的凄恻之歌》，小说中杀死了侮辱自己妻子的白人推销员的黑人英雄西拉斯喊出了他的愤怒：白人从来不给我一次机会！他们从不给任何黑人男人机会！他们抢走了我们的土地，带走了我们的自由，夺走了我们的女人，现在又要索取我们的生命！胡克斯尖锐地指出，赖特仅仅将黑人女性作为黑人男子的财产，作为男性自我的延伸，他的态度是典型的父权男性对女性的认知。①

此外，黑人女性所面临的阶级问题一直是被忽视的问题，从一元论的女性主义视角来看，阶级压迫不是独立的压迫体系，所以自由主义的女性主义者们，如玛丽·沃尔斯通克拉夫特和穆勒等人，并未把阶级问题当成重要问题看待，她们认为，改变性别秩序不合

---

① bell hooks, *Ain't I a Woman: black woman and feminism*, Boston, MA: South End Press, 1981, p. 101.

理，只需要将男性在理性社会中建构的价值推广到女性中即可，她们直观了女性而忽略了社会因素；马克思主义女性主义和社会主义女性主义企图纠正阶级视角的偏差，她们认为，女性在社会上的屈从低位，实质上就是无产阶级的屈从地位，因为女性在家庭中处于从属地位，不占有生产资料，家务劳动由其无偿负责，这实际上是一种经济剥削关系，只有当无产阶级革命胜利，消灭家庭的日子到来后，这种局面才可得到根本性的改变，她们虽然强调了阶级问题，但却只见社会而不见女性个体，忽视了女性问题的文化维度；激进女性主义者们倡导的所谓"提高觉悟"之类也不能有效地挑战资本主义中所包含的阶级压迫，更多地只能成为一种理论。但事实上，阶级问题对女性而言，的确是关键性的问题，琳达·伯纳姆（Linda Burnham）说，在造成黑人女性贫困的原因中，种族和阶级的因素大于性别因素[1]，"女性被纠缠在阶级的体系中，有着真正的阶级利益，在阶级的基础上，女性能压迫男人，女性之间的阶级差异不能仅在女权主义的框架内得到解决"。[2] 就胡克斯而言，她对阶级问题的关注，起源于她读大学期间的真实生活，由于经济的匮乏，她无法在假期旅行，每月过半的房租都由父母承担，她也无法省下钱来为家庭添置东西，这些现状促使她和其他同学们疏远开，她们向着不同的方向发展，但胡克斯并未因此而改变对自己阶级的效忠，这些经历对她来说是重要的，使她意识到"阶级不是仅关乎钱的问题，而是决定行为的价值问题"[3]。例如，胡克斯发现，中产阶级的白人同学在谈论父母时，态度方面往往缺乏尊重，胡克斯对此感到震惊和不解，因为她所生活的环境教导她要珍视父母，而白人同学对此的回应往往是，"这种情绪是健康的，也是正常

---

① Linda Burnham，"Has Poverty Been Feminized in Black America？" *Black Scholar* 16，No. 2（March/April 1985），p. 15.

② Sohnya Sayres，Anders Stephanson，Stanley Aronowitz，Fredric Jameson eds.，*The Sixties Without Apology*，Minneapolis：University of Minnesota Press，1984，pp. 110 – 111.

③ bell hooks，*Talking back：thinking feminist，thinking black*，Boston：South End Press，1989，p. 76.

的", 这一点也成了大学里区分阶级的一个标志, 因为"下层阶级"的人被大多数学生认为没有信念和价值观, 他们没有"自己的想法"。胡克斯的经历可以折射出美国社会所谓阶级差异的内涵, 所以黑人女性主义批评对阶级政治往往是不满的, 因为历史上的阶级政治要么根本就是种族主义的, 要么就是对种族问题、性别问题重视不够。对黑人女性而言, 阶级问题很严峻, 不仅给生活带来压力, 给她们的自我意识也带来消极影响, 比如与阶级因素相关的黑人女性的刻板形象"福利母亲", 就成了贬低工人阶级黑人女性的口实。

黑人"福利母亲"主要出现于第二次世界大战后, 她们越来越多地依赖于国家的福利生活, 是奴隶制时期哺乳者女性形象 (breeder woman image) 的现代版本, 二战后, 美国社会给予黑人更多的权利, 特别是民权运动以来, 福利制度开始惠及贫穷的黑人, 具体包括社会保障、抚养子女家庭的援助、失业补偿、选举权、学生就餐项目、幼儿福利项目以及最低工资保障等, 尽管 20 世纪 80 年代共和党政府一直反对这些措施, 但它们还是得以实施, 让很多的黑人不再像他们的父辈和祖辈那样, 为了生存而从事受尽剥削的职业。而像出口工作、非技术化的工作等开始使用非法移民, 代替那些廉价的黑人劳工, 于是大量未受过教育的已婚黑人妇女, 不必被迫从事工作, "福利母亲"的形象开始出现。此形象和保姆以及"女家长"形象有相似之处, 和女家长一样, "福利母亲"也被称为不称职的母亲, 但她不像女家长那样富有攻击性, 她被描述为回避工作, 只是坐在那里等待着收取福利金, 并将自己糟糕的价值观传递给后代的女人。事实上, "福利母亲"为黑人女性的种族、性别和阶级的连锁压迫提供了意识形态理由, 首先因为她们的懒惰, 不能将勤奋的工作理念传递给后代, 造成了后代的贫困, 而且, 她们缺乏男性权威人物的帮助, 由于她是一个独身的母亲, 她便违反了欧洲中心论男权主义的基本信条——一个女人的真正价值和财产安全只有通过异性恋婚姻才能得以保障。二战后, 正是由于黑人的高贫困率, 支持贫穷黑人女性和孩子的福利基金花费越来越多, 她们被视为危害社会稳定和政治稳定的隐患，因为她们不想工作，依照美国的清教道德，这种行为就是堕落；因为她们不把孩子没有父亲、自己没有丈夫当回事，这在道德上就不正常；而且她们无谓地消耗着大众公共基金，使得美国大众对她们群起攻之，于是，美国的经济和道德问题都归于她们的原因，甚至她们威胁到了美国生活方式的存亡。那么，当黑人女性的阶级问题得以解决后，她们的自我意识和公众形象是否就完全获得了解放？在这个问题上，白人女性主义者的思索不无启发，法国女性主义者波伏瓦认为，阶级斗争并不能解放女性，"我深信妇女必须变成真正的女性主义者，自己的问题自己解决。工人受剥削和妇女受剥削之间的关联，以及推翻资本主义能对妇女解放有多大助益，都需要更深入的严谨分析……如果家庭制度不变，推翻资本主义并不表示推翻了父系社会的传统。我深信不仅要推翻资本主义及改变生产方式，还要改变家庭结构"。① 在波伏瓦看来，革命不是孤立的元素，也不是女性命运的救世主，它与性别结构，与整个社会制度都有关联，单纯地改变其一，并不能从根本上救治女性的问题。在这个问题上，作为黑人的胡克斯同样也有反思，同为女性，她立足于黑人社群的历史和现状，深刻认识到黑人女性问题的复杂性以及各种因素之间的缠绕连接，从种族、性别以及阶级三者的综合因素出发深入思考黑人女性的境况，并以之来结构她的黑人女性主义文学批评。于是，种族、阶级和性别的三者联合，共同构成了胡克斯黑人女性主义批评的范畴，成为胡克斯思想的灵魂和精髓。

---

① 爱丽丝·史瓦兹：《拒绝做第二性的女人：西蒙·波娃访谈录》，妇女新知编译组梁双莲等译，《妇女新知杂志社》1986 年，第 37—38 页。

# 第二章

# 贝尔·胡克斯黑人女性写作观

## 第一节 贝尔·胡克斯写作的政治性策略

国内女性主义研究者张京媛指出："女性主义文学批评的最终目的就是要使这个世界变得更美好——通过阅读与写作的革命。"① 写作一直是女性主义者们践行性别革命的重要领域，黑人女性也不例外，如果将黑人女性写作作为整体而论，可以说它是黑人女性建构身份的一种方式，它是母亲们留下的文学遗产，这份遗产帮助黑人女作家建立起文化和集体归属感，为她们的发言提供合法性力量与支撑，使黑人女性集体被湮没的声音得以彰显。胡克斯指出："对于我们而言，最重要的工作就是发出一种新的语言——自由的声音，被压迫者从客体转变为主体，以一种新的方式说话，这种语言只有当被压迫者经历自我恢复才能得以出现。"② 在胡克斯看来，虽然女性主义批评聚焦于发声会表现得有些老套，尤其当女性们讲同一话语或者所有的女性一直不停地讲"有意义的话语"时更是如此。然而，作为受压迫的群体，女性体会过很多共同的感受，比如绝望、愤怒和痛苦，但她们却不能说出，就像诗人奥德丽·劳德所说，"担心我们的语言不被听到或不受欢迎"，于是发声就具有了重要的意义，它是一种抵抗之举，既是积极自我改造的方式，也是女

---

① 张京媛：《当代女性主义文学批评》，北京大学出版社1992年版，第1页。

② bell hooks, *Talking back*: *thinking feminist*, *thinking black*, Boston: South End Press, 1989, p. 29.

性从客体转变为主体的渠道。马里亚纳·罗莫·卡莫纳（Mariana Romo-Carmona）提到："每当一位女性准备发声，一个解放的进程就开始了，所以它具有充满力量的政治含义。我们看到女性一次次自我发现、走出壁橱、在家庭和社区内寻找身份和答案的进程，致力于政治斗争可以结束所有形式的压迫。当我们向其他人诉说我们生活的故事时，自我意识就清晰了，而其他人也经历了相同的转变。当我们把这些转变写出来或说出来，我们的经历就成了有效的和真实的，我们开始分析，而这种分析给我们的生活提供了必要的视角。"① 尤其 20 世纪 60 年代以后，黑人女性作家被认为是美国黑人文学、黑人研究进一步发展的"崭新的能量中心"。正如批评家霍斯顿·J. 斯皮勒思（Hortense J. Spillers）所说："在美国，黑人女性写作群体现在可以被看作是国家生活新的生动的现实。"② 在胡克斯看来，当代黑人女性写作尤其小说创作在选择主题时有某些相似点，包括地理位置、对语言的使用、性格的形成以及写作风格等，这种情况的出现，一方面与黑人女性所具有的社会地位相关，是被她们生活中的性别歧视和种族主义模塑而成，使得她们具有相似的文化和伦理经验；另一方面，作家可以以写作为生，当一些黑人女作家的作品出版后，很多其他人可以模仿前辈作品创作的模式，于是写作对黑人女性而言，就具有了无法替代的意义，它是黑人女性发声的重要途径。

正是从这个意义上，胡克斯认为，意识到发声的必要，写出生活中不同的情况，正是有色人种女性批评意识和自我意识觉醒的开始，然而现实却是令人失望的。胡克斯指出，她所工作的学术环境，不是能够讲真话的场所，也不是被压迫者聚集在一起讨论如何越界、如何自由写作、见证斗争重要性的场所，尽管如此，现实的不足并不能阻碍她对写作的执著和热爱，她谈到写作对自己的影

---

① bell hooks, *Talking back*: *thinking feminist*, *thinking black*, Boston: South End Press, 1989, pp. 12 – 13.

② A. W. CHERY, *Changing Our Own Words*: *Essays on Criticism*, *Theory*, *and Writings by Black Women*, NewBrunswick: Rutgers University Press, 1989, p. 1.

响："写作以及写作的渴望将我从绝望的边缘拯救回来，我听到我的过去告诉我——我会发疯，并会以孤独结束自己的生命。我记得最年长的姐姐嘲笑我，告诉我要停止——停止思考，停止梦想，停止试图经历和理解生活，停止生活在思考的王国里……我站在那里尽力地隐藏悲伤和痛苦，克制着不哭，不想让她们知道我受了很大的伤害……写作缓解了这种痛苦，通过写作我超越了绝望。"① 可见，对胡克斯而言，写作已成了面对生活的动力和策略，而写作之于她的意义，是在生活和求学中慢慢形成的，当她从南方小镇的黑人社区进入大学、进入更大的世界后，她才意识到，她并没有完全理解在美国作为一个黑人女性意味着什么，托尼·凯德·班芭拉在开创性的论文《关于角色问题》中强调的"解放始于自我，完成于自我"，对胡克斯影响很大，促使她在践行持久、严格的内省的同时，开始寻找答案，最终她选择了女性写作。无独有偶，黑人女性作家莫里森也坦诚地指出了写作在自己生活中所具有的无法替代的意义："我喜欢它，没有它我就无法生活。只有写作。我想，如果所有出版人都消失了，无论如何我都会写作，因为它是我无法克制的冲动。写作，以这种方式思考。"② 对于莫里森来说，写作成了一种存在的方式，是思考的体现和延伸，也反映了莫里森借用写作对文化身份的自觉思考。鉴于写作在黑人女性生活和文化中的重要作用，胡克斯思考了黑人女性主义话语与主流话语，尤其是主流女性主义话语的关系，她不赞成和白人女性主义采取分离主义的观点，而提倡在保持差异的前提下对话和共生："妇女不需要完全消除差异以求团结。我们不需要一起承受共同的压迫以求平等地斗争来结束压迫。我们不需要用反对男性的观点把我们联合在一起，我们必须分享共同的经验、文化和思想的财富是那样的伟大。我们可

---

① bell hooks, *remembered rapture: the writer at work*, New York: Henry Holt and Company, 1999, pp. 8 – 9.

② Robert Stepto, "Intimate Things in Place: A Conversation with Toni Morrison (1976)", Danille Taylor-Guthrie ed., *Conversation with Toni Morrison*, Jackson: University of Mississippi, 1994, pp. 23 – 24.

以成为姐妹，共同的利益和信仰、我们对差异的正确评价、我们的为了结束性压迫的斗争和政治团结把我们结合在一起。"①虽然胡克斯对主流女性主义忽略种族和阶级的做法以及代有色人种女性发言的态度提出质疑和不满，但她仍然认可黑人女性主义批评是女性主义运动不可分割的一部分，她采取从女性主义内部对其完善修正，使美国黑人女性主义批评实现从边缘逐步走向中心，被主流话语接纳和承认的策略，以求推动女性主义批评向多元化、多层次的方向发展。这种把白人女性主义作为参照，并以自己"差异的身份"与之进行比较和审视的态度，既和黑人女性主义话语不能离开其非洲文化根源密切相关，也与其要从欧美女性主义传统中汲取养料不可分割。

正是这个原因，胡克斯没有被冠以"非洲中心主义批评家"的称谓，"她（胡克斯）虽然是一个非裔美国作家，兴趣和关注点在于黑人生活，但她拒绝在与欧洲或欧美生活的对立竞争关系中看待黑人生活，她对黑人文化的混合性并不担忧，因此她感觉没有必要抵制白人的影响，或隔绝白人的因素"。②非洲中心主义批评作为一种理论话语，是由美国黑人文学批评家乔伊斯·A. 乔伊斯（Joyce A. Joyce）于 1994 年依据非洲中心主义论为理论基础而正式提出来的，根据非洲中心主义论的创始人阿桑蒂的观点，由于欧美文化的霸权主义行径，欧美思想已被普化，被推崇为人类文化的标准。在视欧美思想文化为中心的当今世界，任何不是由欧美人所提出的理论概念和任何不被欧美文化标准所接受的文化现象，不是被忽视或受歧视，就是被毫不留情地贴上"低劣"或"原始"的标签。欧洲中心主义的主导地位，就是要不惜采用任何手段篡改事实，或用欺骗的方式混淆历史的本来面目。在非洲中心主义学者的眼中，欧洲中心主义的知识体系，因其总结和积累的仅是欧美人的

---

① 贝尔·胡克斯：《女权主义理论：从边缘到中心》，晓征、平林译，江苏人民出版社 2001 年版，第 78 页。

② bell hooks and Cornel West, *Breaking Bread：Insurgent Black Intellectual Life*, Boston, MA：South End Press, 1991, p. 62.

世界观和文化视角，不具有普遍性，加之其长期在文化领域中表现出的霸权主义倾向，所以是不可信的。鉴于世界是由代表着多个不同文化的民族和种族所组成这一事实，非洲中心主义学者强烈呼吁世界在文化视角上要形成多极化，每一个民族或种族都应该有同样的权利，都能根据自己的文化经历去表达自己的文化真理，即建立把自己文化价值观置于研究中心的中心主义。[①] 可以看出，非洲中心主义具有黑人民族主义的性质，通过强调非洲文化的优越性，对抗西方文化的入侵。正是出于对这一点的质疑，胡克斯认为，单一的非洲中心主义宇宙观，既有陷入本质主义的嫌疑，也会陷入孤立从而失去发展的动力。胡克斯对本质主义给予了有力的批判，她认为本质主义话语所产生的单一黑人身份无疑会维系和加强白人至上的文化霸权，对本质主义的批判有助于形成一种真正复调的、多声部的和差异的黑人女性身份。[②] 不只胡克斯，黑人女性主义批评对本质主义的反思早已有之，麦克道威尔对芭芭拉·史密斯的反驳就是有代表性的表现。芭芭拉在《黑人女性主义评论的萌芽》中认为，黑人女性独特的经历使得黑人女作家作品有着共同的主题、文体和美学表述形式及概念，麦克道威尔则认为，这种观点实质上是预设了一种专属于黑人女性的文学语言。事实上，黑人男性的文学作品可能与黑人女性有同样的主题，那么在表述黑人女性主义时应该将这一点标明出来。[③]

作为经过正规学院教育的学者型知识分子，胡克斯针对学界主流话语对黑人知识分子尤其黑人女性知识分子的评价和定位给予了批判的审视，黑人学者维斯特在《黑人知识分子的困境》中批判了知识分子生活的资产阶级模式。他指出："知识分子已不再是孤独

---

① 参见袁霁《非洲中心主义文学批评理论》，《吉林大学社会科学学报》2000 年第 5 期，第 86—87 页。

② bell hooks, "Postmodern Blackness", *Yearning: Race, Gender, and Cultural Politics*, Boston, MA: South End Press, 1990, p. 28.

③ Deborah E McDowell, "New Directions for Black Feminist Criticism", *The Changing Same: Black Women's Literature, Criticism, and Theory*. Bloomington: Indiana UP, 1995, pp. 5 – 22.

的英雄、四面楚歌的流亡者和孤立的天才，而成了明星、知名人士和商品。"① 针对于此，胡克斯指出，那些利用思想做交易的人不能称为知识分子，真正的知识分子，"应是超越话语边界相互交流思想的人，因为她/他认为有必要这么做"，而且，"她/他应是有创造力的思想者，能跟随他们思想流动的任何方向，超越限制和边界探索思想的王国"②。但由于激进主义的行动被认为是比思想更为重要的解放斗争，造成了知识分子工作的贬值，使得边缘群体的个人感到，知识分子的工作不再是重要的、有用的事业。胡克斯尤其强调了黑人女性的境况。首先，在她们孩童时期，如果问太多问题，发表太多异于社区主流的观点，说出成人世界不能说的事情，就会招致惩罚甚至谩骂。成人后，如果"太博学"、太知性，则意味着在社区内可能被看作怪异的人甚至疯子③，不仅白人世界，黑人知识分子中存在的性别歧视也在持续忽视和贬低黑人女性知识分子及其作品，不是"著名作家"的黑人女性知识分子在社会中是被忽视的，这不仅是制度化的种族主义、性别歧视以及阶级剥削的结果，也是绝大多数黑人女性要面对的现实。胡克斯指出："哈罗德·克鲁斯的《黑人知识分子危机》和科奈尔·维斯特的《黑人知识分子困境》都没有关注黑人女性知识分子。尽管历史表明，黑人女性在独立的黑人社区内作为教师、思想家和文化理论家发挥了巨大作用，但黑人女性知识分子仍然很少被提到，大多数黑人一想到'伟大的思想'，就是和男性联系在一起。"④ 性别歧视的社会化形成了对女性角色的臆说，认为女性的"本质"注定要无私地为别人服务，而黑人社区的宗教教旨将无私服务作为基督教慈爱的最高表达，结果是，很多黑人女性将她们"应该服务"的观念内化，认同她们应该随时准备满足其他人的需要，而不管她们本人愿意与

---

① bell hooks and Cornel West, *Breaking Bread: Insurgent Black Intellectual Life*, Boston, MA: South End Press, 1991, p. 158.

② Ibid., p. 152.

③ Ibid., p. 149.

④ Ibid., p. 150.

否。虽然很多行业的黑人女性不再从事卑贱的工作，但她们仍然被期待为他人整理混乱，不仅白人世界这样期待，就连黑人男子和孩子也认为应该如此。于是，不管工作是什么，职业地位如何，也不管她们本身乐意与否，黑人女性都被当作"服务工作者"。胡克斯认为，这正是阻止黑人女性成为知识分子的主要因素，因为知识分子这种职业不被当作是"无私的工作"，它和女性承担的角色是相悖的。胡克斯指出，"的确，知识分子给人的形象是一些经常沉浸于自我思考中的人，尽管在一些文化领域内，知识分子是受尊重的，但他们的工作常被认为仅是自我参与"①，"沉浸于个人思考"与"无私服务于人"的冲突使得黑人女性很难将知识分子工作当作重心。

其次，胡克斯指出，花费太多的时间孤独地思考和写作，会使黑人女性感觉很难参与社区事务，而且存在和社区隔离的危险，尤其对于成为单亲的黑人女性而言，她必须要考虑具体的物质障碍，这无形中也会阻碍她投入知识分子工作。再次，胡克斯认为，质疑黑人女性能否胜任知识分子工作的种族主义和性别歧视观念，使得黑人女性学者和/或知识分子，不得不考虑由写作所引起的一系列政治效忠问题，使用传统的学术风格写作会为本人赢得学界的接受和认可，但可能会进一步疏远与广大黑人读者群的联系，让自己陷于孤立，而且这种写作也未必会受到尊重。此外，胡克斯的个人经历也使她认识到，黑人女性在学院内会更多地受到教授、同行以及专业同事的质疑，即不信任她们是否有达到"逻辑地推理，连贯地思考，清晰地写作"标准的能力②，这些困扰也会削弱黑人女性的智力水平，而黑人女性处在冲突和矛盾中的境况又给主流学界的白人以口实，他/她们认为出现这样的情况"仅仅是因为黑人女性做得不够好"③。针对主流话语对黑人女性的定位，胡克斯一方面保

---

① bell hooks and Cornel West, *Breaking Bread: Insurgent Black Intellectual Life*, Boston, MA: South End Press, 1991, p. 155.

② Ibid., p. 157.

③ Ibid., p. 163.

持着与主流学术圈的联系，熟练地使用着体现主流话语文化和权力结构系统的英语书写；另一方面，明确反抗学术界认为黑人女性缺乏智慧和创造的假想，坚守着"不仅仅去殖民化思想，而且去殖民化灵魂与身体，既不对白人机构顶礼膜拜（包括他们对荣誉和地位的奖励机制），也不会毫无批判地为黑人文化喝彩（猖獗的宗法和同性恋实践）"① 的理想，力图使黑人女性主义话语走入民间，走入边缘群体，为更多的大众所理解和接受，为社会性别模式的变革产生更为实际的效果，于是形成了她具有黑人女性特色的言说方式——对话体批评。对话性是黑人女性主义批评最突出的特点，这种认识论的产生与非洲的传统文化密切相关。柯林斯指出："对话体作为一种自足的批评方法有其非洲中心主义的根基，它不同于西方不是/就是（either/or）的二元对立思维，而体现了非洲整体和谐的世界观。"② 根据非洲传统文化，这种和谐只有在社区内，在人与人之间的联系和作用中才能产生，黑人女作家盖尔·琼斯指出，"很多女作家将家庭和社区内的男人和女人以及女人之间的关系看作是重要的关系"③，对社区内和谐关系的看重，使得黑人女作家在写作中倾向于凸显对话意识。此外，这种认识论还与黑人女性的现实文化处境相关，胡克斯指出，由于黑人女性的生活状态处在边缘，"于是产生了一种看待现实的特殊方式。我们既从外面往里看，也从里面往外看。我们既看中心也看边缘。这两者我们都了解。这种看世界的方式提醒我们整个宇宙——一个由边缘和中心构成的主体——的存在"。④ 这些因素模塑了黑人女性主义批评的立场。

就胡克斯而言，她的对话体批评主要采取将黑人乡音与标准英语、大众话语与学术话语、非主流话语与主流话语相互糅合的言说

---

① bell hooks and Cornel West, *Breaking Bread*：*Insurgent Black Intellectual Life*，Boston，MA：South End Press，1991，p.61.

② Patricia Hill Collins, *Black Feminist Thought*：*Knowledge*，*Consciousness*，*and the Politics of Empowerment*，New York：Routledge，1991，p.212.

③ Ibid.，p.213.

④ 贝尔·胡克斯：《女权主义理论：从边缘到中心》第一版序言，晓征、平林译，江苏人民出版社 2001 年版，第 9 页。

方式。对黑人乡音的重视，源于胡克斯的大学时期，她在学校内坚持使用非主流的南方口音，成为老师后，在课堂上她尝试方言教学，并鼓励学生用母语发音，再将其翻译成标准英语。尽管一些学生感到使用特殊的方言会让他们困惑，但胡克斯认为，"学会倾听不同的口音、倾听不同的演讲，挑战了我们必须同化——即用一种单一相似的话语——的观念，尤其在教育机构中。语言反映了我们来自于那个地方的文化，使用自己独特的口音，是远离过去的方式。尽量多地学习和使用不同的语言是重要的，对黑人尤其如此"。① 理查德·罗德里格斯（Richard Rodriguez）在受白人读者欢迎的自传《饥饿的记忆》（*Hunger of Memory*）中写到，与奇卡诺背景的联系纽带阻碍了他的进步，他只能断绝和社区的关系，才能在斯坦福大学甚至更大的环境中取得成功，那么，他的家庭语言即西班牙语，只能成为第二语言或被抛弃。胡克斯对此评论道："如果成功的条件是由白人资本主义父权制内的统治群体来定的话，同化是很有必要的，但事实并非如此。即使面对强大的压迫结构，对于受压迫和受剥削的群体而言，界定其他的标准也是可行的。"② 胡克斯的批评话语在学界是独树一帜的，"胡克斯的语言和绝大多数人不同，是最新的理论，并且受到非裔美国人日常斗争的启发"③。和日常生活的密切联系是她语言一大特色，不仅如此，早在她创作第一部著作《我不是一个女人吗》时，就采取不使用脚注这种异于传统学术惯例的风格，她走访了很多黑人社区，询问很多学界外的黑人，大多数人提出，如果发现书中采用脚注的话，他们立刻就会感觉这本书是给学界内的人读的，并不适合他们，这种发现使得胡克斯思考采取一种"非常个人化、公开表明政治立场"的写作策略，力图超越知识分子边界，将学术推向民间，她指出，"不是我

---

① bell hooks, *Talking back*: *thinking feminist*, *thinking black*, Boston: South End Press, 1989, pp. 79 – 80.

② Ibid., p. 81.

③ bell hooks and Cornel West, *Breaking Bread*: *Insurgent Black Intellectual Life*, Boston, MA: South End Press, 1991, p. 59.

们作为知识分子不允许越界，而是学界内'社会控制'的力量，给那些试图用多声乐对大众讲话的人很多压力，阻止了我们和不同人群的交流"①。她激进的写作风格引起了学界的热烈争论，批评最有力的是米歇尔·维拉斯（Michele Wallace），她认为胡克斯的文章是非学术性的廉价工作，并且混淆她自己作为主体和客体的身份②，还有一些批评认为胡克斯的写作是非历史的，甚至是同性恋的，胡克斯没有为自己的著作有无学术价值而争辩，她所关注的是如何使黑人方言和非洲文化渗透进普适化的主流话语，完成对标准英语的改写。正如她自己所言，她的话语是一种多维度的模式："我所说话的声音包括了许多种——学术语言、标准英语、方言土语、街头语言"③，使读者很容易走进她所建构的意义脉络，进入她文字的疆界与作者对话，唤醒和她一样背景的"同胞"，这种糅合了多种话语的"异质性"对话体批评，打破了主流话语单一、独白的言说方式，代表了黑人女性主义批评进行身份探究的尝试。

无独有偶，早期黑人女性作家赫斯顿在民俗学人类学写作中，也力图用一种混杂性的文类方式和话语言说模式，来描述传统人类学所无法表述的东西，打破了标准英语与黑人土语、学术话语与虚构性叙述的界限。胡克斯对她这种混杂性的言说方式深为赞赏，她认为，赫斯顿的《骡子和人》"推动人类学作品跨越疆界，使其在大众文化中占据一席之地，并将其带回到了非洲裔美国民俗学的起源之处"④。在胡克斯看来，只有让更多的普通读者了解和接受的作品才是最有意义的，才能真正改造人们的生活，也只有这样的叙

---

① bell hooks and Cornel West, *Breaking Bread: Insurgent Black Intellectual Life*, Boston, MA: South End Press, 1991, p. 73.

② Florence Namulundah, *bell hooks´Engaged Pedagogy*, CT: Bergin End Garvey, 1998, pp. xxi–xxii.

③ bell hooks, *Outlaw Culture: Resisting Representation*, New York: Routledge, 1994, p. 7.

④ bell hooks, "Saving Black Folk Culture: Zora Neale Hurston As Anthropologist and Writer", *Yearning: Race, gendr and cultural politics*, Boston, MA: South End Press, 1990, p. 143.

述，才能使学术话语进入大众生活，"赫斯顿的批评思想指引她得
出这样的结论：确保黑人民俗文化不消失或灭亡的方式就是与大众
读者共同分享它。因此，在记载黑人民俗文化时，赫斯顿采用了民
俗的风格，而非一种远离大众的学术风格"。① 打破学术话语和大
众话语的疆界，一直是胡克斯追求的思想境界，是她的批评保持新
鲜生命力的根源。她指出："建议只能在知识分子和/或学者之间对
话是一种错误的二分法，这样我们就不能和大众讲话，事实是，我
们做选择，我们选择听众，我们选择想听到的声音和不愿听到的声
音，如果我以一种不被理解的语言讲话，那么就没有对话的机
会……当我们越过所属阶级的界限和种族的集体经验，进入等级森
严的父权机构时，我们也就逐渐与压迫者同步，由于环境所迫而失
去了批判的意识，我们必须警惕于此，了解到底向谁说话，谁想听
到我们的话语，并被我们的话语所感动、所激励是重要的。"② 正
是出于这种原因，胡克斯对白人男性推崇的所谓"高深理论"也进
行了批判。一方面因为这些理论话语由父权制主宰，包含着傲慢的
逻各斯中心主义和单一的线性思维，不适合解读黑人女作家的文本
（尤其注重经验的自传文本）；另一方面，这些高深理论时常让黑人
女性批评家感到难以理解和把握，使她们被迫置身其外，因此，不
但无助于将理论推向大众，更不利于黑人女作家被广泛接受。黑人
女性主义批评家克里斯汀认为，这样的语言缺乏清晰感，复杂的句
子构造也没有必要，不但不能引起人的乐趣，反而有产生异化的因
素③。在这个问题上，胡克斯也表达了对所谓"精英主义"理论泛
滥的担忧，"语言费解的作品被认为思想成熟、更理论化，每当这
种情况发生时，具有颠覆意义的激进女性主义学术和理论尤其会遭

---

① bell hooks, "Saving Black Folk Culture: Zora Neale Hurston As Anthropologist and
Writer", *Yearning: Race, gendr and cultural politics*, Boston, MA: South End Press, 1990,
p. 141.

② bell hooks, *Talking back: thinking feminist, thinking black*, Boston: South End Press,
1989, p. 78.

③ Barbara Christian, "The Race for Theory", Joy James and Tracey D. Sharpley-Whit-
ing eds. , *The Black Feminist Reader*, Malden: Blackwell Publishers, 2000, p. 13.

到严重破坏"。① 事实上，不仅是黑人女作家，就是许多白人女性主义者也对理论抱有敌意，她们认为理论否认女性经验的重要性，命令女性如何去思考，强化她们之间的不平等，如玛丽·戴利和苏珊·格里芬就把西方理论形式同男性权力和对女性的统治联系起来，指出理论是男性话语形式，是维持男性统治的手段。

　　针对黑人女性不能将其批评话语理论化的指责，胡克斯认为，理论/经验（理论中否认经验）的二分法批评存在着危险，黑人女性主义批评家呼吁在理论的建构中援引经验，但这并不是简单地抛弃理论，而是对历史上某些知识的边缘化过程进行更透彻的审视："当理论转化为意识形态，它就开始毁灭自我和自知之明。它本来源于知觉，却假装漂浮在知觉之上及其周围。在感觉之上，它根据自身构成经验，却根本不触及经验……任何不符合其世界观的细节问题都会对它产生困扰。它以反对否定真理的呼声开始，现在却反对任何不符合其规范的真理。开始时它是一种让人恢复真实感的方法，现在它却在企图约束真实的人，把它所有无法解释的东西都视为敌人。它一开始是一种解放的理论，却受到新的解放理论的威胁，它成了思想的牢笼。"② 胡克斯对二分法持批判态度，在解释黑人女性受压迫的根源时，她指出："非此即彼的二元论思维方式，是西方社会所有统治制度的核心部分。"③ 在她看来，美国社会所有形式的压迫都受到传统西方二元对立世界观和哲学理论的支持，与统治世界的制度有相似之处。事实上，一些哲学家也就此达成共识，认为美国社会所有压迫形式的意识形态基础就是西方的哲学思想，这种思想的核心是欧洲中心主义（Euro-centric）。胡克斯指出：欧洲中心主义"视野狭窄，植根于西方白人男性性别歧视和种族偏

---

① bell hooks, *Talking back*: *thinking feminist*, *thinking black*, Boston: South End Press, 1989, p. 36.

② bell hooks, "Black Women: Shaping Feminist Theory", Joy James and Tracey D. Sharpley-Whiting eds., *The Black Feminist Reader*, Malden: Blackwell Publishers, 2000, p. 139.

③ 贝尔·胡克斯：《女权主义理论：从边缘到中心》，晓征、平林译，江苏人民出版社 2001 年版，第 36 页。

见的哲学框架中……不是为了打破压迫结构，而被用来擢升具有传统压迫结构意识的学术精英"①，因此，人们应该力图走出非此即彼的思维模式，采取一种"既/又"（both/and）对立统一的思维模式，用一种和谐共存的方式去思考黑人女性的问题。同时，对话体和非洲文化的口述传统也有着密不可分的联系，口述传统是非洲文化的特色，最重要的一点就是注重说者和听者之间的回应关系，"由说者和听者之间自发的言语和非言语交流构成，这种黑人话语模式普遍存在于非裔美国文化中，此互动的基本要求是所有人的积极参与，为了测试和验证观点，每个人必须参与"②。所有说者的表述，都会收到应者的回答，说者和听者之间并非是主体与客体的关系，而是积极平等的参与者。对话性的认识论承继了口述传统的这一特点，胡克斯指出："对话意味着两个主体的谈话，而不是主体和客体的谈话，它是为了抵制压迫的人性化的谈话。对黑人女性而言，新知识的产生决不能脱离其他个体，通常是在和社区内其他成员的对话中产生的。"③ 事实上，许多黑人女性作家都倾向于采用对话提供的关联性，在述及原因时，盖尔·琼斯（Gayl Jones）这样说："我对讲故事的口述传统感兴趣——它很注重听者的自觉性和重要性。"④ 将这种认识论体现在黑人女性的小说叙事中便具有了特殊的效果，佐拉·尼尔·赫斯顿是将对话体应用到小说创作中的典型，柯林斯指出，在《骡子和人》中，赫斯顿没有成为一个超脱于故事之外的人，而是通过与她所研究的社区人的广泛对话，把自己置身于思考的中心地位。⑤ 事实上，不仅在小说《骡子和人》里，胡克斯指出，在《她们眼望上帝》中，赫斯顿也巧妙地将故事的叙述者（说者）放置在事件的中心，"不像传统的第三人

---

① bell hooks, *Talking back*: *thinking feminist*, *thinking black*, Boston: South End Press, 1989, p. 36.

② Patricia Hill Collins, *Black Feminist Thought*: *Knowledge*, *Consciousness*, *and the Politics of Empowerment*, New York: Routledge, 1991, p. 213.

③ Ibid., p. 212.

④ Ibid., p. 213.

⑤ Ibid., p. 214.

称叙述者与故事假定一个距离，赫斯顿小说中的叙述者是参与到故事中的，如同珍尼（小说的女主人公）本人。一些批评家将赫斯顿使用第三人称叙事看作破坏珍尼声音的一种姿态。如果这个故事是以珍尼的语言讲述，就不会有大量的民间传说和民间智慧，赫斯顿技巧性地抑制珍尼的声音决不会危害到小说。虽然读者在法庭听证那一节中听不到珍尼的声音，但我们知道她感动了她的听众并达到了预期效果，第三人称叙事不会损害这个效果。第三人称叙事将读者（听者）的注意力转向赫斯顿的声音，凸显了写作的重要意义"。①

　　作为一位积极参与社会活动的黑人知识分子，胡克斯彰显了政治性在艺术再现中的重要意义，并且在写作中一直践行黑人女性主义批评家的政治诉求，她不认同写作是客观中立的传统学术训练的主张，质疑"客观性"的概念。在她看来，"每一部作品都传达一种政治立场，哪怕这种立场在文本中很隐蔽。语言的'中立'实质上反映了种族和性别中的等级制度，了解这些可以帮助很多女性认识到我们能够成为优秀作家，而不必试图保持中立，应以一种明晰的政治定位写作，公开地表明立场、观点和政治关怀"。② 从这个意义上说，胡克斯的黑人女性主义批评可称为一种政治批评，她强调意识形态的渗透。她认为，没有离开价值评判的批评，作为知识分子，应具有道德和价值评判意识。她非常推崇当代黑人艺术家艾萨克·朱利安（Isaac Julien）。当朱利安被问及如何看待美国社会黑人电影创始人斯派克·李（Spike Lee）的电影时，他表示，斯派克·李的电影很有趣，但这是不够的，黑人电影制作者的关注范围应该很广，包括黑人女性，这是很重要的路线，"我认为仅仅呈现出黑人还不够好，我想知道你要表现的文化政治是什么。"③ 胡克斯表示认同，她指出，作为一个电影制作人，艾萨克·朱利安的

---

① bell hooks, *remembered rapture：the writer at work*, New York：Henry Holt and Company, 1999, p. 178.

② Ibid., p. 63.

③ Bell Hooks and Isaac Julien, "States of Desire", *Transition*, No. 53 (1991), p. 175.

"兴趣点在于关注种族问题的侵越行为",这意味着他一直在努力地与民族主义及其身份的狭隘观念作斗争。正是这一点,使他成为围绕文化、政治和再现而进行理论辩论的人物。[①] 作为一名黑人女性主义者,胡克斯明确提出"个人的即政治的"观点,在她看来,她的文化批评和研究可以成为"改变的动力,可以培养一种批判的意识"[②],而批评理论应该有政治投入,"黑人知识分子的工作主要是提高黑人的批判意识,增强集体地参与有意义的反抗斗争的能力"[③]。胡克斯对政治性的强调,一方面与女性主义批评在本质上是一种社会批判和政治批判密不可分,同时,黑人女性受压迫的历史也决定了其批评的政治性和意识形态性丝毫不比西方白人女性主义逊色,反而更加突出。很多黑人女性主义批评家也对此表示认同,芭芭拉·史密斯在《迈向黑人女性主义批评》中就提出,黑人女性主义批评是意识形态的。胡克斯的政治意识鲜明地体现在写作中,她揭示了在白人以及黑人男性的艺术文本中所掩盖的种族制度和性别政治,并且对重视艺术和政治关系的艺术家推崇备至。

美国黑人女剧作家洛林·汉斯伯里(Lorraine Hansberry)是胡克斯推崇的黑人女艺术家。胡克斯认为她和当代很多作家不同,她从未在写作中忽视过政治议题,她写于1959年的富有魄力的论文《黑人作家和他的根:迈向一种新的浪漫主义》,在研讨黑人作家的"美国社会中的非洲文化"会议上发表,并且在这次会议上,汉斯伯里鼓励黑人艺术家和知识分子认识到政治和审美之间的重要联系,要敢于掌握权力,宽范围地关注文化和政治:"过去,黑人知识分子首先面对的是隔离,在现在这个时代,他们要承受的还包括战争与和平,殖民主义,帝国主义对社会主义,黑人作家在艺术创

---

① Bell Hooks and Isaac Julien, "States of Desire", *Transition*, No. 53 (1991), p. 168.
② bell hooks, "Counter-hegemonic Art", *Yearning: Race, gender and cultural politics*, Boston, MA: South End Press, 1990, p. 6.
③ Ibid., p. 29.

作中不得不考虑这些困扰人类精神和智力的问题。"① 胡克斯认为，汉斯伯里这篇论文是关于艺术和政治关系的最重要的论述，因为在这篇文章中汉斯伯里强调"所有的艺术最终是社会的"。德国女导演莱妮·里芬斯塔尔（Leni Riefenstahl）也是胡克斯较为关注的一位艺术家。胡克斯认为她"是一位值得学习、尊敬和效仿的艺术家"②，但胡克斯却从她第一次世界大战的艺术作品中敏锐地发现了其热衷表现的政治倾向。莱妮拍摄的纪录片《奥林匹亚》在威尼斯电影节和巴黎电影节上都获得了大奖，至今仍是一部研究纳粹美学的经典电影文本。这部作品对从第一次世界大战的废墟中重新崛起的纳粹德国的强盛与野心作了令人印象深刻的展示，是一部将法西斯美学视觉化、将法西斯政治艺术化的登峰造极之作，但莱妮本人辩解说她的电影只为了寻求以不同的方式表现对美的追求。对此，胡克斯指出，"她（莱妮）忽略了性别歧视和种族歧视，她不需要看到发生在眼前的种族灭绝，也不需要表明支持或反对纳粹，这就是她为什么能够宣称'如果一个艺术家完全献身于艺术，就不会考虑政治'的原因"，胡克斯认为，莱妮正是通过宣扬"艺术无涉政治"这种方式，转移道德和伦理的责任，为她和纳粹政权的共谋辩解。③ 包括莱妮晚年拍摄的影集《最后的努巴》，胡克斯指出，虽然名为表现"非洲最热爱和平的人"，但实质上是通过利用非洲土著努巴族人的身体赞美菲勒斯暴政，表达征服、殖民化以及人类身体向技术理性臣服的信念。"里芬斯塔尔带上种族窥淫癖的面纱，以一种不为人注意的方式实施着种族歧视，就像发现一个未被黑人接触过的完美的白色世界一样，里芬斯塔尔在努巴找到了还未遭白人蹂躏的王国，她'捕获'了那个世界，同时也毁灭了它，她是殖民力量，满足于实现自己的欲望，并未真正关注提供给她原生材料

---

① bell hooks, *remembered rapture*: *the writer at work*, New York: Henry Holt and Company, 1999, pp. 213 – 214.

② Bell Hooks, "The Feminazi Mystique", *Transition*, No. 73 (1997), p. 156.

③ Ibid. , p. 160.

的个体的生存。"① 胡克斯一针见血地揭示了莱妮以新殖民主义的方式再现非洲社会，致力于创造一种父权制文化艺术的政治实质。

此外，黑人涂鸦大师吉恩·米切尔·巴斯奎特（Jean-Michel Basquiat）也是胡克斯关注的一位艺术家。他的涂鸦艺术中充满了十字架与非洲伏都教的图腾、鸟与骷髅、格子与羽毛，还有恐怖的大嘴和高帽子等怪异的形象，并取得了可与欧美主流艺术并驾齐驱的骄人业绩。胡克斯指出，作为一位黑人艺术家，不可否认他受到白人艺术家作品的影响和鼓舞，但当评论仅仅把他的作品和西方白人艺术统一体联系在一起时，其中非洲传统的启发就被有意无意地忽略了。艺术评论家托马斯·麦克艾维利（Thomas McEvilley）在《艺术论坛》（*Artforum*）上说："这种黑人艺术恰恰是处于古典和现代之间的白人艺术家如毕加索和乔治·布拉克的有意识地呼应原始风格。"对此，胡克斯评论道："他（麦克艾维利）抹去了直接让巴斯奎特与'原始'传统联系在一起的文化和祖先的记忆，并不理解巴斯奎特处理植根于非洲黑人原始传统系谱与西方白人传统魅力张力的努力。"② 面对"欧洲的目光"，巴斯奎特接受了欧洲价值观对于"伟大"、"美丽"以及"需要"的界定，选择用"丑陋"（ugliness）来图解黑人对艺术的追求，这是一种步入白人艺术世界的策略。在他的作品中，黑人身体和灵魂的殖民化由被遗弃、疏远、肢解和死亡时的痛苦标志出来，在他名为《无题》的黑人妇女画像里，红色点滴涂料像血液，标签上写到"来自奥林匹亚女佣的详情"。胡克斯指出，这个形象无疑是丑陋和荒唐的，遮盖了残酷的现实。另外，还有绘画《具有讽刺意味的黑人警察》（Irony of a Negro Policeman）以及《奉献于公众的优质肉》（Quality Meats for the Public）等，胡克斯认为，这些形象宣扬了赤裸裸的暴力，表达了被撕裂的恐惧，她进一步揭示出作品背后隐藏的政治内涵：巴斯

① Bell Hooks, "The Feminazi Mystique", *Transition*, No. 73 (1997), p. 162.

② bell hooks, *Outlaw Culture*：*Resisting Representation*，New York：Routledge, 1994, pp. 29 – 30.

奎特绘画中的"丑陋"不仅仅表明了白色殖民的恐怖，也是黑人与之同谋的悲剧，它服务于白人主人的利益，表明了对资产阶级白色范式的同化和参与所导致的自我客体化，它和白人文化的任何种族主义攻击一样是非人化的。① 同样，胡克斯对标榜为女性主义者的女艺术家也给予了批判的审视，剥离出她们激进表面背后所隐藏的与父权制共谋的政治本质。被《乡村之声》（*Village Voice*）誉为"新女性主义守护神"的天后麦当娜（Madonna）在很长一段时间内担当了与父权制权力作斗争的女性主义圣像角色，但胡克斯敏锐地看到，她在公众面前的激进形象并未完成她早期的女性主义承诺，她不断转变着自己的公众形象，逐渐否认和洗刷她以前对女性主义议题的支持。最早的表现，是在《名利场》（*Vanity Fair*）1992 年 10 月期上，麦当娜被展现为一只性感的小猫，她在与《名利场》记者的访谈中所提出的激进的女性性行为言论与采访文章旁边她那些常规色情照片出现可怕的差距。对此胡克斯指出："通过这些照片，麦当娜抛弃了她早期对女性作为性客体的质疑，同意在由父权制规定的形象领域中再现形象，并接受异性的色情凝视。"胡克斯对此感到悲哀，认为麦当娜的大胆和勇气曾经挑战了对女性性行为的性别歧视建构，可她却在力量的巅峰时期停止了继续反对这个体系，"她的新形象不再具有激进性，这一点在《性》（Sex）中表现得更明显，通过杂志《性》的出版，她呈现了文化享乐主义中女祭司的角色，即寻求可以解放自我思想和肉体的性愉悦"。② 至此，胡克斯认为，麦当娜彻底地实现了与父权制的妥协和同谋。

## 第二节　贝尔·胡克斯对黑人女性写作误区的批判

自传是黑人女作家主要的写作形式，是黑人女性文学传统的重

---

① bell hooks, *Outlaw Culture*：*Resisting Representation*，New York：Routledge，1994，pp. 30 – 31.

② Ibid.，pp. 12 – 13.

要体现，代表了她们的文学成就，作为与自身经历有密切关系的写作，不可避免地牵涉到作家个人生活与写作的关系问题，可以说这是大多数黑人女作家无法回避的问题。胡克斯认为，在伦理与道德传达的范围内，黑人女性的自白性写作（Confessional writing）[①] 既可以揭示黑人社区的真实状况，暴露种姓制度和性别歧视对黑人的思想剥削；也可以表达黑人女作家对种族、性别和阶级问题的政治性思考，对她们介入社会现实的斗争起着不可忽视的作用。她认为，从理论上说，自白性写作具有嫁妆箱的风格。"我记得我妈妈的嫁妆箱，飘溢着雪松的美好气味，她把最珍贵的东西放在里面保管，一些记忆对于我也是相似的珍贵，每一件特殊的事情、遭遇、经验都有它们自己的故事，我想把它们放在某处保管，而自传性叙事正是一个合适的地方。"[②] 然而，这种写作是否可以不受拘束地暴露个人生活细节，却是胡克斯非常关注的一个问题，这与她出身于南方黑人基督教劳工家庭背景有直接关系。她指出，在她所生活的环境中，公开地在家庭外谈论家庭生活的任何方面，都会被认为是背叛。[③] 她因为写作时借用了个人生活的细节，招致了父母的不理解，尤其母亲，虽然胡克斯一遍又一遍地解释，作家在写作时借用她们自己的生活是正常的，但仍然无法获得母亲的原谅，因为写自己的生活，造成了和父母情感上的疏离，相互之间的亲密已不复存在。事实上，因描述个人生活不被理解而被迫切断和家庭成员关系的担忧不仅存在于黑人女作家中，白人女作家也会遇到相似的经历。多萝西·艾丽森（Dorothy Allison）描述了她在贫穷的南方白人家庭中的经历："我被告之绝不能告诉家庭外的任何一个人家里发生了什么，不仅因为这样是耻辱的，而且会有身体上的危险……

---

① 注：在胡克斯的著作中，"Confessional writing"与"autobiographical writing"是在相同的意义上使用，为了符合作者的本意，本书将"Confessional writing"译为"自白性写作"，但是与"自传写作"（autobiographical writing）意义相通。

② bell hooks, *remembered rapture: the writer at work*, New York: Henry Holt and Company, 1999, p. 86.

③ Ibid., p. 100.

直到 1974 年，我才开始写作，或者说开始保存我的作品。以前我所写的任何东西，包括十年的日志、短篇故事和诗歌，我都烧了，因为我害怕会有人读到它们。"① 茱丽安·桑德尔（Jillian Sandell）在短论《讲述酷儿白色垃圾的故事》中评论道："在一种重视讲故事和自传叙事的文化中，不能讲述贫困白人故事的现实表明，诸如此类的叙事会揭示深刻的集体焦虑。"② 对于女作家们而言，自白性写作的焦虑不仅存在于家族内部的背叛与否，性别因素的介入更使得她们顾虑重重。在论文集《皮肤：谈谈性，阶级和文学》中，艾丽森表达了从嫘斯嫔的视角公开谈论性会"危及"她和儿子的关系的担忧。无独有偶，以自传的形式讲述了作者和亲生父亲之间乱伦往事的小说《罪之吻》的作者凯瑟琳·哈里森（Kathryn Harrison），也表达了她一直处在决定讲出她的故事与担心写这本书会对自己的孩子产生什么影响的矛盾斗争之中，建基于父权制道德双重标准的批评导致有性别歧视的妇女和男子要求哈里森为她的作品内容辩解，因为她是有孩子的母亲。玛丽·戈登在评论哈里森的名为《和父亲的性：披露总是比保密好吗?》的文章中，宣称："我想告诉她做出决定，也许不是从文学的角度，而是从个人和家庭的角度而言，保持清醒是不可能的。但确定的是，如果她不出版这本书，对于一个作家和人类灵魂而言，是一个损失。当我们有孩子后开放自己时，总会遇到这些糟糕的问题。"胡克斯指出，当读到这段话时，她思索戈登所使用的这个词"我们"，是否把男性作家也包括进去了，所有对哈里森作品的批评中，最令人困扰的是作为一个母亲是否应该出版这本书的道德判断。③ 胡克斯敏锐地意识到，女作家一旦牵涉到自传写作，道德的问题便出现了。

胡克斯道出了问题的症结，尤其对于黑人女作家而言，她们的文学传统使得她们的私人写作所面对的道德问题更为敏感。奴隶叙

---

① bell hooks, *remembered rapture：the writer at work*, New York：Henry Holt and Company, 1999, p. 100.

② Ibid., p. 101.

③ Ibid., pp. 77 – 78.

事是黑人女作家们从事文学创作的最初尝试，早在 1859 年，哈丽
特·E. 威尔逊的《我们的尼格，或一位自由黑奴的生活经历》，就
讲述了一位名叫弗拉多的女奴苦难的经历。1861 年，哈丽特·雅
格布以琳达·布兰特的笔名发表了《一个奴隶女孩的生活故事》，
通过描述一个黑人女孩的生活，将女性意识融合到黑人意识之中。
另外还有弗朗西斯·哈珀的《伊奥拉·赖劳伊》等，这些作品往往
是黑人妇女通过讲述自己亲身经历的故事，来倾诉心声，控诉奴隶
制包括性别制度对黑人尤其黑人妇女的戕害，于是讲述自己的故事
便作为一种最早的关于黑人妇女创作的普泛认知保留下来。胡克斯
很看重讲述自己的经历，她指出："学院的教育使我们增长了写作
和分析的能力，但却使我们的注意力从个人经历上转移开，如果我
们想了解周围的人包括所有的人，如果我们想和与我们相似背景的
人联系，我们必须明白，讲述自己的故事是确认和联系的方式。"①
这种叙述的方式发展到后来，便出现了黑人女性自传叙事，如南北
战争之后直到哈莱姆文艺复兴之时，一大批接受过良好教育的黑人
知识女性纷纷涌现，基于她们自身生活中耳闻目睹的经历创作了一
大批影响深远的作品，具有代表性的像娜拉·拉森的小说《流沙》
和《蒙混过关》，主要描写肤色较浅的中产阶级黑人女性在黑人社
区的狭小天地与白人世界的夹缝中艰难地寻求自我及渴望个性解放
的经历，体现了中产阶级黑人女性的觉醒和价值观念。据统计，早
在 1975 年以前，就有 60 多位美国黑人女性出版了自传，而自传本
身就是作者自己撰写的以个体真实经历为内容的作品，作者、叙述
者和主人公之间存在着同一，所以是渗透着私人话语的写作，彰显
着女作家们所生活的那个时代的气息和当时女性的地位及状况，很
多细节也会直接再现作者真实的经历，包括她们童年时对某些问题
的意识，成长过程中某些事件对她们日后作为成人的启发，甚至所
经历的暴力伤害和精神疗治，而自传最重要的是能写出所撰之人的

---

① bell hooks, *Talking back*: *thinking feminist*, *thinking black*, Boston: South End Press, 1989, p. 77.

"实在身份，实在精神，实在口吻，要使读者如见其人"①，所以黑人女作家栩栩如生的自传叙事势必会迎合出版商和市场的需求。由于历史的因素流传下来的黑人女性的刻板形象，一直是白人大众读者群关注的兴趣点，一方面是因为他们对黑人女性生活和文化的陌生；另一方面，暴力甚至情色的叙述也能满足他们的窥隐心理。黑人自传女作家大胆而富有挑衅地揭示性别歧视和种族制度对她们身体和心理的伤害，说出她们的欲望和真实存在，这是具有革命性的举措，但这种告知的方式却是建立在自我痛苦经历和经验暴露的基础上，这一点恰恰成为胡克斯关注的焦点。胡克斯对写作态度是审慎的，她赞成自白性写作的形式，但对那种为了名利而暴露的自白性写作感到愤怒，认为自白的自由不是没有标准的自由，这不仅是作为一名知识分子对女性写作的热忱关心，也是对女性私人写作状态的忧心。

所以，黑人女作家们钟情于自传这种写作方式，不仅因为它比较契合黑人女性的心理和生活状态，很大程度上也在于白人世界的默认和鼓励态度及媒体无孔不入的穿透力。胡克斯也发现了这种现状：黑人女作家充溢着暴力和艳情的自传总能获得主流出版界和大众读者群的青睐，似乎只有这种写作才符合他们的期待。事实上，不仅文学领域，就包括整个文化领域都持有此种态度。好莱坞根据美国黑人摇滚教母蒂娜·特纳（Tina Turner）的自传改编的电影《与爱何干》（*What's Love Got To Do With It*?）取得了极大的票房成功，电影讲述了蒂娜有着毒瘾与酗酒恶习的丈夫艾克对她的种种暴力伤害，这吸引了白人世界的眼球。胡克斯就此尖锐地指出："为什么当今的文化不能将描述黑人女性胜利的电影看作严肃认真的电影，而只推崇描述黑人女性苦难的电影？"② 而且胡克斯发现，在很多讲述黑人女性的影视中，她们只是作为背景出现，"可以使用

---

① 耿云志、李国彤：《胡适传记作品全编》第 4 卷，东方出版中心 1999 年版，第203 页。

② bell hooks, *Outlaw Culture*：*Resisting Representation*，New York：Routledge, 1994, p. 46.

她们，也可以放逐她们"，这是好莱坞一贯的策略，胡克斯道出了
黑人女性身份的尴尬。这种现象一方面源于种族主义的意识塑造，
强迫大众把白人经验看作"准则""普遍的"，尤其是"最重要
的"，于是它创造了一个盲点，不允许理解黑人女性普遍经验的可
能性存在，尽管这种经验会以复杂的方式给白人和其他非黑人女性
提供对她们的生活有意义的重要信息；同时，也与女性私密的身体
不无干系，物质经济的强大冲击力和市场的导向，使得处于双重边
缘的黑人女作家在写作这条具有革命性的漫长道路上时时遭遇金
钱、名誉的伏击，商业气息浓厚的畅销书排行榜更时时促使她们紧
跟"潮流"，于是她们恣意将个体的"我"推向前台，写作中反抗
性和革命性的意味逐渐被消解，关于女性艰辛的生活体验和她们勇
敢实践的描述使得个体性愈加强烈的同时，也失去了女性经验的普
遍性，同时由于过分的私密性，使得真实性被强加其上。① 一旦禁
锢于自恋和探私的天地，就无法感受更有女性魅力的广大普通黑人
女性的平凡生活，随之也给写作带来一系列负面效应，比如视角的
狭隘化，露私的极端化，包括片面追求细节的真实性而忽略写作技
巧等。很多黑人女作家对写作技巧是不太重视的，胡克斯则相反，
她认为，写作不是纯私人的事情，仅有简单的自恋，给读者提供不
了对于自传含义的理解，讲述自己的故事，是为了打破黑人女性的
沉默，是一种抵抗的方式。② 在"梦想的力量"访谈中，亚裔作家
汤婷婷（Maxine Hong Kingston）提出这样的观点，即"作家写得好
坏与否都能给读者提供生活"，胡克斯对此并不认同。她鼓励学生
多欣赏注重写作技巧的作品，督促学生们在著作个人自传时不要自
我放纵，更要拒绝出风头，考虑采用能最好地使用语言传达各种真
理的方式，在这一点上，胡克斯承认她更多地受到了莫里森的启

---

① 注：关于弗吉尼亚·伍尔夫（Virginia Woolf）的中文译名有很多种，为了统
一起见，在本书中凡涉及她的，通译为弗吉尼亚·伍尔夫，但在引用时尊重原译者的
意见。

② bell hooks, *remembered rapture: the writer at work*, New York: Henry Holt and Compa-
ny, 1999, p. 67.

发，"她的小说、采访和短论都教导我，要严肃认真地对待写作技巧，要明白写作是需要专业性和努力的，我对她作品的崇拜引导我成为一个严格的读者——具有批判眼光但要充满尊重之情。在文学课堂上教授她的作品，我感受到她语言的抒情强度能够抓住读者，迫使读者们去思考他们阅读的文本和让写作成为可能的创造性过程。早在她第一部作品中，莫里森就提醒读者，只有想象力而没有技巧是远远不够的，重要的作品必须能够协调这些要素"。① 应该说，这种态度与她来自于黑人劳工阶级背景有很大关系。胡克斯一直都很关注创造一种能向更多的普通民众讲述的女性主义话语，在她看来，如果提供一种大众都能够接受的方式，不同种族和阶级的听众就会很乐意参与到复杂的理论议题中来，这就需要写作技巧，比如采用一种讲逸闻故事的方式可以将学院背景的女性主义思想家和日常生活中发生的有关性别的共同话语联系起来，所以技巧本身就是提升写作层次性和增加写作厚度的策略，原始地再现生活无法将优美的艺术呈现于世人。

黑人女性在写作中如何处理好与男性尤其黑人男性的关系，也是胡克斯特别强调的一个问题，胡克斯发现，这其实也是黑人女性写作中存在的另一个误区。很多黑人女性主义批评家将目光仅锁定在黑人女性的创作成就，虽然对具有性别歧视的男性做了令人信服的批判，却唯独忽视了同样主张消除种族歧视和性别压迫的男性尤其黑人男性，并不将他们作为革命的盟友，甚至将和男性的联合看作对女性群体的背叛。对此，胡克斯明确指出，"主张黑人妇女和男性联合的态度是反种族歧视斗争的一部分"②，她赞同将男性作为斗争中的同志，反对分离主义的意识形态，主张不要被某些只关注自己是否得到阶级特权的"白人女权主义者"所误导，她指出，资产阶级白人女性，尤其那些激进的女权主义者，将男性宣扬为强

① bell hooks, *remembered rapture: the writer at work*, New York: Henry Holt and Company, 1999, p. 228.

② 贝尔·胡克斯:《女权主义理论:从边缘到中心》，晓征、平林译，江苏人民出版社 2001 年版，第 83 页。

大的、厌恶女人的压迫者，将他们定性为敌人，主张"所有的男人都是敌人"或"所有的男人都憎恨女人"，是出于对有特权的白人男性否认她们平等地拥有阶级特权而感到愤怒。① 将反男性姿态作为女权主义中心立场的书面声明《红色长袜宣言》声称："我们认为压迫我们的力量来自男性。男性至上主义是统治的最古老、最基本的形式。所有其他形式的剥削和压迫（种族主义、资本主义、帝国主义等）都是男性至上主义的延伸……他们用他们的权力使妇女一直处于较低的地位。所有的男性都从男性至上主义中获得了经济、性和心理上的利益。"② 在胡克斯看来，这其实强化了性别歧视的意识形态，将女性和男性置于一种无法缓和的敌对关系中，孤立了女权运动。胡克斯之所以有这种主张，在于她清醒地看到，男性并不享有共同的社会地位，由于阶级的存在和种族特权及剥削，导致了并不是所有的男性都同样从性别歧视中获益，尤其对于贫穷的和劳动阶级的黑人女性而言，她们的生活经历及在社区内的角色地位使得她们和同族或同阶级的男性有着更多的共同点，她们了解男人们所面对的不幸，具有与他们一起为了更好的生活而挣扎的经历。很多黑人女性也表示，与参加白人女权运动相比，她们更愿意帮助黑人男子得到"他们很久以来被剥夺的权利"，她们认为，黑人男子的权利得到保证时，她们才能拥有作为黑人女性的权利。她们这样做并不是因为不愿面对性压迫的事实，而是因为从当下女权运动的理论和实践中看不到解决问题的可能性，分离主义的意识形态使得具有女性主义意识的黑人女作家包括黑人女性主义者处于孤立无援的境况中。这种现状的出现，时常使黑人女性处于矛盾的境况中，她们要怎样既争取女性的权利而不与自己的父亲、丈夫、儿子疏远？怎样既能解决经济上的难题，又能兼顾种族、性别的利益？怎样既拥护民族主义斗争，又不致消灭了个体的意识？鉴于黑

---

① 贝尔·胡克斯：《女权主义理论：从边缘到中心》，晓征、平林译，江苏人民出版社 2001 年版，第 80—81 页。

② 同上。

人女性深受多重压迫的现实，又很难孤军奋战、选择不与那些主张一元论的群体相合作，这种选择与不选择的矛盾，造成黑人女性思想的矛盾性。胡克斯作为黑人女性主义中一员，深切了解黑人女性的这一处境，不同于白人女性主义者二元论的观念，她从黑人自身的历史处境出发，无论是在写作中，还是在实践中，都主张将建立黑人女性与黑人男性的和谐关系作为一项重要的工程，她的这一观点对黑人社区内两性关系的健康发展具有深远意义。

# 第三章

# 贝尔·胡克斯黑人女性文学
# 传统建构观

## 第一节　贝尔·胡克斯论文学史中的"空白之页"

谈到黑人女性写作，就不能忽略文学传统的建构问题，建构黑人女性文学传统是黑人女性写作中一个最为核心的问题，也是胡克斯黑人女性主义批评中一个最为关键的议题，更是包括她在内的黑人女性主义批评家们的目标。活跃于 20 世纪上半叶的英国女性主义批评家弗吉尼亚·伍尔夫在《女人的职业》一文开头中写道："多年以前，范妮·伯妮、阿芙拉·贝恩、哈丽雅特·马蒂诺、简·奥斯汀、乔治·爱略特等人就已开拓出一条道路——许多著名的女人，和更多不知名、被人们遗忘的女人都曾先于我，铺平道路，规范我的脚步。"① 显然她提出了一个女性主义批评中重要的话题——即探寻女性文学传统的问题，伍尔夫作为白人中产阶级女性作家，为后世的女性主义者树立了一个典范。半个多世纪后，黑人女性主义批评家贝尔·胡克斯再次提出这个问题，并将伍尔夫视为指路人，"她的作品《一间自己的屋子》一直为我们提供指导，她认为沉默的妇女要'写各种各样的书，尝试任何一个主题，不管它多么微不足道或庞大'，如果我们'思考一下历史中每一个伟大人物，像萨福，像紫士部，像艾米莉·勃朗特'，我们会发现'她

---

① 弗吉尼亚·伍尔芙:《伍尔芙随笔全集》，王斌、王保令等译，中国社会科学出版社 2001 年版，第 1366 页。

既是一个继承者，也是一个发端者，她之所以存在是因为女性已经形成了写作的习惯'……啊！但是我亲爱的姐妹弗吉尼亚永远也想象不到黑人女性也能'出于本能地'写作"①。胡克斯在这里所指的女性已经超越了伍尔夫描述的范围，将黑人女性涵盖其中，因为胡克斯发现，作为一个仍然可以称为新兴的作家群体，黑人女作家具有视野的多样性和宽阔的文化背景，而且也时断时续地出现过讨论黑人女性文学的声音，但由于历史和现实的原因，黑人女作家的作品时常遭受贬低而被湮没，黑人女作家也一直面对着猜疑和不信任，种种因素造成了黑人女性文学传统的不清晰。针对这种现状，胡克斯明确指出黑人女性文学具有内在的连续性，是女性文学传统不可分割的一部分，并肯定了黑人女性作家前辈的成就，"我要向两位已逝的作家——托尼·凯德·班芭拉（Toni Cade Bambara）和安·佩特里（Ann Petry）致敬，媒体并未足够充分地认识到她们的传承作用，这是美国文学界极大的损失，因为她们的作品及表现照亮了我们民族历史的特定阶段——包括黑人女性写作的发展"。② 胡克斯认为，黑人女性从未丧失过写作的热情，哪怕面对着死亡的威胁，也无法熄灭她们对于读、写和学习的渴望，尤其向黑人前辈学习的渴望。她描述了自己在大学时期对于寻找黑人文学前辈的热衷："读大学时，我开始寻找黑人作家。直到今天我都记得，当我第一次找到黑人作家写作的编辑成册的诗歌时那种难以置信的欣喜。在那本小册子中，我读到了康提·库伦和克劳德·麦凯创作的十四行诗，读到了乔治·道格拉斯·约翰逊优美短小的诗歌，发现这些黑人诗人的作品是非常激动人心的，很难找到合适的表达言辞来描述这种感受：当被迫进入一个白人权威的世界中学习时，却挑战了我进入这个世界以前所学到的一切。这个白人世界让我怀疑我自己，我需要证据来证明他们是错误的。"③

---

① bell hooks, *remembered rapture*: *the writer at work*, New York: Henry Holt and Company, 1999, p. xiii.

② Ibid., p. xii.

③ Ibid., p. 49.

　　事实上，早在 19 世纪就已经出现了黑人女性活动家为争取自由平等而进行的反抗斗争，当时主要的代表人物包括玛利亚·斯图亚特、琳达·布伦特、索杰纳·特鲁斯以及安娜·茱丽亚·库珀等人，她们被珍视为当代黑人女性主义的先辈，是早期黑人女性自我意识觉醒的代表。不会读书写字的特鲁斯通过著名的"我难道不是女人"的演讲，质疑了 19 世纪中期关于妇女的定义，虽然话语还是描述性的，缺乏当代黑人女性主义者的"语言"，却深刻地表达了黑人妇女的愤怒和困惑。获得过博士学位的教育家安娜·茱丽亚·库珀在 1893 年的世界妇女大会上发言时，提出黑人女性"要应付妇女的问题和种族的问题"[①]，这些早期活动家在政治运动中所体现的对奴隶制度和父权制度的抵抗和对自由的向往，表现了黑人女性主义思想的部分精髓，都对当代黑人女性主义文学批评有着深远的影响。而被当代黑人女权主义者认定为是黑人女作家先驱的佐拉·尼尔·赫斯顿，包括后来出现的安·佩特里、莫里森、洛林·汉斯伯里以及托尼·凯德·班芭拉等人，她们都为美国文学史贡献出了宝贵的财富，赫斯顿于"哈莱姆文艺复兴"时期的作品《她们眼望上帝》，是一本描写爱情的小说，出版时并没有引起重视种族平等的批评家的注意，直到 20 世纪 70 年代被沃克等黑人女性主义者"重新发现"，认为其"走在时代的前列"[②]，这些影响深远的政治活动家和作家是黑人女性文学史上不可或缺的人物，她们通过自己的方式架构起了黑人女性文学传统的桥梁。所以，黑人女性文学的源流就如同一条暗河，从不曾干涸，一旦时机成熟，就会从地下奔涌而出。尽管女性前辈们的声音和影响力被长久忽略，如在当代作品中，像芭芭拉·贝格的《记忆之门：美国女性主义的起源》，琼·苏晨的《她的故事》，希拉·罗博赞的《隐藏在历史背后》等，从未提到 19 世纪妇女权利运动中黑人女性倡导者；埃莉

---

　　① Gerda Lerner ed., *Black Women in White America*：*A Documentary History*，New York：Vintage，1973，p. 573.

　　② Alice Walker, *In Search of Our Mother's Gardens*，New York：Harcourt Brace Jovanovich，1983，p. 89.

诺·弗莱克斯纳初版于 1959 年的《世纪斗争》，仅有几个地方提到
了黑人妇女参与了妇女权利运动。胡克斯认为，之所以出现这种情
况，首先在于审查制度对黑人作品尤其黑人女性作品的严格限制。
胡克斯指出，在美国，黑人女性所写的书，在进入名牌大学和公共
图书馆之前，是要接受审查的。① 事实上，不只是美国，当胡克斯
的著作《黑色外表：种族和再现》进入加拿大时遭到了加拿大政府
的拒绝，因为此书被认为是"忌恨"文学的代表，尤其作者在首章
号召大家要学会"热爱黑色"，被指控为鼓动种族仇恨。虽然最终
政府放行了此书，并表示误解了此书的内容，但胡克斯敏锐地观察
到，激进书店——尤其那些出售女性主义、女同性恋和/或性别文
学的书店，时刻准备接受审查。胡克斯进一步指出，事实上，很多
黑人也接受了主流文学的批评标准，支持审查制度，在他们看来，
激进的政治作品是危险的，理应接受审查。像拉尔夫·阿伯纳希
（Ralph Abernathy）提供的关于马丁·路德·金在性行为方面的信
息，绝大多数黑人认为，是一种侵犯私生活的行为。包括布鲁斯·
佩里（Bruce Perry）写的主张"以暴力对付暴力"的黑色穆斯林运
动领导人马尔科姆·爱克斯的传记，被很多黑人看作是对黑人男性
领导的诋毁。诸如此类的著作在出版前理应接受审查。这种态度限
制了很多黑人作品尤其黑人女性作品的流行。

此外，评论界对黑人女性作家也相当苛刻，甚至不惜歪曲事
实。胡克斯以亲身经历为例，描述了黑人女作家面对主流批评标准
时的困惑：虽然她所写作的书被出版，并且被激进的女性主义读者
忠实地购买和研究，但却时常被对女性主义理论和文化研究不感兴
趣的评论者给予了粗略、消极的评介。谈论她的新闻剪报越来越
多，却几乎不关涉她的作品，"女性主义"一词更是极少被提到。
白人评论家迈克尔·贝鲁比（Michael Berube）在一系列书评中，
概述了黑人知识分子的影响，但却认为这种影响不来自于黑人作家

---

① bell hooks, *Outlaw Culture*：*Resisting Representation*，New York：Routledge，1994，
p. 74.

作品本身，而是由于黑人作家时下的流行。虽然贝鲁比认可女性主义是胡克斯作品的主题，却否认胡克斯的"公共知识分子作品"和女性主义运动之间的关系。在他对胡克斯最近出版的书所写的书评中，认为她"最善于为女性主义的含义和未来辩论"，并且"不问青红皂白地批判"①，"在发表于《乡村之声》的《黑人知识分子目前的危机》一文中，A. 利德把我纳入他的批评中，在没有任何事实的基础上，他宣称我和科内尔·韦斯特'滔滔不绝地谈论彼此的辉煌'，'把装腔作势故意夸大的语言和陈词滥调搅和在一起'，服务于'付我酬劳'的原则，他根本没有提到'女性主义'一词，他完全和主流男性统治者关于'黑人知识分子'的话语一致"。②不仅如此，媒体也时常配合评论界的步调，按照其所谓的"标准"改写事实。胡克斯提到，《高等教育纪事》（*The Chronicle of Higher Education*）派白人女记者考特尼·莱泽曼（Courtney Leatherman）采访她时，她希望讨论能更多地集中于个人"思想"方面。她们的谈话进行了几个小时，胡克斯告诉莱泽曼，在她加入女性主义运动之前很久，就已经开始使用贝尔·胡克斯这个名字。然而当莱泽曼的文章在该杂志的五月的封面故事中刊发出来时，却以此为题："为自己命名：当黑人女性主义需要一种声音时，贝尔·胡克斯诞生了"，而且并未提到胡克斯所强调的"思想"。胡克斯对此回应道："她的文章中有太多的谎言和歪曲，令人难以置信。"③与杂志《时尚先生》（*Esquire*）的交流也遇到了相似的问题，当《时尚先生》的白人男记者泰德·弗兰德（Tad Friend）电话采访胡克斯时，胡克斯发现，他对黑人女性在女性主义理论中的贡献一无所知，对种族分离主义也是一种漠然的态度。胡克斯针对"新女性主义"与他进行交流的观点根本就没有出现在他刊发的文章中。"读了发表在《时尚先生》上的文章后，我发觉我和我自己的观点被贬损女性

---

① bell hooks, *remembered rapture: the writer at work*, New York: Henry Holt and Company, 1999, p. 137.

② Ibid., pp. 135 – 136.

③ Ibid., p. 138.

主义及黑人女性的白人资本主义父权制用常规的方式剥削了，弗兰德辜负了我的信任，他和女性主义运动中带有种族歧视的白人女性如出一辙。"① 鉴于此，胡克斯本人多年来并不太热衷于参与大众媒体的节目，包括广播、电视秀和接受记者采访等，因为担心制造商们在编辑的过程中，按照自己希望的方向随意处理信息。②

胡克斯如实地道出了黑人女作家面对主流批评标准时的无奈和困惑，无独有偶，黑人女作家米歇尔·华莱士也表达过相似的困惑，她的著作《黑人男子和超女的神话》在20世纪70年代为黑人纪实写作迎来了崭新的一页，但读者和公众似乎只对她所描述的黑人阳刚之气感兴趣，尽管她后来继续针对不同的主题写的有见地的纪实文学，却很难再吸引公众的注意。在接受《康诚》（Konch）杂志的采访时，华莱士认为阻碍黑人女性创作的一个最主要的因素是媒体苛刻的批评，它导致黑人女性作家不仅被主流拒绝，也被自己拒绝，之所以拒绝自己，是因为觉得在公开场合，有些东西是不能讲出来的。事实上，不论是审查制度，还是媒体或评论界，它们都受白人主流文学批评标准的操纵，主流批评标准根基于白人父权制的政治文化体系，其一贯的策略就是将作为主流文化的白人文化与被视为绝对低劣的黑人文化形成对照，以此试图削弱黑人民族的文化自豪感和自信心。在美国白人文学中对黑人形象进行歪曲描写是很常见的，其中对黑人的非人性刻画以约瑟夫·康拉德最为典型。他在《黑暗的心灵》中对白人在刚果河上遇到黑人的描写发人深省，黑人被认为是"史前的人"。尤其是那些在美国被迫接受白人统治的非裔美国黑人，无时无刻不受到白人文化各种形式的阻碍和入侵，胡克斯回顾自己的写作历程，深有感触地指出，非美国出生的黑人作家反而拥有很大的自由，她们不必像非裔美国作家那样，被主流文学批评标准将创作限制在狭窄的范围内。虽然都是黑

---

① bell hooks, *Outlaw Culture*：*Resisting Representation*, New York：Routledge, 1994, p. 89.

② Ibid., p. 87.

人，非美国籍黑人作家的作品往往被认为更有文学性，因此比非裔美国作家的作品更有价值。出生在加勒比海或非洲的作家在写作上常被给予了比非裔美国作家更多的空间，最明显的一个例子就是出生在印度西部安提瓜岛的金凯德，她创作小说、纪实文学和自传文学，自由地使用各种文学风格，显示出她在文学方面的英勇和建树。① 事实上，主流文学批评标准是由白人设立和操纵的，其中渗透了当代种族主义的诡计。塔吉耶夫在《种族主义源流》中指出，当代种族主义不再鼓吹种族优劣论，而是以相对主义的种族（或"文化"）多元论为基础，以强调"差别权"的方式提出来，因而更具有欺骗性和危险性。所谓强调差别，即表明各文化之间的"相对不可交流性"，并将文化之间的"一定程度的不可渗透性"升华为价值和标准，在这种前提下，某个人只要声称为一种文化的代表，就可以突出一些价值，对此保持自己的"忠实性"，并且"部分地或完全地"对其他文化选定的价值表现出"无动于衷"。② 这种鼓吹文化差别的新种族主义将美国黑人的文化身份设立在主体属于非洲和要求在美国取得权利之间的矛盾中，一方面黑人属于非洲大陆，另一方面又属于美国，"非洲"的主体位置强调了黑人的传统，结果使黑人在美国很难找到自己的位置；而"美国"又指向一个属于美国的主体，那种强烈的白人内涵又否认了黑人的文化传统。由于主流文学批评标准的渗透而产生的传统的断裂感使得非裔美国作家很难从文学前辈那里获得勇气和支持。

另外，胡克斯指出，各种现实因素的制约也不同程度地阻碍了黑人女性文学传统的建构，影响了她们创作的被接受，首先就是出版界和市场的导向作用。她指出，在 20 世纪 60 年代以前，一位黑

---

① bell hooks, *remembered rapture: the writer at work*, New York: Henry Holt and Company, 1999, pp. 93 – 94.

② 皮埃尔 – 安德烈·塔吉耶夫：《种族主义源流》，高凌瀚译，生活·读书·新知三联书店 2005 年版，第 6 页。

人男性作家或一位黑人女性作家，出版一本以上的书是罕见的①，尤其是黑人女作家的作品，往往面临着被湮没的命运："二十岁左右和三十岁左右的黑人女作家，如佐拉·尼尔·赫斯顿、内勒·拉森、安·佩特里，当她们的作品第一次出版时吸引了一大批读者，之后却被主流读者群长久地忽略。"② 佐拉·尼尔·赫斯顿的小说《她们眼望上帝》在沃克的发现下开始流行，多次再版，并被改编成电影。小说以南部乡村为背景，着重探讨了人与自然的关系、人际关系的动力以及主人公对独立自主的寻求，被评论界认为同凯特·肖邦的《觉醒》一起有力地推动了美国女性文学的发展，赫斯顿也由此被很多后继的著名美国黑人女性作家如艾丽丝·沃克、托尼·莫里森、格里拉·蕾诺等人尊为先驱。胡克斯认为，这主要得益于艾丽丝·沃克单枪匹马地在女性主义圈内使用她的文学力量为赫斯顿作品的出版和宣传所做的努力，更得益于女性主义出版社发掘这些读物的贡献。然而现实中大多数出版社对黑人女性的作品是冷漠的，虽然黑人民权运动和女性主义政治运动为黑人营造了相对宽松的出版环境，但主流出版界仍在某种程度上排斥黑人作家尤其是黑人女性作家的作品。胡克斯提到了黑人女作家托尼·凯德·班芭拉的经历：班芭拉在一次访谈中承认，她想写一本具有开创性意义的书，批驳认为黑人女性不参与思考性别角色或不会挑战性别歧视的假想，可是要找到一家能出版这本书的出版社却非常困难。班芭拉说："我们到处寻找出版社，我碰到了很多以前的白人同学，他们一般都会说，'我看到了黑人女性写的优秀手稿，但都堆在那里闲置着呢，因为现在没有黑人女性作品的市场'。"③ 20世纪80年代以后，随着黑人民权运动和哈莱姆文艺复兴的造势，再加上一些优秀的黑人女作家频频获奖，她们成了"热点"，出现了出版黑人女性作品的热潮，甚至出现这样一种现象，编辑和书商会很关注

---

① bell hooks, *remembered rapture：the writer at work*, New York：Henry Holt and Company, 1999, p. 15.

② Ibid., p. 221.

③ Ibid., pp. 230 – 231.

作品是不是黑人写的，如果是，不管内容多么无聊，都可以销售，可却几乎没有人谈论作家和她们的作品本身。在这种前提下，黑人女性的作品出版得越来越多，但其中严肃的作品尤其是女性主义视角的作品却越来越少，甚至在学术著作中以非女性主义的视角研究性别问题也成了时尚，尤其是为当地的报纸或杂志写文章而"出名"的作家，在出版著作时会更容易收到丰厚的回报。胡克斯发现，"有一个在市场上叫得响的名字比写一本好书更重要"，在出版界，一个人的作品是否畅销，"关系和是否是公众人物成为更重要的因素"①。胡克斯认为，这种现象会对作家的创作产生消极影响，为了迎合市场，很多作者忽略了艺术构思和写作技巧，出现重复甚至平庸的作品，这必然会影响到读者群体对作品的接受。英国女作家简妮特·温特森（Jeanette Winterson）就作家和市场之间的关系评论道："一个真正的作家是保持不向市场躬身和不为公众的窃窃私语而扼杀自己声音的气节。"② 胡克斯对温特森所提出的应把注意力放在作品本身的观点产生了共鸣："作家应该拒绝所有对于她自身以及她作品的界定，并记住不管她的作品能否卖出去，能否被读者热爱，它都是这同一部作品。反响不能改变作家的写作，作家所写的东西才是作家真正的家园。"③

再者，胡克斯认为，经济援助的匮乏也会限制黑人女性创作的热情，应该给予黑人女作家更多经济上的支持，虽然有一些资助项目比如"国家人文基金会"（National Endowment for the Humanities）可以资助作家，但只有极少数幸运的黑人女作家才可以得到其中的一项资助。她谈到，写作《我不是个女人吗：黑人妇女和女性主义》共花费了七年的时间，不仅写作前的资料搜集和研究占用了大量精力，更重要的是，寻找资金援助一直失败，为了支持自己完成写作，她不得不在电话公司每天工作八小时后再继续写作，如果没

---

① bell hooks, *remembered rapture: the writer at work*, New York: Henry Holt and Company, 1999, pp. 156 – 158.

② Ibid. , p. 19.

③ Ibid. , p. 162.

有同伴在经济和情感上的支持，想把写作继续下去是很难想象的。①
胡克斯谈到了经济问题对女性的意义。事实上，早在 19 世纪，英
国女性主义批评家弗吉尼亚·伍尔夫在《一间自己的屋子》中就谈
论了经济独立对女作家的重要性："一个女人如果要想写小说一定
要有钱，还要有一间自己的屋子。"② 在这里，钱和屋子已不再单
指它们自身，而是一种象征，象征女性要想独立创作，就必须有一
定的经济基础，伍尔夫在作品中以叙述者玛丽的口吻讲述了在牛桥
（伍尔夫以此谑称牛津、剑桥之类的大学）这样的男性学院的经历。
在这儿，玛丽处处被拒绝：不可以越位走草皮路，不能单独进入学
院图书馆，牛桥女子学院简单的晚餐同男子学院丰盛的午餐形成了
鲜明的对比。从玛丽叙述的经历可以看出，女性经济地位的低下和
生计的压力，使她们无法受到良好的教育，也难有丰富的阅历，更
无法拥有思想的自由。事实上，这不光是女作家遭遇的难题，也是
每个女性无法回避的现实问题，物质的匮乏让她们无法独立生活，
只能或顺从于父母的安排，或依附于男性而生存，因此，经济问题
成了限制女性自由发展的瓶颈。

　　再次，黑人男性学者对黑人女作家及其创作的排斥和敌意也是
胡克斯关注的问题，她认为这也是黑人女作家缺失传统的一个重要
因素。她尖锐地指出："我们作为黑人进行斗争的历史等同于黑人
男性攫取父权制的权力和特权的努力。"③ 胡克斯说出了黑人群体
内的性别歧视，并且她认为这种性别政治通过黑人民权运动就可窥
见一斑，"60 年代的黑人民权运动反对种族主义，却允许黑人男性
公开宣布支持父权制"④，在她看来，黑人民权运动成果显著，为
黑人赢得了大量的社会和经济实惠，然而，其富有意义的成果却没

---

　　① bell hooks, *remembered rapture*：*the writer at work*, New York：Henry Holt and Compa-
ny, 1999, p. 170.

　　② 弗吉尼亚·伍尔夫：《一间自己的屋子》，三联书店 1989 年版，第 2 页。

　　③ bell hooks, *Talking back*：*thinking feminist*，*thinking black*, Boston：South End Press,
1989, p. 178.

　　④ Ibid., p. 98.

有缓和反女性态度的消极影响，激进的黑人男人和白人男人之间最强有力的连接元素是性别主义，他们都相信女性固有的自卑感，支持男性占主导地位，虽然白人抵制和打击黑人激进分子，但双方在确立男子气概这一点却达成一致，所以，20 世纪 60 年代的大多数黑人政治活动家，都把黑人解放运动看作承认和支持黑人获取父权制的运动，黑人女性的地位和状况并无实质性改变。[①]

就写作而言，它是黑人女性表达自我，与现实抗争的形式，而黑人男性却把这种表达看作是妨碍他们权威的恶意形式。胡克斯指出："女性主义学术著作中有大量自传性的陈述，诉说妇女因为表达自我而被男性惩罚，不管这种表达是出于防御，还是出于论争，只要向男人表达，就是对男性权威的威胁和挑战。"[②] 大多数黑人男性批评家对黑人女作家都存在着不同程度的忽视和偏见，他们认为当代黑人女作家不仅虚构故事、欠缺艺术性，甚至在她们虚构女性主义文学的过程中，还有意无意地诋毁黑人男人，把性别身份置于种族身份之上，只为女性主义谋利而无益于黑人民族主义的议程，于是"背叛种族"的罪名压制了黑人女性的声音。当女性读者仅仅从文本中读到一点对女性的含蓄肯定的时候，男性读者就清晰地感到了对男人的明显攻击，因此尽管像弗朗西斯·哈珀、惠特里、赫斯顿、格温德林·布鲁克斯等许多美国黑人女作家，在美学和意识形态两方面为美国黑人文学传统的发展作出了巨大贡献，但她们并没有被引起足够的重视。爱迪生·盖尔的《黑人美学》《新世界之路：美国黑人小说》搜集的几乎全部是美国黑人男性学者在黑人美学方面的文章，美国黑人女性创作的作品或理论则一律不被包括在里面；斯特普托（Robert Stepto）的《来自面纱后面：非裔美国叙事研究》声称是一部记载美国黑人艺术形式和意识的历史性著作，但是黑人女性的叙事却没有出现在目录中。黑人男评论家达

---

① bell hooks, *Talking back*: *thinking feminist*, *thinking black*, Boston: South End Press, 1989, pp. 98 - 99.

② Ibid., p. 128.

尔文·特纳在他的《小三和弦：三位黑人女作家及她们对自我的寻找》一文中，对佐拉·尼尔·赫斯顿的评论是惊人的，把她的作品描绘成"欺诈的"、"忸怩的"、"表面的"和"肤浅的"。黑人女性主义批评家芭芭拉·史密斯指出，他的这些歪曲作品本身的真实水平和成就的评论，"几乎扼杀了一位伟大的黑人女作家"，表明了"特纳对赫斯顿在生活和创作中的性政治的原动力一无所知"。① 黑人男作家伊士米尔·里德在解释他的最新小说销路不好的原因时这样说："该书只销售了 8000 册，我并不掩盖这个数字，8000 册。也许如果我是一位走时的年轻黑人女作家的话，我的书就会畅销了。这也就是要把我的书上塞满那些永远正确的贫民区的妇女……但是，我愿意就这样，就让我自己的作品卖他个 8000 册吧。"② 面对黑人男性对黑人女作家的刻意忽略和歪曲，胡克斯呼吁女性打破沉默，讲出自己的故事，"说出自己的悲伤、痛苦和愤怒，甚至憎恨是女性反抗男权专制斗争的一部分"③。正如胡克斯所指出的，性别、种族和阶级标准，正如一道道看不见的等级制度之墙，将处于性别和种族双重边缘状态的黑人女性文学排斥在主流文学和美国黑人文学的经典之外，使得文学传统的建构困难重重。

## 第二节　贝尔·胡克斯建构黑人女性"母亲的花园"

批评家戴安娜·萨多芙（Dianne Sodoff）认为，黑人女性既没有哈罗德·布鲁姆所说的男性作家的影响焦虑，也没有桑德拉·吉尔伯特和苏珊·格巴提出的白人女性作家权威的焦虑，为了秉承女性先驱的榜样，当代黑人女性作家对待母系传统的态度与白人女作

---

① 芭芭拉·史密斯：《黑人女性主义评论的萌芽》，张京媛主编《当代女性主义文学批评》，北京大学出版社 1992 年版，第 106 页。

② 同上。

③ bell hooks, *Talking back*: *thinking feminist*, *thinking black*, Boston: South End Press, 1989, p. 129.

家不同，她们更为深入地挖掘传统，挖掘口头传统与书面传统的联系。① 大多数黑人女性主义批评家也认为，如果不把当代黑人女性作家的崛起和取得的成就与黑人女性写作传统结合起来的话，根本无法正确理解黑人女性写作。但黑人女性写作在文学史中是被忽略的，批评家德波拉·麦克道威尔在《黑人女性主义批评的新方向》中说，文学史是选择的历史，犯了一种"省略之罪"②，省略的，恰是那些弱势话语群体的文学，这其间主要受文化权力运作的影响，黑人女性批评家芭芭拉·史密斯对文学经典建构中的文化权力运作进行了分析："评价的价值——'好'或'坏'，像其他事物的价值（包括其他任何类型的言说）一样，本质上是权宜性的，因此，要紧的不是它的抽象的'合乎真理的价值'，而是对于在任一时刻之息息相关的各种人群，它如何恰切地发挥各种不同的迎合需求的/激发需求的功能。在一桩美学的评价中，这些人群理当包括评价者，他或她对自己所作的判断可能引起不同的效果，自然持有特定的利害考虑；同时也可包括作者、潜在的出版社或赞助人，各类现有的未来读者，或者那些只为了追逐知识热潮的人。他们当中的每一个人会从评价中各取所需，而不同性质的迎合需求/激发需求的功能对每一个人也是厉害互见。"③ 在这种背景下，作为黑人女性批评家的胡克斯，非常注重对传统的挖掘与梳理，在她看来，建构黑人女性文学传统，既与黑人女性主义批评家的努力息息相关，也离不开黑人女作家的成就，艾丽丝·沃克为赫斯顿在美国文学史中正名，就是具有启示性的举措，"好像发生了一场寻找被埋

---

① Valerie Smith, "Black Feminist Theory and the Representation of the 'other'", Chery A. Wall ed. , *Changing Our Own Words: Essays on Criticism, Theory, and Wrtings by Black Women*, New Brunswick, N. J. : Rutgers UP, 1989, p. 42.

② Deborah E. McDowell, *The Changing Same: Black Women's Literature, Criticism and Theory*, Bloomington: Indiana University Press, 1995, p. 5.

③ 参见宋素凤《多重主体策略的自我命名：女性主义文学理论研究》，山东大学出版社 2002 年版，第 37—38 页。

没的宝藏的运动，魅力珍贵的宝石将被挖掘出来"①。赫斯顿作为
"哈莱姆文艺复兴"时期的代表作家，被艾丽丝·沃克认为是把
"黑人作为完整、复杂、没有被缩小的人"②来塑造的第一位作家，
她一直试图将黑人的"双重意识"合二为一。"双重意识"是美国
黑人解放运动领袖杜波伊斯在《黑人的灵魂》中提出的概念，由于
种族压迫和"美洲精神"的双重影响，美国黑人对民族和种族产生
了相互矛盾的忠诚感，他"是一个美国人，又是一个黑人；两个灵
魂，两种思想，两种彼此不能调和的斗争；两种并存于一个黑色身
躯内的敌对意识，这个身躯只是靠了它的百折不挠的毅力，才没有
分裂"，于是，黑人的历史就成了"渴望着使这双重的自我溶合为
一个更好的，更真实的自我的斗争的历史"，在这个斗争过程中，
"他决不愿使美洲非洲化，因为美洲值得世界其他部分和非洲学习
的东西太多了。他也不愿在白色的美洲精神的洪流中漂白黑人的灵
魂，因为他知道黑人的血对世界负有使命。"③ 实质上，双重意识
作为一种过程，是两种相对立的世界观和文化观在内心的斗争状
态，意指美国黑人不愿意使美国非洲化，也不愿自己的黑人灵魂被
美国的主流精神漂白，只是希望自己是一个拥有黑人灵魂的美国
人。

胡克斯指出，黑人女性前辈们之所以被纷纷挖掘出来，和女权
运动的深入发展息息相关，在当代女权运动最初时期，批评关注的
焦点是重新发现"她的故事"，目的是要挖掘出被父权制文学体制
埋没和遗忘的女作家的创作，因为传统文学史按照男性批评标准来
决定哪位作家和作品可以被收入文学史里，成为"传统"的一部
分，造成了大批妇女作家及作品被排斥在外，而革命的女权运动的

---

① bell hooks, *remembered rapture*: *the writer at work*, New York: Henry Holt and Company, 1999, p. 24.

② Alice Walker, *In Search of Our Mother's Gardens*: *Womanist Prose*, New York: Harcouet Brace Jovanovich Publisher, 1983, p. 85.

③ 威·艾·伯·杜波伊斯：《黑人的灵魂》，The Blue Heron Press 译，人民文学出版社 1959 年版，第 4 页。

深入发展改变了这一切，它不仅仅鼓励重新发现丢失的女性文学，还鼓励女性书写过去和现在，于是女权运动复原女性遗失的历史成为当代妇女权力斗争最重要的胜利之一，一大批女性作品被迅速发掘出来，再加上大量新作品的出现，致使读者无法忽略女性写作这种有价值的现象。① 事实上，对黑人女作家们而言，"过去"或"历史"往往意义非同寻常，因为它们交织了黑人的发展历程和作家本人的成长时光。莫里森从反面强调了过去对写作的重要意义，指出："如果你抹杀了你的祖先，你就抹杀了所有的事情。"② 而恰恰在书写这一方面，黑人女性和男性是不同的，黑人男性作家面对白人社会对他们的边缘化，一方面内化白人文学的准则，另一方面在"作者焦虑"的驱使下，寻求用各种方式挑战这些准则，打一场文学上的俄狄浦斯之战，以青出于蓝而胜于蓝。而黑人女作家则大都承认女前辈对自己的影响，胡克斯更是如此，极其推崇黑人女前辈。她对托尼·凯德·班芭拉给予了极高的评价："班芭拉成为了我的文学导师……很少有作家能够像班芭拉那样技巧性地捕捉到黑人生活的风趣和幽默……她热爱黑人，热爱黑色，喜爱待在南方被隔离世界的黑人中间，她对黑人日常生活的喜爱不是情绪化的，而是由一种敏锐的政治洞察力培育和持续着。"③ 美国黑人女剧作家洛林·汉斯伯里也给了胡克斯极大的指引作用："她的作品成了我的指路灯，从汉斯伯里那里我学会了接受多重位置……不可否认，她是一个有天分的剧作家，但那不是衡量她才华的唯一标准，她既是一个艺术家，也是一个知识分子，她的论文和剧作向当代读者揭示，她具有激进的远见，她的作品是具有先知性质的。"④ 胡克斯尤其推崇托尼·莫里森的作品："莫里森的作品总是用很少的语言

---

① bell hooks, *remembered rapture*: *the writer at work*, New York: Henry Holt and Company, 1999, pp. 23 – 24.

② Judith Wilson, "A Conversation with Toni Morrison", Danille Taylor-Guthrie ed., *Conversation with Toni Morrison*, Jackson: University Press of Mississippi, 1994, p. 131.

③ bell hooks, *remembered rapture*: *the writer at work*, New York: Henry Holt and Company, 1999, pp. 232 – 234.

④ Ibid., pp. 212 – 213.

表现很丰富的意义，她可以把词语最简单地组合起来表现出深度和复杂性，让读者震惊和敬畏……读了她的小说，我们脑子里装满了各种形象和段落，就好像优美的歌曲一直回荡在我们的记忆中，那么难以忘记。"① 当她的导师们因为担心研究一个当代黑人女作家会让胡克斯日后在就业市场上成为一个不受欢迎的人，而不支持胡克斯将论文选题定为研究莫里森最先发表的头两部小说时，胡克斯毅然决定冒这个险，她认为既可以通过这种研究探寻一种学术生涯，还可以寻找一条成为作家的路径，莫里森也由此成为了她的指路灯。

在胡克斯看来，寻找女前辈是黑人女性主义批评家建构传统的必经之路，既可以获得精神上的支持，也可以描绘出黑人女性文学的发展路径，为传统的建构做好铺垫。早在 20 世纪 80 年代，艾丽丝·沃克在黑人女性主义批评的重要论文《寻找我们母亲的花园》中就提出了"妇女主义"这个当代美国黑人女性主义批评中极为重要的概念，开启了美国黑人女性的主体意识，可以说是"黑人女性主义批评区别于传统黑人文学和白人女权主义的分水岭"②。内利·Y. 麦凯在 1987 年发表的《对黑人女作家的思考：修正文学经典》中，回顾了黑人女性在文学史上的地位，在梳理了自 1764 年以来美国黑人女性文学创作以及她们的文学成就后，她指出："历史明确地告诉我们，黑人女性在艺术上和批评史上从来就不是沉默的，虽然在过去大多数情况下，她们的声音被那些不希望听到她们声音的人所忽视。"③ 芭芭拉·史密斯在具有里程碑意义的《迈向黑人女性主义批评》一文中，用黑人女性主义的方法分析历史上黑人女性文学作品，揭示性别、种族和阶级政治在黑人女性文学作品

①　bell hooks, *remembered rapture：the writer at work*, New York：Henry Holt and Company, 1999, p.220.

②　嵇敏：《美国黑人女权主义批评概观》，《外国文学研究》2000 年第 4 期，第 90 页。

③　Nellie Y. Mckay, "Reflections on Black Women Writers：Revising the Literary Canon", Robyn L Rosen ed., *Women's Studies in the Academy：Origins and Impact*, Peking University Press, 2004, p.288.

中的表现，为她们在文学史中的地位正名。正是在黑人女性主义批评家们的努力下，一大批不为人知的黑人女性作家被重新发现，黑人女性主义批评也日益崛起，并得到学界的关注。当然，正如胡克斯所指出的，出现这样的历史转变，也与黑人女作家取得的巨大成就直接相关。胡克斯提到，玛丽·海伦·华盛顿在《来自南方的声音》中强调了黑人女性作家和作品的重要性，并呼吁她们应该得到相应的支持和承认："没有凡尼·威廉姆斯，艾达·B.威尔斯，凡尼·杰克逊·卡宾，维多利亚·厄尔·雷马修斯，弗朗西斯·哈珀，玛丽·秋契·泰瑞以及安娜·茱丽亚·库珀等黑人女性，我们就不会了解 19 世纪黑人妇女的生活状况以及黑人知识分子传统。"① 事实上，早在 1746 年，露茜·特丽（Lucy Terry）就完成了第一部由黑人女性创作的作品《酒吧之战》（*Bars Fight August*），这是美国第二位出版作品的女作家。1773 年，波士顿的黑人女奴菲里斯·惠特里（Phillis Wheatley）在伦敦出版了有 124 页的一卷诗集，从此美国黑人女性的文学创作活动就未停止过。当代黑人批评家盖茨指出，惠特里不仅仅是黑人女性文学传统的奠基者，同时也是黑人文学的奠基者。② 19 世纪，随着内战的爆发和妇女意识的增强，黑人女性文学逐渐形成一定规模，出现了哈丽特·威尔森的《我们黑人》、哈丽特·雅格布斯的《一个奴隶女孩的生活故事》和弗朗西斯·哈珀的《伊奥拉·赖劳伊》等描写黑人女奴隶经历的作品，尤其是哈丽特·雅格布斯的《一个奴隶女孩的生活故事》，它的出版被认为是美国文学史上一件非常有意义的大事，是"美国黑人妇女文学园地里的一朵奇葩"③。20 世纪前半叶的"哈莱姆文

---

① bell hooks and Cornel West, *Breaking Bread*: *Insurgent Black Intellectual Life*, Boston, MA: South End Press, 1991, p. 151.

② Geraline Washington Bates, *Womanist Aesthetic Theory*: *Building a Black Feminist Literary Critical Tradition*, 1892—1994, Ph. D Thesis, Indiana University of Pennsylvania, 1997, p. 43.

③ 翁德修等：《美国黑人女性文学》，吉林大学出版社 2000 年版，第 23 页。

艺复兴""标志着黑人女性文学创作的另一个里程碑"①。19 世纪末随着南北关系的恶化，黑人大批北迁，纽约的哈莱姆逐渐成为黑人聚集的中心，汇聚了大批来自南方各地各阶层的黑人，他们相互间的交流和面对城市生活产生的各种心理状态，都被敏感的黑人作家所捕捉，一批卓有成就的黑人女作家开始崛起，如杰西·福赛特、奈拉·拉辛和佐拉·尼尔·赫斯顿等。她们通过作品探讨种族、性别和阶级多重因素对黑人女性生活产生的影响，佐拉·尼尔·赫斯顿的小说《她们眼望上帝》，成为"美国黑人文学史上最早描写黑人女子女性意识觉醒的作品之一"②。此外，黑人女作家频频获奖，艾丽丝·沃克于 1974 年获美国全国图书奖诗歌奖候选人提名，1983 年又荣获美国全国图书奖与普利策奖；托尼·莫里森于 1977 年获美国全国图书批评家奖，1988 年获得普利策奖，1993 年又摘取了诺贝尔文学奖桂冠。上述黑人女作家的作品被广泛阅读并被大量出版，成为文学批评关注的对象，黑人女性作家由被主流文学和黑人文学忽视、误解与抹杀，成为当代美国文学、黑人文学和女性主义等文学选集中不可或缺的组成部分。

　　黑人女性因其所处的特殊历史背景，甚至连雕塑等艺术活动都被禁止，于是，成为文化上失根的群体，她们在很长一个时期被剥夺了读书识字的权利，同时也被割断了与自己文化传承的联系。在这样的条件下，黑人女性找到了多种表述自我的方式，所以在胡克斯看来，黑人女性传统不只体现在写作中，还呈现于生活的各个方面，如黑人女性天生卷曲的头发。她们的卷发是高度的卷曲，成弹簧状，所以她们一般只好蓄短发，无法蓄长发。胡克斯认为，这种卷发是黑人女性特有的标志，见证了黑人女性由少女成长为女人的过程。白人主流社会评价美的标准，主要是从皮肤的颜色、面部特征和发质等方面入手，蓝眼睛、金黄飘逸的直发的白人女性被认为

---

① Joy James and Denean Sharpley-Whiting, Introduction in *The Black Feminist Reader*, Malden: Blackwell Publishers Inc. , 2000, p. 2.

② 刘海平、王守仁：《新编美国文学史（第三卷）》，上海外语教育出版社 2002 年版，第 522 页。

是美的标准，与之相对的黑人女性，她们黑色的皮肤、宽阔的鼻梁、厚厚的嘴唇，尤其是缠绕得很难打理、必须经过繁杂程序的热梳理（hot comb）才能梳理和拉直的卷发，则成了与美无缘的特质，不管她们多么聪明，接受的教育程度有多高。在黑人社区内流传着这样一首儿歌："现在，如果你是白人，你就什么都好；如果你是褐色皮肤，请待在附近；如果你是黑人，退后！退后！退后！"① 界定美的标准摧毁了黑人女性的自信，也使得白色比黑色呈现出优势。胡克斯对此表示质疑，在小说《快乐的娜比》中，胡克斯通过描述一个黑人小女孩整理头发时的心情，鼓励黑人女性接受与生俱来的卷发并以黑色特质而自豪，学会树立信心。还有爵士乐，胡克斯指出，爵士乐是属于黑人的音乐，"它和布鲁斯不同，因为它不单是悲叹，呻吟，表示悲痛，它表示一切……爵士乐将痛苦和悲伤转变为声音，见证了黑人的过去"。② 爵士乐是一种非常强调即兴演奏并具有布鲁斯感觉的音乐，来源于非洲原始部落的黑人民歌，是种植园中的黑人奴隶们在劳动和生活中自发演唱的一类歌曲，包含着对奴隶制度的憎恨和对新生的渴望，黑人妇女在其形成过程中贡献很大。爵士乐注重节奏和对打击乐器的使用，采取"启—应"（call-and-response）这种在非洲极为重要的演唱方式，并善于从其他音乐形式中借用表现方法，观众和演员之间没有明显界限，观众甚至可以自由地加入到演出当中。它采取各种演奏方式，直到乐手演奏到他们能充分表达自己而且能自由地将音乐带入一个新的方向，才能称为爵士乐，所以这种音乐，蕴含着黑人独特的文化和黑人妇女特殊的历史经验。胡克斯认为，南方非裔美国人建造的不同于白人标准化住房的小巧精致的小屋，也见证了非裔美国人的创造力和对自由的追求，是黑人独特感觉的表达，"尽管小屋有诸多局限之处，它却告诉我们，不论我们的种族、阶级和性别

---

①　Patricia Hill Collins, *Black Feminist Thought*: *Knowledge*, *Consciousness*, *and the Politics of Empowerment*, New York: Routledge, 1991, p. 79.

②　Bell Hooks, "From Black is a Woman's Color", *Callaloo*, No. 39 (Spring, 1989), p. 383.

地位如何，我们都可以设计、改变和创造空间"。虽然她们经济上很匮乏，但"没有物质的特权，并不意味着像我祖父母那样贫穷的工人阶级黑人对居住空间缺乏创造性思考"，看似弱不禁风实则坚固的小木屋，呈现了南方黑人在民居建筑方面的理念，胡克斯指出，黑人女建筑师拉弗·韦尔斯·鲍伊（Laverne Wells-Bowie）高度赞美了南方黑人的民居建筑，虽然这些黑人并没有接受过有关建筑艺术的学院教育，然而拉弗却认为，"民居建筑是展示文化的一种语言"，"充分表现出物理环境如何反映一种文化的独特性"[①]。胡克斯描述了自己成长过程中居住过的南方小屋，在小铁路旁的窝棚里，经常居住着黑人大家庭，当她进入年长的黑人妇女独居的简陋小屋时，四处放置的婴儿尺寸的小床让胡克斯既好奇又印象深刻，这种整洁又宽松的居所形塑了胡克斯日后对住房和室内设计的理念，与白人的标准化住房不同，"在南方农村的许多地区，小屋仍然作为住宅颠覆着针对贫穷阶级空间想象力非人化的信息"[②]。

此外，还有黑人女性的百衲被传统。百衲被已成为黑人女性对身份与自由的象征性表述，它通过对布块与多种颜色的隐喻意义的描写，表征了黑人女性斗争的遗产，尤其在奴隶制时期，黑人女奴缝制被子、做针线活和纺织方面的技巧，在为获取自由而战斗的过程中发挥了重要作用。胡克斯指出，在美国的艺术馆中，黑人女性的创造往往处于一种缺席的状态，人们常常看到"白人女性是对缝被子艺术做贡献的唯一群体"，然而，"事实并非如此"，黑人女性被排除在缝被子艺术传统之外的现状需要得到改变，并且此传统需要女性主义批评者特别关注。[③] 可以看出，在建构传统这方面，黑人女性和黑人男性的策略是不同的。黑人男性更加强调的是读写能力，注重书面文化遗产，肯定文化与男性权力之间不可分割的关

---

① bell hooks, Julie Eizenberg, Hank Koning , "House", *Assemblage*, No. 24, House Rules ( Aug. , 1994), pp. 23 – 24.

② Ibid. , p. 25.

③ bell hooks, *Yearning：Race, Gender and Cultural Politics*, Boston, MA：South End Press, 1990, p. 115.

系，而黑人女性的文化遗产，则普遍地体现在日常生活的方方面面。事实上，不止上述胡克斯所谈到的，包括起名字、准备黑人食物的方式、药物、植物的根茎以及接生等很多方面，都可以表现出黑人女性传统的踪迹。当然，在胡克斯看来，传统的建构和呈现除了上述的各种文化形式外，就黑人女性写作而论，自传（Confessional writing）是最为重要的一种文学形式："渴望讲述自己的故事和讲述故事的过程，是渴望发现过去的象征性姿态，通过这种方式，个人可以经历意识的重聚和释放。渴望释放是我写作的一个因素，但意识的重聚使我能够看到写自传是再一次发现'自我'（self）和经历的方式，这种自我和经历也许不是生活中很精确的部分，但它是一种形成当前的生活记忆。自传性写作激起了我回忆作为成长于南方黑人隔离社区的特殊经历，这也是再一次捕捉南方黑人文化的方式。"① 虽然自传被传统模式认为不及传统文学话语更加有效，并且有主观性的嫌疑，然而，对于黑人女性这一受到多种压迫的边缘群体，却有着特别的意义。一方面，它可使作家以边缘化的姿态，挑战普适性的话语；另一方面，它可以进行一种个性化的写作，从而将自己的声音介入写作中，体现作者自己积极参与的精神，这无疑既挑战了既往单一的话语，也体现了非洲文化传统中主客体同时积极参与的特点。胡克斯认为，自传不仅是黑人女作家的一个宝贵的文学传统，也是作为边缘群体女性自我形塑、介入话语权的一个利器。"自传或其他任何自白性叙事常常在北美文化中遭受贬抑，但是，这个文学品种在美国非洲裔文学史中一直大受青睐。作为一种表现抗争的文学，黑人同胞的自白性叙事总是有教育作用的。想通过斗争达到实现、成为激进主体的黑人妇女写出坦诚的自白性叙事文献是必要的，因为，它们可以作为指导书、教科书，使我们坚定认识彼此的同志关系，这比任何文学资料都更重要。……即使由黑人妇女发表的小说数量增加了，也不能替代理论

---

① bell hooks, *remembered rapture: the writer at work*, New York: Henry Holt and Company, 1999, p. 85.

或自传性叙事。"① 当然感知祖先的存在，探溯黑人女性主义思想的源远流长，让女作家们有心理上的归属感，也是以讲述过往故事为主的自传的重要方面。有学者称："过去是人们的身份感不可或缺的一部分，是政治化的过程……是理解我们周围世界时所不可或缺的东西。"②

　　自传来源于奴隶叙事，奴隶制时期，黑人奴隶通过口述的形式，讲述自己所遭受的压迫和苦难以及反抗，这种传统延伸到 19 世纪，就成了一种盛行的美国黑人文学形式，它主要传达了黑人的反抗意识。胡克斯指出，虽然自传并非都是关于激进黑人女性主体的叙事，却都能使读者了解黑人女性经验的复杂性和多样性，然而这种提供黑人女性"真实生活"经验或关于她们具体现实虚构写照的作品，并不被认可，"自传写作通常被用来调节学术写作、理论以及经验之间的张力，尤其当女性主义理论教学大纲中包含有色女性的作品时"。胡克斯指出，在她看到的一份女性主义理论的教学大纲里，有色女性写作的作品，只有艾丽丝·沃克的小说《紫色》，而另一份大纲中所开设的妇女研究教程，则包含了许多白人女性的作品，如南希·哈特萨克（Nancy Hartsock）、齐拉·爱森斯坦（Zillah Eisenstein）、朱丽娅·克里斯蒂娃（Julia Kristeva）、爱丽丝·贾丁（Alice Jardine），排在最后的才是沃克的小说《紫色》。③尽管不被主流文学看重，自传在黑人女性写作中仍然具有强烈的生命力，其中日记是最基本的一种形式。对胡克斯而言，日记是一种"安全"的写作，它意味着无须向外界宣读，也标志着作者走进了成人世界，"它作为一种抵制性叙事，可以加强我们自我定义的斗

---

　　① 蓓尔·赫珂丝：《革命的黑人女性：自己争取成为主体》，毛荣运译，杨乃乔校，见巴特·穆尔-吉尔伯特等编《后殖民批评》，杨乃乔等译，北京大学出版社 2001 年版，第 329 页。

　　② Anne Firor Scott, Sara M. Evans, Susan K. Cahn and Elizabeth Faue, "Women's History in the New Millennium：A Conversation across Three 'Generations'：Part 2", *Journal of Women's History*, Vol. 11, No. 2 (1999), pp. 199–220.

　　③ bell hooks, *Talking back：thinking feminist, thinking black*, Boston：South End Press, 1989, pp. 37–38.

争，使我们经历自我发现与自我恢复"①，胡克斯通过写日记去理解自己和周围的世界，可以大胆地说出什么伤害了她，她对事物的感受以及希望，还可以"话语回击"，而且，作为一种充满力量的写作，日记可以让作者敞开心灵，而这对于父权制文化中女性反霸权创作的发展是至关重要的。批评家乔安尼·M. 布莱克斯顿 (Joanne M. Braxton) 在《一个诗人的后退：夏洛特·佛顿·格琳珂 (1837—1914)》中，追溯了黑人女性私人写作先驱——夏洛特·佛顿·格琳珂的日记。她认为，在奴隶制时代，日记事实上是黑人女性形成政治、艺术及意识的手段和实现自我评价的途径，格琳珂的日记表明了一个睿智的黑人女性如何努力平衡政治的、智慧的以及情感上的冲突，并形成一种公众的声音。虽然日记本来是一种私人的声音，然而写日记者的自传行为在作者技巧性地客体化和控制自我经历的过程中与公众声音联系在了一起。因此，在日记中，她获得了把自我作为主体同时作为客体的距离。② 可以看出，对黑人女性而言，日记作为自传最基础的形式，承载了自我疗治与寻求自我的功能。

事实上，自传体写作并不是一种新的文类，欧洲文学的自传文类可以上溯至奥古斯汀的《忏悔录》，但与欧洲文学传统不同，黑人女性的自传体写作，不仅是黑人女性自我经历的反映，更是黑人女性集体意识的呐喊，它对于黑人女性文学传统的一个重要意义在于，它是黑人女性可以见诸文字的自我再现的最早的文体形式之一。乔安尼·M. 布莱克斯顿认为："如同蓝调歌手一般，自传写作者把社群价值融进了自传行动的表演当中，有时候其作用甚至像是

---

① bell hooks, *remembered rapture*: *the writer at work*, New York: Henry Holt and Company, 1999, p. 5.

② Joanne M Braxton, "A Poet's Retreat: The Diaries of Charlotte Forten Grimké", "Wild Women in the Whirlwind: Afra-American Culture and the Contemporary Literary Renaissance", Joanne M Braxton and Andrée Nicola Mclanghlin eds., *Black Women Writing Autobiography*: *Tradition Within a Tradition*, Philadelphia: Temple University Press, 1989, p. 72.

她同胞的'意识点'一样。"① 正是在这个个人与集体声音交织的文本世界中，黑人女性所遭受的种族与性别双重压迫的特殊经验，与源自这种经验的"压抑的知识"形式，得以一代代地传承下去。胡克斯指出，自传叙事可以在很多不同的方面起作用，"从治疗的意义上讲，它可以恢复丢失的自我意识，或者可以释放过去。它可以是纯粹的记录，成为生命旅程的富有灵感性的指导，也可以被看作是一种纯正的裸露的姿态"。② 她进一步指出，自传体写作对女性主义者尤其重要，"因为它提供了一种文化语境，在其中，过去和现在的女性写作可以被给予持久的承认和认可"。③ 鉴于自传体叙事的重要政治意义，"作家的身份"成了胡克斯极为关心的一个问题，胡克斯认为，伟大的文学作品并不是由作者的种族、性别身份决定的，身份问题更不会阻碍不同身份的读者对作品的接受，强调身份只是白人父权逻辑在文学领域渗透的策略，是白人世界强加的硬性屏障，目的是维护白人父权文学的权威。"在我的写作生涯中，我从未听说来自于边缘群体的作家坚持认为，同性恋应该只读同性恋作家的作品，黑人只读黑人作家的作品。我不知道在哪里可以找到如此重视'标签'（labels）的作家，我只在保守思想家的作品中听说过这样的人，并且在保守思想家的作品中这样的人被谴责为心胸狭窄，因为他们不懂得伟大的文学是超越种族和性别的。"④ 之所以强调身份问题，是因为胡克斯发现，有一种观念在出版社是占优势地位的，即由黑人作家写的关涉黑人的作品，尤其当作者和占主导地位的白人机构不相关时，其作品便会被当作仅仅是针对黑人读者的，而出版界对这些作品的宣传也是针对黑人读者的。的确有一些黑人作家只对吸引黑人读者的眼球感兴趣，但绝大多数黑人

---

① Joanne M Braxton and Andrée Nicola Mclanghlin, *Black Women Writing Autobiography*: *Tradition Within a Tradition*, Philadelphia: Temple University Press, 1989, p. 5.

② bell hooks, *remembered rapture*: *the writer at work*, New York: Henry Holt and Company, 1999, p. 69.

③ Ibid. .

④ Ibid. , p. 56.

作家还是希望能够吸引更广范围的读者群。胡克斯指出，虽然她的作品经常被描述为让黑人群体之外的读者无法理解，但事实是，购买她作品的读者范围仍然很广泛，她收到的读者来信也表明，不是黑人或不是女性的读者也能够理解书中所描述的经验。在一次谈话中，一位喜欢阅读胡克斯少女时代回忆录的年轻的白人女编辑说，她把这本书的复印件送给了一位拉丁妇女，因为这位拉丁妇女同样也很喜欢阅读这本书。同样，白人女作家埃里卡·琼（Erica Jong）创作的描述老龄化的诙谐自传《害怕五十岁》，重点描写了成年白人和犹太人，虽然其自传故事和黑人背景丝毫没有相似之处，却能使胡克斯非常认同。胡克斯本人第一次出版描写南方黑人少女时代的回忆录《黑色骨头》，当编辑将其描述为仅仅是黑人少女的回忆录时，胡克斯非常抵制这种观点，认为非黑人女性也能认同她所回忆的经历，事实的确如此，她收到了大量能够心意相通地理解彼此差异的白人女性读者的来信。英国女作家简妮特·温特森在为取消自己的"嫘斯嫔作家"的标签时指出，在创造力的空间内，每一个艺术家更关心的是作品本身，而不是作者的性别身份或其他什么，她在《性别符号》中说："我是一个碰巧喜爱女性的作家，而不是一个碰巧喜爱写作的嫘斯嫔。"① 胡克斯借用这句话巧妙地对自己的身份进行了确证，"我是一个碰巧身份是黑人女性的作家，而不是一个碰巧是作家的黑人，我身份的特质加强了我创造性的资质，这种身份既不是负担也不是限制"。②

鉴于自传性叙事的重要作用，对于黑人女作家的自传体写作是否存在统一"标准"的问题，胡克斯也给予了探讨。她认为，采用自传体写作的黑人女作家并没有完全统一的风格、观点或内容，这一点女作家和男作家是一样的，认为每一位女性都在用同一种声音说话，是性别歧视的态度，只有对文学经典中的性别偏见和种族偏

---

① bell hooks, *remembered rapture：the writer at work*, New York：Henry Holt and Company, 1999, p. 51.

② Ibid. , p. 57.

见进行女性主义的质疑，才能引导我们重新思考制造"标准"的评价模式，而这"对于那些在一个迄今为止仅看重有特权的白人男性作家和少数白人女性或有色人种女性和男性作家的文化中，努力成为作家的女性及来自边缘群体的男性来说，是激动人心的"。① 胡克斯对"标准"的审视是具有针对性的，尤其对于黑人女作家而言，她们的自传写作是否符合评论界、出版界包括阅读公共的期待视域，决定了她们的作品能否畅销以及她们能否成为受欢迎的作家。而这些接受领域本身是由强调老式价值观的人物所把持，致力于维护包括种族主义，性别歧视，阶级剥削和帝国主义在内的制度统治，他们并不真正以严肃认真的态度看待黑人女性的文化，而是充满了猎奇心理，制定了关于黑人女性的刻板模式，并自觉不自觉地用这些模式来评判黑人女性及其她们的创作，将她们的经历和写作视为铁板一块，抹去了个体差异性和独特性。这导致了很多黑人女性自传将描写的重心放在了黑人少女成长过程中经历的各种各样可怕的性虐待、乱伦以及被陌生人强暴的场面，似乎只有这样才符合接受领域评判的"标准"，否则，就会很容易遭到冷落的待遇。胡克斯描述了她的自传《黑色骨骼：少女时代的回忆》的遭遇：作品中没有艳情，没有强暴，没有生动的暴力殴打场面，也没有乱伦，是一种完全不同于"标准"的纪事，作者通过讲述一个青春期女孩自杀的渴望，展示了一个人平静地拥抱世俗时，如何被可怕地隔离并感到绝望。从一开始胡克斯就认为，这样的作品可能很难引起公众阅读的兴趣，因为黑人女性经验的抒情描述没有自己的立足之地。而这部作品也的确遭受了预想的境遇，"在很多读者的心里，这是对黑人少女传统刻板模式的臆说。主流批评家不知该如何评价这本书，因为它不符合他们的期待"，包括黑人女作家苏莱尼·戴维斯（Thulani Davis）在评论这部作品时，也指出："人们期待回忆录只要完全清楚就可以，无须提供感情。"对此，胡克斯指出，

---

① bell hooks, *remembered rapture：the writer at work*, New York：Henry Holt and Company, 1999, p. 63.

戴维斯像多数评论者一样，不能放弃听到一个成长于陷入困境家庭中的有天资的黑人女孩脚踏实地的经历。[①] 所谓的"标准"不仅是主流文化的评判依据，也内化为黑人女作家和批评家的评判准则，而这种内化很大程度上在于黑人社区和黑人制度本身，它们为内化主流话语的标准提供了平台。

胡克斯所强调的追寻黑人女性传统，实质是在建构黑人女性独特的身份，在黑人女性主义批评建立过程中，可以使黑人女性作为一个统一有力的发声主体进行文化表述，这样的努力，是黑人女性自我意识觉醒，彰显自我身份和进行文化表述所必需的。事实上，很多黑人女作家和批评家也都在致力于这项努力。文学中的传统总是为适应当前的特殊需要被创造出来，重写或改写历史本身就是一个重新解释和评价历史的工作，是一个重新建构的过程，传统也不例外，而传统的建设是一个浩大的工程，在建构传统之时，势必会将大量的黑人女性作品拉入建构的过程中，偏颇也是不可避免。是否只要是黑人女作家的作品就可以成为传统的一个环节，是否那些只为追赶时尚的创作也可以称之为黑人女性主义写作，这些都是工程建设中不可回避的问题，建构传统本身是为了给后世女作家树立一个可以效法的榜样，一种信念，表达了一种理想和追求，从这个意义上说，"女性文学"的概念有其自身内在的标准。事实上，白人女性主义者们也很看重文学传统的建构，她们对性别意识的关注比较强烈，美国女性主义批评家罗莎琳德·考尔德指出："决不能简单地认为，以女性为中心的写作同女权主义有任何必然的联系……米尔斯和布恩的浪漫主义小说是由女性写作的，由女性来阅读的……总之一切都是为了女性的。然而，从女权主义的角度看，这些虚构的故事除了性压迫、种族和阶级压迫外，再也没有什么可取的东西了。"[②] 胡克斯也是如此，她一直践行着写作的政治性，

---

① bell hooks, *remembered rapture: the writer at work*, New York: Henry Holt and Company, 1999, pp. 92 – 93.

② 刘慧英：《走出男权传统的樊篱——文学中男权意识的批判》，生活·读书·新知三联书店 1995 年版，第 3 页。

以黑人女性的特殊身份对作家职责进行着严肃的定位，彰显文学中"女性主义意识"的自觉性，不仅仅以揭露性别、种族和阶级的压迫为己任，更注重黑人女性主义话语本身的建设，关注如何更合理地看待黑人女性主义话语与主流女性主义话语的关系，对黑人女作家的发掘和对黑人女性主义批评家的推举，使她的理论创见当之无愧地被称为黑人女性文学传统的里程碑。

# 第四章

# 贝尔·胡克斯黑人女性形象批评观

## 第一节　贝尔·胡克斯对黑人女性刻板形象的解构

对包括黑人女作家创作在内的文学艺术文本中黑人女性形象进行挖掘和分析在当代美国黑人女性主义批评中一直是一个至关重要的议题，黑人女性主义批评家帕特里夏·希尔·柯林斯指出："分析非裔美国女性独特的刻板形象，不仅揭示出客体化的黑人女性独特的轮廓，也清晰地提供了种族、性别和阶级的连锁压迫系统是如何运作的。"[①] 胡克斯也不例外，作为美国当代重要的黑人女性主义批评家，她对文学文本中的黑人女性形象进行了审慎的反思和批判，同时也关注在大众文化中黑人女性形象的表征，因为除了文学文本外，学校、媒体、公司、广告等机构同样也是传播黑人女性形象的重要场所，这些场所也构成了表征系统最为有力的部分，也成为主流话语与边缘话语争夺话语权的场所，尤其在影视这一大多数黑人学者一直保持缄默的领域，胡克斯对其中的黑人女性形象进行了精辟的解读，做出了突出的成就。她认同电影制作人奥斯卡·米修（Oscar Micheaux）的电影制作理念，"创造能够挑战和扰乱对黑人传统种族主义再现的荧幕形象"，尤其针对荧幕中的黑人女性形象，米修鼓励观众抵制将所有的女性看作是邪恶的、荒淫的、道德败坏的女性一体化的构建。胡克斯认为，米修作为一个电影制作

---

① Patricia Hill Collins, *Black Feminist Thought*: *Knowledge*, *Consciousness*, *and the Politics of Empowerment*, New York: Routledge, 1991, p. 70.

人，在电影内创造了一个空间，黑人女性在其中被描述为充满希望的主体，"米修拒绝接受黑人文化产品应该是白人对黑人的简单再现的观念，渴望提升黑人，坚持从一种积极的角度描述黑人，保持形象的多样性和复杂性"，他"违反了好莱坞电影中损害黑人女性形象的做法，在他的电影中，黑人女性的身体不管丰满或瘦弱，浅颜色或深黑色，都是被赞美的"①，所以他的电影为黑人电影树立了榜样。胡克斯指出，电影中黑人女性形象的表征具有重要的意义，"比起其他媒体形式来说，电影更大程度上表明了黑人女性与黑人如何被观看以及其他群体如何回应我们。"②

　　所谓刻板形象，是用于区别于其他形象的象征形象，因其反反复复出现在观众面前，久而久之，它就成了某物或某人在观众心目中普遍的替代品。所以，刻板形象"不是反映或再现真实，而是对客观社会关系的伪装和神秘化"③，而塑造或传播黑人女性的刻板形象，"旨在取得经济益处，统治并凌驾在那群体上——结果是有意或无意地给那群体的成员造成了危害"④。柯林斯指出，如果没有强有力的意识形态支持，种族、阶级和性别的压迫就不可能继续存在，作为广义的意识形态统治的一部分，黑人女性的消极形象呈现出特殊的意义，因为界定这些符号是权威的主要手段，为了践行权力，精英白人男性和他们的代表们必须处于将黑人女性作为适当符号来操纵的位置，他们或者利用已经存在的符号，或者根据需要创造新的符号。胡克斯认为，无论文学还是文化领域，在以白人为主的美国社会，黑人女性在上述领域内的形象经常被塑造为消极的

---

① Bell Hooks，"Micheaux：Celebrating Blackness"，*Black American Literature Forum*，Vol. 25，No. 2，Black Film Issue（Summer，1991），pp. 354 – 356.

② bell hooks，"Introduction：Revolutionary Attitudes"，In Black Looks：Race and Representation，Hazel Arnett Ervin，*African American Literary Criticism*，1773—2000，New York：Twayne Publishers，1999，p. 351.

③ Hazel Carby，*Reconstructing Womanhood：The Emergence of the Afro-American Woman Novelist*，New York：Oxford University Press，1987，p. 22.

④ Lisa Albrecht & Rose M. Brewer ed.，*Bridges of Power：Women's Multicultural Alliances*，Philadelphia：New Society Publishers，1990，p. 225.

刻板形象，"强大的白人男子首先描绘出充满性别歧视和种族歧视的刻板模式，来解释他们对如此让他们憎恨的黑人女性身体的使用和虐待"①，这使得现实生活中白人男性不愿意承认黑人女性是合适的婚姻伴侣。事实上，纵观美国的历史可以发现，娶黑人女性的白人男性数量远远小于娶白人女性的黑人男性数量，胡克斯认为，根本原因就在于父权制的性别政治，既然白人女性是性别上的弱势群体，她们不能和强大的白人男人结成盟友，那么她们和黑人男人的婚姻就不再是现存白人父权制法则的威胁。在父权制社会中，如果一个白人女子嫁给黑人男人，那么她在法律上就承认了他的地位。② 卡尔文·亨顿（Calvin Hernton）在《美国的性别和种族主义》中指出：在美国，黑人是弱者，而白人妇女则是性纯洁和自豪的伟大象征，黑人男人追求白人妇女是为了弥补他缺乏的自尊，拥有了象征我们文化骄傲的白人妇女，就是对于否认黑人基本人性的社会的胜利。同样的，法农在《黑皮肤，白面具》中指出，就法律意义而言是法国公民的有色人种 "安的列斯人"，虽然承认自己的皮肤是黑色，但认为自己拥有的却是欧洲人的思维方式，他们鄙视法属非洲的黑人，但作为有色人，他们在面对白人时，内心又存在着自卑感，于是他们在潜意识中承认白人的优越地位，以白人的价值观来衡量自己的一切。因此，和法国本地的白人姑娘结婚，就具有了特殊的意义，"满足了制服欧洲女人并带有某种骄傲的报复味道"③，这种思想代表了有色人种男性的普遍心理。相反的，胡克斯指出，如果一个黑人女子嫁给了白人男人，她采用他的姓，而且他们的孩子是他的继承人，结果就是，这群在美国社会中占据主导地位的白人男人如果都娶了黑人女人，那么白人世界法则的基础就要受到威胁，因此，像电影《猜猜谁来吃晚饭》和《白人伟大的

① bell hooks, *Salvation: Black People and Love*, New York: Harper Collins Publishers, 2001, p. 98.

② bell hooks, *Ain't I a Woman: black woman and feminism*, Boston, MA: South End Press, 1981, p. 64.

③ 弗朗兹·法农：《黑皮肤，白面具》，万冰译，译林出版社 2005 年版，第 52 页。

希望》的成功，虽然表明美国白人公众愿意承认黑人男性和白人女性之间的相互吸引，他们也不再害怕黑人男性和白人女性的结合，但他们仍然通过支持诸如所有的黑人女性都是性放纵的观念，来贬低黑人女性，阻止白人男性和黑人女性的婚姻。①

　　好莱坞拍摄的电影《妈妈，有个男人在你床上》，讲述发生在一个劳工阶级黑人女子和一个优越的白人男人之间的欲望关系，但没有白人男明星愿意扮演这一角色。胡克斯指出："毫无疑问，这些白人男性害怕失去地位，也担心会招致白人女性的愤怒，她们可不愿看到'她们'的英雄和黑人女子扯上关系。"② 胡克斯认为，大众传媒，尤其电视，经常将黑人女性刻画为单纯的性客体或性放纵的"妓女"，它们是将黑人女性的消极形象强加于大众思想的主要途径。胡克斯指出，在日常的肥皂剧中，让年轻的白人男性坠入爱河的黑人女性，总是被描绘为脸部画了夸张的妆容，嘴唇上涂满了油腻的唇膏，目的是让嘴唇看起来比实际的要厚些，戴上假发，穿着比较显肥胖的衣服。③ 而这样的塑造正是将黑人女性想象为具有诱惑力的性客体。胡克斯如实地揭示了白人男性压迫黑人女性的最重要方式，因为他们通过这种宣传控制了黑人女性的性行为。在评价黑人女作家安·佩特里的小说《大街》时，胡克斯分析了女主人公露蒂的形象，作为一个 40 岁左右的黑人女子，她梦想着拥有漂亮的房子，可是在白人世界里当劳工让她清醒地看到没钱没地位的黑人女子在白人眼中的形象："对白人而言很显然是自然反应——如果一个有色女孩相当年轻，她是一个妓女就合乎道理，如果她不是，至少与她睡觉是一件简单的事情。事实上，白人男人甚

---

　　① bell hooks, *Ain't I a Woman: black woman and feminism*, Boston, MA: South End Press, 1981, pp. 63 – 64.

　　② bell hooks, *Outlaw Culture: Resisting Representation*, New York: Routledge, 1994, p. 61.

　　③ bell hooks, *Ain't I a Woman: black woman and feminism*, Boston, MA: South End Press, 1981, p. 65.

至不必这样要求，因为这女孩会主动要求他们关注。"① 黑人女性的这种形象起源于奴隶制，那时她们被描述为存在物（being），用珠维利·戈麦斯（Jewelle Gomez）的话说就是，"性欲旺盛的奶妈"，其作用就是通过将所有的黑人妇女贬损为淫荡的妇女，为白人男性对她们的性侵犯提供有力的借口，同时，也可满足增加黑人妇女生育的目的。奥默拉德说，黑人妇女的"每一部位"都被白人主人利用了，"对他来说，她是个拆装的商品，她的感受和选择几乎不必放在心上。她的头和心被与她的双手和脊背分开，与她的子宫和阴道剥离"②。葆拉·吉丁斯（Paula Giddings）也指出："实际上，著名的期刊也把黑人妇女和绿色猿猴联系起来，或把艾滋病追加到非洲妓女身上，这些都是种族主义意识形态的反映。"③ 之所以对黑人女性采取此种方式，和她们的意识觉醒不无干系，谢·吉尔克斯（Cheryl Gilkes）指出："黑人女性的自信以及她们利用种族主义的每一种表现从各个方面攻击整个不平等的结构，已经成为对现状一贯的、全方位的威胁，作为惩罚，黑人女性被塑造为种种消极刻板的形象。"④

胡克斯则认为，将黑人女性描述为性客体或妓女，与历史上白人女性形象的转变有莫大干系：原教旨主义的基督教将女性描述为妖妇、把罪恶带到世界上来的人，认为性欲源于女性，男性仅仅是她肆虐权力的受害者，白人男性教长怂恿法律控制白人女性的性行为，以确保他们不会被引诱以致迷失方向。到了 19 世纪，白人女性在公众中的形象发生了改变，她们不再被描述为妖妇，而被美化为"高贵人类的另一半"，职责在于提高白人男性的情操，激发他

---

① bell hooks, *remembered rapture*: *the writer at work*, New York: Henry Holt and Company, 1999, p. 204.

② Barbara Omolade, *The Rising Song of African American Women*, New York: Routledge, 1994, p. 7.

③ Paula Giddings, "The Last Taboo", Toni Morrison ed., *Raceing Justice*, *En-Gendering Power*, New York: Pantheon, 1992, p. 458.

④ Patricia Hill Collins, *Black Feminist Thought*: *Knowledge*, *Consciousness*, *and the Politics of Empowerment*, New York: Routledge, 1991, p. 67.

们前进，这种新形象迥异于旧形象，她成为女神而不再是罪恶者，她虔诚、纯洁、服从和热爱家庭，并且无欲。既然她们被神化为贞洁的圣女，代价是她必须压制自然的性冲动，既然无须再忍受无尽的怀孕和生养孩子的痛苦，白人女性于是欣然接受这种白人男性加诸于她们身上的新形象，而这种转变同时也成了对被奴役的黑人女子大肆性剥削的契机。① 白人殖民者刚踏上美洲殖民地，就将黑人妇女作为具有"原始性欲"的客体，并为自己的性道德寻找正当的理由，黑人女子被白人主人强奸后，生下不少混血儿，反对种族通婚的白人，把混血儿的出生归因于黑人女子道德观念松懈，认为是她们诱惑白人男子的结果，据说，"这种对黑人妇女道德莫须有的深刻怀疑，是人们，特别是南部白人妇女，激烈反对与黑人妇女进行社交的重要因素"②。而这些混血儿从一出生就背负了悲剧的人生，尤其是混血女，尽管她们美貌动人、受过一定的教育，但是在两个截然不同的世界里却永远找不到属于自己的立足之地。胡克斯指出，维多利亚时代的社会风气使废奴论者给黑人妇女贴上了"妓女"的标签，当时一位白人政客曾主张应当把黑人妇女送回非洲，认为只有这样才能防止白人男人受其诱惑，于是"妓女"一词的使用，使得公众转移了对白人男人性奴役黑人妇女的注意，且进一步增加了黑人妇女本质淫荡的可信度。③ 同时，胡克斯认为，将黑人女性描述为性客体，也打击了黑人男性的气焰。在整个奴隶制时代，单个的黑人男人们会集结起来，保护对他们而言重要的黑人妇女，而白人男主人对黑人妇女的施暴，则显示出男黑奴的无能。黑人社会学家罗伯特·史泰博（Robert Staples）指出："一旦他（黑人男性）的男性气质在这个方面受到削弱，他会对他的权力产生深

① bell hooks, *Ain't I a Woman*: *black woman and feminism*, Boston, MA: South End Press, 1981, pp. 29 – 32.

② A. D. Mayo, *Southern Women in the Recent Educational Movement in the South*, Baton Rouge: Louisiana State University Press, 1978, p. 108.

③ bell hooks, *Ain't I a Woman*: *black woman and feminism*, Boston, MA: South End Press, 1981, p. 33.

刻的怀疑，甚至会打破他们之间的集结"①，事实上，胡克斯指出，
这种观点预设了一个前提，即黑人男人视自己为所有黑人妇女的保
护者，现实是，绝大多数黑人男性只为他们部落或社区内的女性承
担责任，而且这些黑人男性往往是部落里的强势者。胡克斯认同黑
人女作家琳达·布伦特在这个问题上的观点："有一些黑人男人会
拼命地保护妻子和女儿不受主人的侮辱，但有这种感情的人，比起
一般大多数奴隶而言，是有优势的。一些可怜的人被残忍地鞭打，
不得不从家中逃出去，使他们的主人自由地接近他们的妻子和女
儿。"② 通过对黑人妇女的性侵犯，灭绝了黑人女奴的反抗之心，
也羞辱了她们的男人。盖尔·琼斯的小说《科雷吉多拉》和罗莎·
盖伊的《时间的测量》都涉及跨种族强暴的问题，甚至当奴隶制已
经终结，黑人女性也成为独立的有地位的个体，但作为社会的"他
者"，这种形象仍然深入人心，尤其在色情电影和色情文学中，她
们的形象往往与"锁链、鞭子、项套、腰环"的场景相关，被表现
得喜欢与动物交欢、乱伦、被强奸，尤其喜欢被白人男子强暴。③
沃克指出，色情文学、电影文学中白人女性被"物化"，而黑人女
性则被动物化了。④ 黑人女性的此种形象如此深入人心，使得美国
黑人女性作为局外人或陌生人的身份成了其他群体界定她们常态的
契机。黑人市内的居民露丝·谢斯（Ruth Shays）描述了她们无法
发声的困扰："听到真理不会杀死人，可人们并不喜欢听到真理，
他们宁可听到来自他们群体内的说法，也不愿相信一个陌生人，而
对于一个白人来说，有色人就是陌生人，不仅如此，我们还被假定

---

① bell hooks, *Ain't I a Woman*: *black woman and feminism*, Boston, MA: South End Press, 1981, p. 34.

② Ibid., pp. 34－35.

③ Laurie Bell ed., *Good Girls/Bad Girls*: *Feminists and Sex Trade Workers Face to Face*, Toronto: Seal Press, 1987, p. 59.

④ Alice Walker, *You Can't Keep a Good Woman Down*, New York: Harcourt Brace Jovanovich, 1981, p. 52.

为愚蠢的陌生人，所以我们不能告诉他们任何事情。"①

　　除了被塑造为充满性欲的引诱者，胡克斯指出，黑人女性还被刻画为唠叨的母亲形象（nagging maternal figure），保姆是此种形象中的典型。保姆，即家庭内忠诚顺从的仆人，她们膀大腰圆、善于理家、性格温和，并且具有极强的忍耐力，是女主人及白人少爷和小姐的忠实奴才。她们的身份体现在她们对主人的侍奉和奉献之中，否则无人能意识到她们的存在。这种形象使得黑人女性长期受制于家政服务合法化，成为评价黑人女性的规范尺度。胡克斯说："按照好莱坞的标准，一个丰满的黑人女性只能扮演保姆/女仆的角色，决不能成为欲望的对象。"② 事实上，不仅在影视中，在现实生活中更是如此，黑人女子奥黛丽·劳德叙述了这样一件事："1967 年……有一次我在超市用购物车推着两岁的女儿，一个白人小姑娘坐在她妈妈的手推车里从我身边经过，激动地喊道'看哪，妈妈，一个婴儿保姆！'"③ 这说明，把黑人女性等同为保姆的观念在美国何等根深蒂固。"保姆"照顾着他人所有的需求，尤其是那些掌权者的需求，她们的工作是提供无私的服务，尽管目前美国绝大多数家庭没有黑人女仆或保姆为他们服务，但种族主义和性别歧视仍在某种程度上将黑人女性假想为照顾其他人是她们的职责，"结果是，"胡克斯指出，"各行业的黑人女性，从公司职员、大学教授到服务工人都抱怨说，她们的同事、合伙人、管理者，等等，让她们承担多功能的护理员角色，成为指导顾问，治疗师，神甫等——也即是成为保姆。"④ 她们给予白人孩子及白人家庭的爱护、哺育和照顾远远优于对自己家庭和孩子的考虑，她们的形象代表了

---

　　① Patricia Hill Collins, *Black Feminist Thought*：*Knowledge*，*Consciousness*，*and the Politics of Empowerment*，New York：Routledge，1991，p. 68.

　　② bell hooks, *Outlaw Culture*：*Resisting Representation*，New York：Routledge，1994，p. 62.

　　③ Patricia Hill Collins, *Black Feminist Thought*：*Knowledge*，*Consciousness*，*and the Politics of Empowerment*，New York：Routledge，1991，p. 71.

　　④ bell hooks and Cornel West, *Breaking Bread*：*Insurgent Black Intellectual Life*，Boston，MA：South End Press，1991，p. 154.

主流群体对理想化的黑人妇女与精英白人男性权力关系的认识。虽然她也能够在白人家庭中得到爱和行使权威，但她绝不会违背自己处于顺从的仆人的位置。莉莲·赫尔曼（Lillian Hellman）在她的自传《修饰痕》中写道：“我这一生从出生时开始便在听从黑人妇女的命令，需要她们，怨恨她们，几次没有服从她们便充满迷信。”① 胡克斯指出，事实上，赫尔曼所描写的在她家里当女佣的黑人，从来也没有得到过平等的地位，当这些黑人向赫尔曼提问、提出建议和指导的时候，她即使是个孩子，也是处于统治的地位，而这些黑人之所以可以自由地行使这些权力是因为得到了她或其他白人权力者的允许。赫尔曼把权力放在这些黑人妇女的手中而不承认自己对她们的权力，掩盖了她们之间关系的本质。“通过赋予黑人妇女一种虚构的权力和力量，白人妇女既突出了她们自己无力被动的牺牲者的假象，又使人们不去注意她们的攻击性、她们的权力（尽管在一个白人至上的男性统治国家中这很有限）和她们想控制和支配他人的欲望。”②

胡克斯道出了问题的实质，既然需要使种族压迫的符号结构永久化，保姆形象就变得很重要，因为它有助于塑造黑人女性作为母亲的形象。作为非裔美国家庭成员，她们拥有对黑人的食宿极为熟悉的技术，于是很多黑人女性被迫担当保姆的角色，并教导黑人孩子遵守他们在白人权力结构中的指定位置，她们对保姆形象的内化使得种族压迫永久化；同时，保姆形象也为维持性别压迫的符号功能服务，黑人女性主义批评家芭芭拉·克里斯汀指出，黑人女性的形象作为对西方文化恐惧的储蓄器，“成了容纳清教徒社会所不能面对的那些女性功能的垃圾场”，与白人女性所表现的真正的女性气质形成鲜明的对比，保姆形象作为他者象征了心灵/身体以及文化/自然对立的区别，使得黑人女性与其他人区分开来。克里斯汀

① 贝尔·胡克斯：《女权主义理论：从边缘到中心》，晓征、平林译，江苏人民出版社 2001 年版，第 18 页。

② 同上。

指出了保姆性别的重要意义："保姆所有的功能都是身体的，她们的身体是感性的、怯懦的，让南美洲的白人女性感到恐惧，保姆作为奴隶是无害的，源于她毫无保留的奉献品质，她是被需要的，代表了对女性身体所有的恐惧"[1]；而且，保姆形象也掩盖了社会的阶级剥削，作为父权制和种族主义土壤中理想的黑人女性形象，她们是长着黑色面孔的代理母亲，是无性的女人，她们不对现行制度质疑，不提个人要求，一心为白人谋福利，包括为白人带来感情的慰藉。电影《飘》中的黑人保姆南尼就是典型代表，扮演南尼的德海蒂·麦克丹尼尔获得奥斯卡最佳女配角奖，原因就是演员对此形象的把握极其到位，最好地展示了黑人保姆的老套形象。因为她们将白人的家务琐事揽于一身，使得白人女性有更多的时间和精力与丈夫、孩子们密切关系，所以她们巩固了对真正女性气质的崇拜，而且因为她们的敬业，也受到白人家庭的欢迎，但不管如何受她们白人"家庭成员"的热爱，黑人保姆事实上一直很贫穷，因为她们收入低下，经济上遭受剥削，没有社会地位。虽然二战后的经济重建，使得美国黑人女性从为私人家庭服务转到了低收入的服务行业，但她们工作的性质和遭受经济压迫的状况并无实质性改变，很多中产阶级和劳工阶级的白人家庭之所以能保持他们的阶级地位，就在于他们长久以来使用黑人女性作为廉价劳动力。事实上，温顺无私的黑人保姆和伍尔夫所提出的"房中天使"在形象上并无本质区别。"房中天使"是伍尔夫所生活的维多利亚时代典型的产物，在维多利亚女王统治的六十多年间，英国的家庭形成一个庞大的父权制机构，妻子和母亲的角色是充当相当繁重的家庭经济事务的管理者，"统治整个机构的是维多利亚时代的父亲，他拥有不容置疑的权力，毫不迟疑地把事物强加于他的儿女"[2]，在这样的社会背景下，成为一位美丽可爱的天使就成了当时妇女们的首选，她们不

---

[1] Patricia Hill Collins, *Black Feminist Thought: Knowledge, Consciousness, and the Politics of Empowerment*, New York: Routledge, 1991, p. 72.

[2] John Mepham, *Virginia Woolf: A Literary Life*, London: Macmillan Press Ltd., 1991, p. 39.

关心家庭以外的事情，依赖于男人提供的物质生活，只为满足"女人本性"的要求——做听话的女儿，温顺的妻子和无私的母亲。伍尔夫用简单的一句话概括了她们的特点："从来没有自己的想法、愿望，别人的见解和意愿她总是更愿意赞同。"① 她们不仅心甘情愿地履行着角色，还把这种定位加诸于其他女性身上，说服其就范，如此不断地实施下去，形成一种契合男性价值标准的类似"多米诺"骨牌的效应。正是出于呼吁女性经济和性别上独立的目的，伍尔夫提出杀死"房中的天使"，勇敢地传达出女性自己的声音。克里斯汀在《复调的韵律：伍尔夫和莫里森》一文中，将伍尔夫与莫里森两位著名女作家的差异与相似进行了详细的比较和分析，指出她们虽然有着所处时代和文化的差异，但在女性形象方面，却面临着相似的问题："如果说要实现一个作家的自我价值，伍尔夫就必须杀死'房中天使'的话，那么莫里森就必须'杀死大房子里的保姆'。"②

除了反映黑人女性所遭受的种族、性别和阶级交叉压迫的保姆形象外，"女家长"（matriarch）也是胡克斯极为关注的黑人女性的另一种刻板形象。20 世纪 60 年代以前，女性身为单亲家长的黑人家庭的比例比白人的高，黑人领袖杜波伊斯等人认为，这是种族压迫和贫困的结果。③ 胡克斯指出，黑人女性作为孩子的单亲母亲或在家做主，此种现象本来并没有什么特殊的负面含义，而丹尼尔·莫伊尼汉（Danial Moynihan）1965 年的题为《黑人家庭：国家行动的案例》（The Negro Family：The Cast for National Action）的报告，却将黑人女性当家做主作为黑人贫穷的原因加以探讨，结果使得黑人"女家长"成了一个被贬低的形象。该报告认为，由于黑人妇女

---

① 弗吉尼亚·伍尔芙：《伍尔芙随笔全集》，王斌等译，中国社会科学出版社 2001 年版，第 1367 页。

② Barbara Christian, "Layered Rhythms：Virginia Woolf and Toni Morrison", Nancy Peterson, *Toni Morrison：Critical and Theoretical Approaches*, Baltimore：The Hopkins University Press, 1997, p. 23.

③ Harold E. Cheatham and James B. Stewart ed., *Black Familes：Interdisciplinary Perspective*, New Brunswick and London：Transaction Publishers, 1997, pp. 5 – 31.

过于凶悍霸道，在家没有履行她们传统"女人气质"的职责，黑人群体才出现了如此多的问题，黑人妇女长时间不在家，无法督促孩子学习，所以小孩在校的成绩差。她们咄咄逼人、缺乏女人味，让她们的爱人或丈夫颜面扫地，要遗弃她们，甚至有了孩子也不与她们结婚。在胡克斯看来，莫伊尼汉正是通过给黑人女性贴上女家长的标签，暗示那些在家庭内做主的黑人女子是黑人男子的敌人，"尽管莫伊尼汉假设黑人家庭是母系制，是建立在美国只有 1/4 的黑人家庭是以女性为主管理家庭的数据的基础上，他却使用这个数据一概而论所有的黑人家庭，虽然他关于黑人家庭结构的概括是错误的，却对黑人男性的心理产生了极大的影响，像美国 20 世纪 50—60 年代的白人男人一样，黑人男人认为所有的黑人女子既武断又专横"。① 胡克斯就此指出这一报告的别有用心："含蓄地断言黑人女性是女家长，是为了不惜一切代价也要保持父权制和女性的附属地位，因为这对于男性气概的健康发展是必要的。莫伊尼汉事实上是在建议，只要黑人女性屈从并支持父权制，对黑人种族主义压迫的消极影响就可以消除。女性的解放又一次呈现出和黑人解放的对立状态。"② 如果说保姆形象代表黑人女性所谓"善"的形象，那么女家长则代表黑人女性"恶"的形象。胡克斯认为，"女家长"意味着存在一种社会秩序，在其中女性可以践行社会和政治权力，而这和当今美国社会的黑人女性或所有女性的真实状况决不相符，决定黑人女性生存的是其他人，尤其是白人，将女家长看作"屋中的男人"、做决定的人，违背了事实，在一些男人缺席的单亲家庭中，由拜访的男性朋友或男性恋人承担决策者的角色是被普遍接受的，很少有黑人女性把自己当作扮演"男性"角色的人③。胡克斯道出了现实情况，当社会学家宣称在黑人家庭中存在母系秩序时，美国社会的黑人女性事实上是被剥夺了经济地位和社会地位的

① bell hooks, *Ain't I a Woman: black woman and feminism*, Boston, MA: South End Press, 1981, p. 180.

② Ibid., p. 181.

③ Ibid., p. 73.

群体，她们的地位和女家长是决不相符的。在母系社会里，女性在经济方面几乎全是安全的，而在美国，黑人女性的经济状况从没有安全过。近些年，被雇佣的黑人男性的平均收入经常超过白人女性的平均收入，而黑人女性的平均收入则大大低于白人女性和黑人男性，"女家长"应该是财产的所有者，而黑人女性却只有极少数能拥有财产。鉴于此，政治活动家安吉拉·戴维斯指出：把黑人女性指定为"女家长"是残忍的用词不当，因为它忽略了黑人女性为养育孩子而获取经济利益时，必须经历的深刻创伤。①

事实上，当黑人女性知识分子考察了黑人家庭中的女性角色后，发现女家长的数量是很有限的，和主流观念相反，她们将黑人母亲描述为复杂的个体，在各种情况下都可以表现出巨大的力量。黑人女作家洛林·汉斯伯里在剧作《阳光下的葡萄干》中，省视了寡妇莉娜为了实现为家庭买大房子的愿望而付出的努力，胡克斯很认同在改编的影视作品中，饰演莉娜的女演员以斯尔·罗尔（Esther Rolle）对这个角色的诠释："她矜持而又果断，也会表现出脆弱的一面，当面对各种危机时，她的感情都会随之变化，让观众能看到她如何批判地反思她的行为并改变它们，可以说，剧中人物的角色刻画完全是多层面的，决不是刻板老套的女家长模式"②；此外，小说家保罗·马歇尔（Paule Marshall）塑造的博伊斯女士也如此，她除了与她的丈夫、女儿和社区内的女性进行一系列的谈判和协商外，还必须做家庭外的工作；安·艾伦·肖克利（Ann Allen Shockley）的《爱她》描述了一位嫘斯嫔母亲试图平衡自我实现的需求与在同性恋社区内养育孩子的压力之间的矛盾等，像这些小说对黑人女性的塑造一样，黑人女性学者对黑人单亲母亲形象的分析也挑战了关于她们刻板形象的观点。和保姆形象一样，女家长也映射了种族、性别和阶级连锁压迫的系统。将非裔美国女性描述为女

---

① bell hooks, *Ain't I a Woman*: *black woman and feminism*, Boston, MA: South End Press, 1981, p. 72.

② bell hooks, *remembered rapture*: *the writer at work*, New York: Henry Holt and Company, 1999, p. 215.

家长，得以让主流群体因为黑人孩子的失败谴责她们。在传统文化语境中，女性常被赋予"文化"监护人的任务，负有把文化传递给下一代的责任，并以特有的文化方式营造一个"家"。"妇女不仅是民族的生物性再生产者，还是民族文化的再生产者"①，精英白人男性认为，黑人孩子缺乏白人中产阶级家庭的孩子在家庭内所受到的关注和照顾，她们的母亲没有能力养育好他们，正是这种欠缺严重地阻碍了黑人孩子的成就，于是黑人后代在校时不优秀、坐牢人数多、与上辈一样贫穷，等等这些，都是世世代代传递的结果，需要黑人自己来承担责任，这种观点将人们的注意力从政治经济巨大的不平等中转移开，将责任都推在黑人女性自身方面，于是通过黑人女性在家庭内的"失败母亲"形象，将黑人经济的贫困和阶级的低下联系在一起。不仅如此，白人男性认为，女家长是一个失败的形象，根源在于她不能模塑合适的性别行为。二战后，大量的白人女性涌入劳动力市场，工作限制了她们的生育，挑战了她们在白人父权机构中被禁止的角色，她们展开了对美国父权制的大力批判，力求自主，探寻"女性的奥秘"，女家长的形象作为"正确的"性别观念的反面教材，在这个时候出现。"女家长是失败者，是黑人女性的污点"，这个负面形象警告黑人和白人女性：如果父系权力被挑战，就会发生故障，所以武断的黑人女性要受到惩罚，并被贴上不具有"女人气"的标签。莫伊尼汉的报告（Moynihan Report）说，奴隶制通过为男人和女人制造反向的角色，毁灭了黑人家庭，黑人家庭结构是异常的，因为挑战了父权制巩固理想"家庭"营造的臆说。胡克斯指出，事实上，很多黑人男性也支持这一观点，既然白人将"实现男性气质"界定为男性有能力养家糊口，很多黑人女性就此认为，黑人男人是"失败的"男人，因为他们中很多人逃避了这一责任，为了回击和报复，黑人男人公开声称，白人女性比黑人女性更有女性气质，然而事实上却是，"黑人男性和

---

① 伊瓦－戴维斯：《妇女、族裔身份和赋权：走向横向政治》，秦立彦译，陈顺馨、戴锦华选编《妇女、民族与女性主义》，中央编译出版社2004年版，第42页。

黑人女性都不确信他们的男性气质和女性气质，他们都在尽力使自己适应主流的白人社会设立的标准，当黑人女性没有承担起相对于黑人男性的消极附属地位时，就会招致黑人男性的气愤，当黑人男性没有承担起养家的责任时，也会招致黑人女性的气愤"。①

胡克斯谈到了黑人剧作家洛林·汉斯伯里在剧作《阳光下的葡萄干》中讲述的黑人男人沃特·李先生和他母亲与妻子之间的冲突关系，其中有这样一个场景，当李先生告诉他妻子罗丝，他打算花掉母亲的保险金时，妻子拒绝听这件事，李先生愤怒地大吼："这就是世上有色女人的错误所在……不知道帮助她们的丈夫树立威严形象，不知道把他们放在重要的地位看待……有色女人丝毫不值得感激，我们黑人男人竟然和这样心胸狭窄的女人生活在了一起。"胡克斯认为，沃特先生对妻子的态度代表了黑人社区内男性对女性的普遍态度，由于他们对黑人女性的贬低，使得女家长的形象愈加深入人心。② 当然，很多黑人男性不具备供养家庭的能力，和白人世界的排斥与压迫不无干系，同时和黑人男性自身的观念也相关。白人愿意雇佣黑人男性参与服务行业，例如做仆人或洗衣工，但会被他们拒绝，因为他们认为这种工作有损男性尊严，可黑人女性则会选择从事这类工作。于是这便给了白人以口实，白人社会学家就此得出黑人女性在家庭内享有"权力"而黑人男性则没有的结论，这又进一步分裂了黑人女性和黑人男性之间的关系。事实上，很多黑人女性愿意接受母权制理论（matriarchy theory），她们希望被确立为女家长，因为这会使她们感到她们对家庭的贡献得到了承认，对非洲历史感兴趣的年轻的黑人女性关注曾经存在于美洲的母系社会，并且将其称为非洲文化的保留。正是从这个意义上而言，很多黑人女性很自豪被称为女家长，因为这个术语在定义她们时有很多积极的含义。胡克斯指出："的确，女家长比娼妇或者贱人等称呼

① bell hooks, *Ain't I a Woman: black woman and feminism*, Boston, MA: South End Press, 1981, p. 178.

② Ibid., p. 179.

要正面的多，如果黑人女性真是女家长，就会感到荣誉和自豪，但事实上，黑人女性在美国的社会地位离女家长太遥远了，给黑人女性贴上女家长标签的白人和黑人的动机应该受到质疑，就像白人通过宣扬所有的黑人女性都性放纵来贬低她们一样，他们又使用母系神话给所有的美国人强加上这样的意识——黑人女性是男性化的女人，专门打击男人的自信心。"① 同时，女家长形象也支持了种族压迫，谢·吉尔克斯（Cheryl Gilkes）断定，女家长形象的出现，是黑人包括黑人女性面对种族、性别和阶级压迫的连锁系统时反意识形态的努力："既是危险的黑人女性，又是异常的被阉割的母亲，在黑人解放斗争的关键时期分裂了黑人社区，在妇女历史的关键时期、在黑人和白人女性的世界中间，创造了更大的差距。"② 纵观上述三种黑人女性的刻板形象，贝尔·胡克斯指出："作为主体，人们有权力界定他们的真实，确立他们的身份，命名他们的历史，但作为客体，只能由作为主体的他人来界定他们的真实，确立他们的身份，命名他们的历史。"③

胡克斯道出了黑人女性的真实状态。虽然随着民权运动的开展，黑人的地位有所提高，女性也赢得了一些权力，出现了像"黑女士"（black lady）这样受人尊重的中产阶级黑人职业女性，她们工作勤奋、业绩多多，但作为主流社会的劣势群体，绝大多数黑人女性一直处于沉默的状态，处于二分法观念中弱势的一方。而且，纵观这三种形象可以发现，她们本身也存在着内在的矛盾性，妓女形象将黑人女性设立为单纯的性客体，除了赤裸裸地表现女性性的欲望之外，不具有其他任何特质，而保姆形象，则突出了黑人女性无私为人服务的一面，性的欲望在保姆身上消除殆尽。如果说保姆形象最好地诠释了母性，她们对白人家庭和孩子无怨无悔地付出充

---

① bell hooks, *Ain't I a Woman: black woman and feminism*, Boston, MA: South End Press, 1981, pp. 80 – 81.

② Patricia Hill Collins, *Black Feminist Thought: Knowledge, Consciousness, and the Politics of Empowerment*, New York: Routledge, 1991, p. 75.

③ Ibid., p. 69.

裕的时间和珍贵的情感，而女家长则成了暴戾的女人，和伟大的母性完全不符，而且就一位黑人女性的本质而言，当她必须在外从事家政工作时被称为保姆，而后又会因为她们在家庭内强大的形象被诬蔑为女家长。这些难以自圆其说的矛盾，揭示了刻板形象的荒谬性，正是那些想压制黑人女性的白人和黑人的合力，使得它们得以广泛传播。

## 第二节　贝尔·胡克斯论黑人女性新形象的建构

上述黑人女性的刻板形象各有产生的具体背景，随着时间的推移，某些刻板形象所产生的具体条件已不复存在，但这些形象还盛传不衰，对黑人女性造成了极大的伤害。胡克斯指出，消极形象使得黑人女性因被忽视和被贬低而导致自信心不足，因为黑人女性历来在影视中被建构的形象大都不被看好。如情景剧《侦探学校》，里面的黑人妇女经常因为丑陋和脾气坏等而被嘲笑，情景剧《发生了什么》中的黑人小女孩被刻画为不停唠叨和在兄弟面前搬弄是非的形象，以至于黑人父母经常抱怨电视降低了黑人女孩子的自信心和自尊。[1] 黑人女子博伊德说，在她童年所读的书中没有正面的黑人妇女形象，这影响了她自我意识的发展，使她难以把自己想成一个"充满信心和力量的黑人妇女"[2]。荣获第65届奥斯卡最佳创作歌曲奖提名的电影《保镖》（*The Bodyguard*），由黑人女歌星惠特尼·休斯顿（Whitney Houston）扮演的女主角被塑造成歌坛的佼佼者，在影片中，她热情、真诚并且敬业，白人男主角对她产生了真挚的爱情，并且在影片的结尾用自己的身体为她挡住了罪恶的子弹。这是一部在商业上获得极大成功的电影，但胡克斯却从中看出了政治性诱导，"《保镖》里爱情的力量如此强大，使人们超越了

---

① bell hooks, *Ain't I a Woman: black woman and feminism*, Boston, MA: South End Press, 1981, pp. 65 – 66.

② 参见吴新云《身份的疆界：当代美国黑人女权主义思想透视》，中国社会科学出版社 2007 年版，第 109 页。

特定的价值……超越国家身份、种族身份，最终，超越了性的身份。电影最终传达的消息是：我们不需要政治（种族和性政治），不需要斗争，所需要的只是欲望，是欲望成为了关系的连接点"。而影片中的黑人女人，只是因为"与白人男人有了性关系，还因为这个白人男人说，她的生命是珍贵的，值得保护"，而获得了主流社会的认可。① 可以看出，不管黑人女性进行怎样的改头换面，仍然脱离不了被贬抑的角色。事实上，黑人女性的刻板形象大都与其肤色有关，因为她们的皮肤"黑"，她们的人生和品格似乎都要为此大打折扣，胡克斯也发现了这个问题，许多黑人女性觉得自己"丑陋"而低估自己，比如她们会很羡慕白人女性的金黄的直发，而看低自己卷曲的黑发。事实也正是如此，黑人女性的待遇会因肤色受到影响，肤色浅的要比肤色深的得到更多特殊的照顾，因为她们会被当作肤色发暗的白人女性，并因此而得到白人男子的爱慕。

托尼·莫里森的小说《最蓝的眼睛》就探讨了这个问题：弗里达是一个普通的深肤色的黑人女孩，她不明白为什么当她拒绝大人们送给她的白色玩具娃娃时，大人们会表现出不高兴，她更不明白，为什么与她年龄一样大的肤色较浅的莫琳·皮尔会得到老师、大人们以及黑人男孩特别的爱和关注。小说里另一位黑人小姑娘比科拉，一直渴望拥有童星秀兰·邓波儿（Shirley Temple）那样的金发碧眼和白皮肤，她天天梦想着如果有了一双蓝眼睛，她的父亲就不再酗酒，学校里的老师和同学也不会再看不起她，不会再欺负她，幸福也会随之而来，对最蓝的眼睛的渴求实质上就是对蓝眼睛所代表的白人文化的顶礼膜拜以及对自己黑人身份的自怨自艾。应该说，黑肤色是黑人族群固有不变的本质，从黑人对自己肤色的态度就可以透视出黑人对自己身份的界定，尽管美国的主流文化遮蔽了黑人存在的合法性，通过将黑人与劣等人相等同这种非法理论转换，把黑人推到边缘位置，但黑人女作家们并不对此认同，佐拉·

---

① bell hooks, *Outlaw Culture: Resisting Representation*, New York: Routledge, 1994, pp. 48 - 49.

尼尔·赫斯顿对黑人女性的肤色有自己的理解："我的黑皮肤并非悲剧性的。在我的灵魂深处并没有巨大的悲伤，在我的眼里也没藏着。我不属于那一类黑人，他们整日哭哭啼啼，认为自然界要他们接受一笔可耻的、肮脏的交易，他自己因此而受到伤害……我已看清楚了，这个世界属于强者，不论其肤色的深浅。"① 她把黑与白的差异作为黑人世代生存斗争的标本，对自己"黑色"的种族身份持积极乐观的态度，在《我作为黑人的感受》一文中她指出，在13岁时她就明白了"黑色"和"黑人"的内涵，在黑人社区伊顿维尔之外，她第一次经历了作为黑人所要面对的种族差异和种族歧视，被迫接受"负面符码化"的事实。但她并未在黑白两种文化的冲突中无法自拔，而是积极地向黑人疾呼：黑人并不是命中注定要被诅咒和惩罚，不要因为肤色而花费生命去抱怨，对每个人而言生活都是战斗，只是黑人在一个充满歧视的国度里，生存空间又多了一次战斗而已。不只黑人女作家，黑人男作家也在写作中表现出对黑色的自豪感，"哈莱姆桂冠诗人"朗斯顿·休斯（Langston Hughes）认为，黑人的肤色是很美的，他在《黑皮肤》中写道："披戴它/像举一面大旗/那样地骄傲——/而不是像裹一件尸布。/披戴它/像唱一首歌/直冲云霄——/而不是哀叹或悲啼。"在《黑人艺术家和种族山》一文中，休斯写道：我们年轻的黑人艺术家在创作中想表达我们黑皮肤的自我而不感到惧怕或害臊。如果白人高兴，我们也高兴，如果他们不高兴，没什么了不起。我们知道我们是美的，也是丑的……我们为明天建造我们的殿堂，我们知道它们是如何坚固，我们站在山顶上，内心获得自由。②

胡克斯指出，刻板形象使得黑人女性不仅在文学作品中，在现实生活中也易成为被攻击、被摒弃的对象，她谈到20世纪70年代在舞台上曾发生了一起黑人男编剧杀害一个黑人女子的事情。黑人

---

① Ann Charters and Samuel Charters, *Literature and Its Writers*, Boston：Bedford&St. Martins，2001，p. 762.

② 参见王守仁、吴新云《性别·种族·文化：托妮·莫里森与二十世纪美国黑人文学》，北京大学出版社1999年版，第7—8页。

女诗人奥德丽·劳德在《重大的美国疾病》中记述过这次谋杀：帕特文是一位已经当了母亲的年轻的黑人演员，她应一个广告的招聘去面试戏剧《锤子》，结果当她表演争执的那场戏时，黑人男编剧拿起一把大锤，从她背后把她给打死了。① 妓女形象使黑人女性易于受到强暴、性骚扰，而黑人女家长形象则成为了对她们暴力袭击的借口。2007 年 9 月，在美国西弗吉尼亚的洛根县，六名白人绑架并虐待一名黑人少女长达一周之久，人质在遭绑架期间，被迫吃老鼠粪便、喝马桶里的水，身体被浇热水、腿部被刀扎，被人用电缆线勒得窒息、遭到殴打，还遭到性侵犯，公众普遍认为"这种行为已不仅仅是种族偏见，而是恶魔行为"②。在文学作品中也经常出现对黑人女子的暴力侵犯，胡克斯以阿米里·巴拉卡的戏剧《疯狂的心》中描述的一个场景为例：当黑人女子劝告黑人男子离开白人女子，再回到她的身边时，剧中的黑人男"英雄"演示了他使用暴力制服黑人女子的过程：黑人男子直视着她，往前走了一步，突然抢起手横着扫过来，来回抽打她的脸，并用侮辱性的言语辱骂她，直到她屈服为止。胡克斯指出，黑人女子经常在街头、在家中受到黑人男子的骚扰，她们感到害怕——害怕被殴打、被强奸、被抢劫。③ 胡克斯指出，刻板形象也使得黑人女性的生命和工作价值被贬值："在美国没有哪个群体的身份像黑人女性的身份那样被社会所忽视。我们很少被认作是一个与黑人男子不同的、分开的群体，或这个文化中更大的'女人'群体中实在的一部分……人们说到黑人的时候，焦点往往放在黑人男子身上，说到女人的时候焦点往往放在白人女性身上。"④ 白人女性从 19 世纪到今天关于"妇女问题"所写的绝大多数文学作品，在使用"妇女"一词时，实际

---

① bell hooks, *Ain't I a Woman*：*black woman and feminism*，Boston, MA：South End Press, 1981, p.107.

② 《信息时报》2007 年 9 月 24 日，B6 版—B7 版：重案组。

③ Bell Hooks, "Feminist-It's a Black Thang"，*Essence*，Jul, 92, Vol. 23, Issue3, pp.124, 1, 1bw.

④ bell hooks, *Ain't I a Woman*：*black woman and feminism*，Boston, MA：South End Press, 1981, p.7.

指的是"白人妇女",同时,用语"黑人"也经常等同于黑人男人。按照哈克和斯廷普森的观念,这一点并无什么独特之处,绝大多数白人,甚至一些黑人也都有同样的观念,在美国人用来描述现实的语言中,种族主义和性别主义模式支持将黑人女性排除在外,而这种策略服务于两个目的:第一,允许她们在宣称白人男人是压迫者的同时,从语言上表明,白人女性和白人男人之间并不存在建基于种族帝国主义之上的联盟;第二,在我们的社会中,让白人妇女表现的她们和非白人妇女之间的联盟成为可能,通过这种行为,她们可将公众注意力从她们的阶级主义和种族主义方面转移开。正是从这一点来说,黑人女性主义者认为,当代白人女性主义者延续了种族歧视的历史,在白人女性主导的女性解放运动中,关于黑人女性的材料、信息、演说相对稀少,虽然也有一些黑人女性作为代表出席了一些场合,但她们的代表性不强,且常常处于无足轻重的地位,如全国妇女对黑人女性所关注的强奸、堕胎、贫困等问题比较漠然,黑人女性很少被选入该组织的领导机构,很少担任重要职务。研究发现,全国妇女组织鼓励黑人女性成立单独的小部门,但不让其进入"常规"部门①,刻板形象使得黑人女性的身体和心理都受到了极大的伤害。

　　这些刻板形象之所以产生,和主流社会的刻意营造不无干系,他们主要通过意识形态的控制,将某些预设的特质强加给黑人女性,并使这些特质来证明压迫的合法化,而意识形态方面的压迫比政治、经济方面的压迫力量更为强大,也更为有力地维持了主流话语对黑人女性的压迫。首先,在胡克斯看来,白人掌握着书籍和电影制作权,他们的偏见使得黑人女性的消极形象一直流传。改编自蒂娜·特纳自传的电影《与爱何干》,主要讲述了黑人摇滚天后蒂娜的成名过程及其所受的痛楚,胡克斯认为,影片对黑人女性的塑造与以往相比,并无实质性改变。"在电影中,蒂娜·特纳由一个

---

① Paula Giddings, *When and Where I Enter: Impact of Black Women on Race and Sex in America*, New York: Bantam Books, 1984, p. 348.

受害者，一个疾病缠身的人，摇身一变成为舞台上的艺人，正符合
了黑人生活的概念——从棉花地到舞台的转变。这正符合好莱坞电
影制造结构中'不是/而是'（ether/or）的分类。"① 不是/而是的
二元对立一直是西方社会统治制度意识形态的思想基础，将人、事
物和观念根据不同来分类，例如，分为太阳/月亮；黑人/白人；理
性/感性；文化/自然；事实/观念；思想/身体以及主体/客体等，
并且只有在和对应方的关系中才能获得意义，这些二元项不是平等
的，而是等级制的，一方作为另一方的客体被操纵、被控制，内在
地与它的"他者"相反，所以像白人和黑人、男人和女人、思想和
感觉等不是互补关系，而是相对于对应方的不同实体。作为掌握着
出版和传媒主导权的白人，他们具有的偏见势必将黑人作为对立的
他者，以从意识形态方面牢牢把握主导权。此外，胡克斯认为，黑
人社区对黑人女性的刻板形象也起着推波助澜的作用，她愤然写
道："让我们所有人都感到不舒服的是，这么多的黑人流行音
乐——特别是厌恶女性的摇滚——都鼓动黑人男子和每个听众去虐
待全体女性，特别是黑人女性，他们认为这并没有什么错。像
N. W. A. 这样的黑人男性乐队通过演唱污蔑女性的歌曲而变得比以
前更富有、更出名。这显示出，对女性而言这是一个多么危险的时
代。"② 面对种种剥夺人性的刻板形象，黑人女性并没有甘于沉默，
而采取积极的方式来澄清还原自己的本真面目。在小说《她们眼望
上帝》中，南尼抵制诸如"老牛"和"母猪"这样的刻板形象，
但她作为奴隶的地位阻止了她实现"一个女人应该去完成的理想"，
她看到了强加于身的约束，但试图坚持理想，而且，还试图把自由
的目力传给她的孙女。可以看出，黑人女性认识到，只有建立自己
有效的表征方式，成为表述的主体，才能进行黑人女性自己的文化
诉求，因此自我定义（self-definition）的立场对黑人女性的生存十

---

① bell hooks, *Outlaw Culture*: *Resisting Representation*, New York: Routledge, 1994, p. 48.

② Bell Hooks, "Feminist-It's a Black Thang", *Essence*, Jul, 92, Vol. 23, Issue3, pp. 124, 1bw.

分关键。奥黛丽·劳德指出："这是一个不言自明的道理：如果我们不给自己下定义，那么我们会被别人下定义——为他们所用，却对我们有害。"①

大多数黑人女作家都探索过黑人女性自我定义、逃离被贬损的方式。使用毒品、酒精或过度的宗教信仰甚至堕入疯狂来逃离给她们带来伤痛的现实，是小说里的黑人女性采用的一种方式。像《最蓝的眼睛》中的波林·布里德拉夫（Pauline Breedlove）和《子午线》中的希尔女士（Mrs. Hill），她们都是通过归附于宗教才得以忘掉自己的女儿；而像盖尔·琼斯的《伊娃的男人》中的伊娃·麦地那（Eva Medina）、保罗·马歇尔的《被选择的地方，永恒的人》中的梅尔·基博纳（Merle Kibona）以及托尼·凯德·班芭拉的《食盐者》中的威尔玛·亨利（Velma Henry）等，为逃离所受的苦难，都经历了疯狂。此外，拒绝认同所生存的环境，也是黑人女性逃离刻板形象的举措，通过强调她们和其他黑人女性的不同，一些黑人女性要求得到特殊的对待。玛丽·海伦·华盛顿称这些形象是被主流社会同化的女性形象，她们清醒地认识到自己的现状，虽然不断发掘潜力模塑未来的生活，但仍感到被挫败，因为她们感到被时间和环境放置错了地方。多萝西·维斯特（Dorothy West）的小说《生活是容易的》（*The Living is Easy*）塑造了一个浅肤色的中产阶级黑人妇女克莱奥，其中一个情景，意志坚强的克莱奥抱着女儿硬挤过站满了新到的南方黑人孩子的操场，因为她不愿让自己的孩子和这些黑鬼们在同一个学校，克莱奥紧紧依附于她的阶级地位，通过强调自己阶级地位的优越性，抑制因为肤色带给自己的消极影响。莫里森的小说《最蓝的眼睛》中的杰拉尔丁也是此种形象的代表，她肤色较浅，受过白人伦理道德的教育，时刻警惕着不与下层黑人来往，她自称为"有色人种"，认为"有色人种干净、安静；

① Audre Lorde, *Sister Outsider：Essays and Speeches by Audre Lorde*, Calif：The Crossing Press, 1984, p. 45.

而黑鬼肮脏、吵闹"①，在她眼里，贫困的黑人小女孩是一种社会疾病，但当她完全抛弃自己的黑人性时，她也失去了性爱、母爱以及与人交往、交流的能力。还有的黑人女性通过反常的性爱关系来反叛消极的刻板形象给自己带来的不幸，安·艾伦·肖克利的小说《爱她》（*Loving Her*）塑造了瑞内这个黑人女性形象，她深陷充满暴力的异性恋婚姻中，寻求音乐和酒精作为逃避场所，并寻找了一个白人女性恋人，可她最终发现这样做只是替换了她那个暴力的丈夫的角色而已，她离开了白人女性恋人，继续寻找自我的定义。

综观上述黑人女性逃离刻板形象的种种举措可以发现，争取自我定义权是黑人女性形象表述中不可回避的问题，因为大多数情况下黑人女性在男性作家的作品中只是一种客体性的存在，她的意义和内涵是由男人决定的，所以用批判的眼光解读文学中黑人女性的陈旧形象对于建立黑人女性的主体性而言，必不可少。法国女性主义者波伏娃在《第二性》中，就使用了女性形象剖析法，揭露出隐藏在所谓经典作品背后的本质。但单纯地剖析还不是黑人女性主义文学批评的最终目的，其最终目的是在批判的基础上审视文学中黑人女性形象的自我定义和建构问题，即如何建构黑人女性的另一种身份形象的问题。黑人女性主义批评家们认识到，仅仅颠覆是不够的，只有塑造出黑人女性的多重性格，黑人女性才能够成为丰满的形象，从而真正展现黑人女性的复杂性、差异性与多样性。在这个问题上，胡克斯也进行了有益的探索，作为一位黑人女性主义批评家，她反对本质主义的观念——即只要是黑人女性，就应该将声音和行为完全统一起来，不管彼此之间的生活环境和成长经历有多大差异。这种反兼容并包的态度暴露了部分黑人女性主义者的狭隘，在她们看来，"真然的"黑人女性的声音应该是一种痛苦的声音，只有大家发出和应之声，讲述共有的痛苦、受害的故事，才能实现彼此的团结。胡克斯对之表示质疑，她认为那些不容许讲出不相宜思想的行为事实上是在压制不同的声音，个体的黑人女性有独特的

---

① Toni Morrison, *The Bluest Eye*, New York：Washington Square Press, 1970, p.71.

生存经验，也有共有的经验，然而这种共有的经验绝不是被动地接
受、吸收自我仇恨信息，而后再把怒气和敌意最强烈地相互施予的
经验，而是思考如何确立黑人女性的主体性，践行"自由"的经
验。所谓主体性，胡克斯认为，"是由一个女人与其他黑人妇女共
有的那些经验从最根本的意义上限定了的"，即不仅要求强烈地反
抗自己原有的命运，也要最终突破自加的限制和束缚。遗憾的是，
在很多黑人女性的小说中，黑人妇女角色的反抗性总是不彻底的，
在冲破一系列障碍和压迫后，又总是和自己所反抗的体系相妥协，
正是在这个意义上，胡克斯认为，虽然黑人妇女能够使自己成为
"主体"，但她们却不能成为基本的主体，因为她们最终又迎合了已
有的某些准则，甚至是一些她们曾反对过的准则。[①] 在分析艾丽
丝·沃克的小说《紫色》时，胡克斯指出，尽管西莉在思想、环境
和阶级地位上都产生了"根本的"变化，甚至成为了一个成功的企
业家，但在小说的结尾，她又重返家庭和家庭关系的圈子中，最明
显的变化就是那些亲戚不再满口脏话，正是就这一点而言，西莉没
有成为一个"女性主义者"。胡克斯评论道："在小说的开始处她
的'家'是家长制牢狱，冲出这一牢狱后，她创立了自己的家业，
可是反对种族主义和性别歧视的激进政治观并没有告诉她为争取自
我实现而斗争。"[②] 包括在早期的奴隶叙事中，也经常出现这种情
况，女主人公在追求掌握自身命运的过程中，当克服掉种种难以想
象的阻碍后，又会安下身来成为常规的性别角色，在胡克斯看来，
这样的女性形象并不能称为真正实现了主体性的形象。

那么，成为一个彻底的追求激进的黑人女性个体，是否就可以
称为确立了女性主体性了呢？胡克斯以托尼·莫里森的小说《苏
拉》形象塑造为例进行了探讨，从外在的行为举动来看，苏拉是激
进的，她不结婚，不要孩子，和男权彻底决裂，挑战一切强加于她

---

① 蓓尔·赫珂丝：《革命的黑人女性：自己争取成为主体》，毛荣运译，杨乃乔校，
见巴特·穆尔－吉尔伯特等编《后殖民批评》，杨乃乔等译，北京大学出版社 2001 年
版，第 316 页。

② 同上。

的束缚，蔑视一切戒律，但胡克斯却从她反叛的举动中读出了形象内在力量的匮乏：苏拉英年早逝，直到临死前，还陶醉于我行我素的快感中，然而她的示威却苍白无力，对外在世界毫无影响。苏拉之所以最终无声无息消逝，胡克斯认为，源于她对激进主体的认识没有超出个人的界限。"她的认识只是一种个人化的自我发现……她的历程是为创造她自己而斗争的历程，导致最后她的毁灭的是对'自我中心'的渴求……她并不是一个胜利者……没有自觉的政治见解，从来没有把她争取自我主宰的斗争与黑人妇女的共同苦难联系起来。"① 在胡克斯看来，苏拉并没有完成确立女性主体性的使命，她的斗争充其量只能称为个人的"勇敢行为"，这部小说创作于当代女性主义运动高潮期，苏拉的形象对当时标榜激进女性主义者的个体来说，具有反思和批判的意义。诸如上述由黑人女作家写作的构筑自我身份的小说，描述了女性个体的对抗，对于绝大多数女性阅读者而言，是具有鼓舞性的，但胡克斯认为，这些文本最终并没有指出构筑新的身份的立足点在何处，即对到底要建构"什么样的自我"问题，并没有指出合理的方向。针对于此，胡克斯表明了自己在这个问题上的观点："仅仅对立是不够的。当你做了反抗之后，你要在那片空白的空间中更新自己。"② 只有创造出新的形象，才能颠覆黑人女性老套的刻板形象，这就关涉到黑人女性的身份建构问题。根据鲍尔德温等人在《文化研究导论》一书中的定义，身份就是我们如何确定我们是谁的问题，指个人对自己在所处环境中的地位的确立和认识，趋向于一种心理过程。文化身份不是一成不变的，它是一种认识和建构的过程，少数族裔的文化身份更是多元开放的，在以白人文化为主流文化的现代美国社会里，虽然黑人的身体获得了自由，但黑人特别是黑人女性的精神却因强势文化的冲击而倍感困惑，再加上主流社会对少数族裔施行消音，客观

---

① 蓓尔·赫珂丝：《革命的黑人女性：自己争取成为主体》，毛荣运译，杨乃乔校，见巴特·穆尔－吉尔伯特等编《后殖民批评》，杨乃乔等译，北京大学出版社 2001 年版，第 318 页。

② 同上书，第 321 页。

上造成大多数黑人女性无语的状态，但很多女作家并未因此隐匿于历史的长河中，她们的创作把目光投向女性作为主体的建构，描述了女性意识从缺失到苏醒，直至最后身份重建的过程，探讨女性建构自我的可行性。

作为一位黑人女性主义批评家，胡克斯认为，要做到这一点，首先需要黑人女性之间共享信息和知识，因为种族主义、性别偏见和阶级剥削的环境决定了主流群体在知识和信息方面的独霸权，只有黑人女性乐于分享个人的生活经验，突破个人生存的狭隘空间，了解彼此之间的力量和局限，才能获取所需的支持。应该说，在这一点，胡克斯很大程度上接受了早期提高觉悟小组的影响和启发，这种小组是女性们发泄愤怒、不满和愤恨的场所，在小组活动中，交流和对话是中心活动，每个人都发出声音，每个人都保证能被听到，并且讨论不分等级，这实质上是创造一个互动的对话语境，有益于讨论和争论的发生，但这种活动多数情况下都成为了女性们发泄的场所，没有发掘出改变女性现状的可行措施。胡克斯采纳了这种活动中有益的一面，但她也清醒地看到，仅仅交流是不够的，建立女性主义的意识极其关键，这是一种政治性自觉，对于个体的黑人女性而言，探索出自己的对抗方式和策略是必需的，同时也需要吸取其他黑人女性乃至男子的反抗经验，只有从女性主义传统的伟大力量中汲取营养，才能创造一个自由的批评语境。同时，她认为，为了使激进的黑人女性主体性维持下去，有必要发展一种批评性的确证，以帮助彼此确认目标，当然这种批评不是以互相攻击乃至伤害为出发点，胡克斯出于对黑人女性的现实考虑，长期的孤寂和与社群分离，会让黑人女性随着年龄的增大对激进的信念产生怀疑，进而离开激进主义。胡克斯鼓励女性之间的相互批评，但这种批评立足在尊重差异的基础之上，源于姐妹情谊，源于彼此之间的爱护，而不是对异于自己的人采取"警察手段"，进行充满敌意的排斥和打击，之所以有这样一种考虑，是因为胡克斯多年来参加女性主义聚会发现，白人女性包括黑人女性经常会对异于自己的声音采取无情的口诛和攻击。奥黛丽·劳德在《相互谅解：黑人妇女、仇恨以及愤怒》中曾大胆揭示过这种现实："为什么因为一点鸡毛蒜皮的小事，那种愤怒就会在另一黑人妇女身上被彻底发泄？为什么我要对她特别吹毛求疵，稍不如我意我就大动肝火？如果，在我的攻击对象的背后藏着我的自我之一张未被我接纳的脸，那么，什么东西有可能扑灭这种由相互的情绪点燃的怒火？"[1] 胡克斯认为，正是这种愤怒阻碍了黑人女性之间包括黑人和白人女性之间的姐妹情谊，阻碍了黑人女性构筑各种身份概念。胡克斯基于实践基础之上的黑人女性身份建构观。不仅有利于树立黑人女性确立话语权和自我定义的自信，也有助于姐妹情谊的深入发展。

---

[1] 蓓尔·赫珂丝：《革命的黑人女性：自己争取成为主体》，毛荣运译，杨乃乔校，见巴特·穆尔－吉尔伯特等编《后殖民批评》，杨乃乔等译，北京大学出版社 2001 年版，第 311 页。

# 第五章

# 贝尔·胡克斯的"姐妹情谊"观

## 第一节 贝尔·胡克斯对黑人女性"局外姐妹" 身份的反击

倡导姐妹情谊是女性主义文学批评的理想之一，伊莱恩·肖瓦尔特将姐妹情谊定义为"女性团结一致的强烈情感"，她认为，"从开始起，女小说家之间的相互意识及她们对其女性读者的意识就表现出一种潜藏的团结，有时这种团结成了一时的时髦"。① 对于女性主义批评而言，"姐妹情谊是女性主义的理论和批评的基本原则，也是女性文学乐于建构的理想国，它的动因在于女性作家、批评家争取女性团结以获得力量的愿望，也基于女性四分五裂而无力反抗压迫的实际"。② 同样，姐妹情谊也是黑人女性主义文学批评的重要组成部分，在男权处于支配地位的世界，姐妹情谊是广大黑人女性谋生存、求发展的精神和物质双重保证。它将分散的个体凝聚成集体力量形成巨大的推动力。③ 许多黑人女作家都在写作中探索着姐妹情谊的建构，无论态度是批判抑或希冀，都表明黑人女作家们对这个问题的关注。作为一位黑人女性主义批评家，胡克斯

---

① Elane Showalter, *A Literature of Their Own: British Women Novelists from Bronte to Lessing*, Beijing Foreign Language Teaching and Research Press&Princeton University Press, 2004, pp. 56 – 58.

② 魏天真：《"姐妹情谊"如何可能?》，《读书》2003 年第 6 期，第 89 页。

③ 嵇敏：《美国黑人女权主义批评概观》，《外国文学研究》2000 年第 4 期，第 62 页。

也强调姐妹情谊在女性生活和斗争中的作用，她指出，作为受性压迫最严重的群体，女性一直接受男权制宣扬的只有通过男性或者与男性结合在一起才能有价值、否认女性之间联合的重要性的思想："我们被教育说妇女是'天生的'敌人，我们之间永远也不会有团结，因为我们不会，不应该，也不可能相互联合。"① 性别主义的策略阻挡了女性之间的联盟，将她们隔离成单独的个体，而这在某种程度上也使得西方女性，尤其特权阶级白人女性内化了这种意识。胡克斯指出，白人女性主义批评家认为种族主义和阶级剥削仅仅是父权制的子系统，抵制父权统治要比抵制种族主义以及其他形式的压迫更合法。她们甚至认为，系统的非人化、世界范围内的饥荒、生态破坏、工业污染以及核毁灭的威胁，根源都在于性别政治，这种设想将消除性别压迫作为根除所有形式压迫的必要步骤，于是将女性主义运动置于全球女性的中心政治议题的地位。② 虽然黑人女性及其他有色人种女性质疑上述偏颇的主张，但这种观念还是占优势，在胡克斯看来，白人女性臆测男性和女性从早期人类社会就存在对立分裂，是为了强加给非白人群体一种观念：即当代女性主义范式将男性作为敌人，而将女性作为受害者。③

事实上，这种观念由来已久，并有其历史渊源。从人类历史上的奴隶制时代，女性的生活就已经表现出局限性，奴隶社会初期，由于财产观念的渗透、财产继承权问题的突出，导致了在父权利益上的家庭变革，男子要求长久地保持自己的社会权利和财产权利，要求有确实可靠的亲子继承财产，要求一种外在的社会标志联系后代，这些要求促成了形式化家庭的诞生，这种家庭"以承认男子的人格和权利为前提，以封闭妇女为手段，达到嫡子继承财产的目

---

① 贝尔·胡克斯：《女权主义理论：从边缘到中心》，晓征、平林译，江苏人民出版社 2001 年版，第 51 页。

② bell hooks, *Talking back*: *thinking feminist*, *thinking black*, Boston: South End Press, 1989, p. 20.

③ Ibid. .

的"。① 这造成了女子生存状况的变化，如果说母系时代，女性为了迎合人类生存、繁衍的原始需求，尽职尽责地保留着母性意识，被自然推上了权力的宝座，成为家族的主人和土地的耕种者，那么到了奴隶社会，女性的地位便发生了根本性的变化，她专事生育，为某一男子传宗接代，而男子为了保证自己的纯种后代，几乎不给女子任何与外界接触的机会，导致了女性的天地完全局限在一个家庭内，沦为家庭意识的奴隶。这种状况随着人类文明史的发展愈加明显，从奴隶社会到封建社会，从封建社会到资本主义社会，人类生活的两性分化愈加强烈，男性在社会生活中获得了勇气和改造自然的能力，获得了权力和荣誉，创造了文明史和阶级斗争史；而女子，却长久地陷落在家庭生活中，生儿育女，因为被剥夺了介入社会事务的权力，始终得不到应有的社会尊重，她的身份，只能作为母亲、妻子和女儿，为自己的孩子和丈夫无私的奉献爱，唯独忽略了自身作为女性的价值和同为女性之间的关心和爱护。正是在这个意义上，胡克斯强调发掘姐妹之间的情谊，她认为，作为受性压迫最严重的群体，只有学会在团结中生活和工作，才能使得女权运动持久地进行下去。事实上，很多黑人女作家一直通过写作来表达对女性之间相互关心、相互爱护的女性情谊的呼吁和向往，赫斯顿的小说《她们眼望上帝》中，当珍尼厌倦了旅行，回到居所和女朋友菲比团聚，彼此相互支持，菲比给珍尼食物，珍尼给菲比的灵魂提供养料，在分享知识基础上的女性团结至上得到肯定。胡克斯对赫斯顿所描写的女性情谊给予赞同和认可，"当赫斯顿描写异性恋的浪漫爱情时，她认为女性不需要像性别规范提议的那样成为竞争对手，相反，她们可以共享权力，加强彼此的独立自主。珍尼提出她新发现的'思想解放'，也对菲比的生活产生了变革性的影响"。②

很多黑人女作家都在写作中对姐妹情谊进行了赞美和探索，艾

---

① 李小江：《夏娃的探索》，河南人民出版社 1988 年版，第 46 页。

② bell hooks, *remembered rapture：the writer at work*, New York：Henry Holt and Company, 1999, p. 189.

丽丝·沃克的小说《紫色》充分体现了黑人女性之间的姐妹情。当
茜丽在丈夫家中受尽折磨，耐蒂给了她关爱和赞美，让她有了生存
下去的勇气，耐蒂鼓励茜丽要敢于斗争，并通过写信打开了茜丽的
眼界，促使了她主体意识的觉醒；索菲亚的勇敢和自立给了茜丽很
大的震动，她们通过在一起缝制一条由不同颜色拼起来的被子消除
了先前的误解，并将被子命名为"姐妹的选择"，索菲亚的行为使
茜丽明白：女人并不是软弱的代名词，女人也可以强大，一味的顺
从不是出路；莎格本来是茜丽丈夫的情人，善良的茜丽在莎格身患
重病、无人照料时给了她精心的照顾，莎格身体康复后写了一首
《茜丽之歌》，并在酒吧公开演唱，使茜丽第一次感到了做人的尊
严，在莎格的帮助下，茜丽离开了丈夫家，走上一条自立自强的道
路，开始了真正绚丽多彩的人生。托尼·莫里森的小说《秀拉》
中，奈尔与秀拉的姐妹情谊构成了小说的主要内容，芭芭拉·史密
斯在《走向黑人女性主义批评》中，将《秀拉》作为女同性恋文本
来解读，但莫里森则明确表示："《秀拉》中没有同性恋。"[1]《秀
拉》表现了黑人女性秀拉和奈尔在成长道路上结成的以内在的精神
契合为基点的姐妹情谊，她们的相遇十分幸运，她们都和母亲相去
甚远，于父亲又都毫不了解，于是就在彼此的眼睛中发现了她们正
在追求的亲密感情，多年之后，当奈尔去养老院探望夏娃时，夏娃
一针见血地指出，秀拉和奈尔如此之像，以至于彼此之间从来都没
有什么区别，而事实上，秀拉是奈尔的一个部分，是她的灵魂。莫
里森的另一部小说《天堂》，描述了距离鲁比这个黑人社区十七英
里外的一个女修道院，聚集着五位不同肤色的女人，她们相互救助
与抚慰，并且与鲁比镇的黑人女性产生了深厚的情谊，鲁比镇受到
伤害的女性纷纷来到修道院求得一时的解脱：木婚先育的阿涅特躲
在这里临产，遭母亲痛打的比莉·狄利亚逃到这里躲避，索恩更是
因为康瑟蕾搭救了她的儿子感激不尽，虽然康瑟蕾曾与索恩的丈夫

---

① Danille Taylor – Guthrie ed., *Conversation with Toni Morrison*, Jackson: University Press of Mississippi, 1994, p.157.

有过私情，但两人最终摈弃前嫌，成为密友。

作为处于边缘之边缘的群体，黑人女性之所以强调女性之间的情谊和结盟，胡克斯认为，黑人女性和男性尤其黑人男性之间的关系是重要的因素，她指出，在美国社会中，黑人男性追求对"男性情谊"的认同，不同种族的男性团结的基础是，他们持共同信念，即父权社会秩序是社会唯一可行的基础，他们的父权立场不是简单地接受建立在歧视女性基础上的社会礼仪，而是为保持美国乃至全世界以男性为主导的政治制度所立下的严肃政治承诺。[①] 约翰·施托尔滕贝格也指出："男性的团结是政治的，是普遍的，它发生在两个男人相遇的时候，并不局限于只有男性的群体……男孩子在很早时就得知他们最好团结起来，团结是为了学习详细的行为模式，比如姿势、演讲、习惯和态度，正是这些东西有效地把女性从男性的社会中隔离出去。男性团结是从彼此那里学到在父权制下怎样命名，男性团结是男性怎样得到权力并怎样保持这种权力。"[②] 于是，女性在男性视域内理所当然处于劣势，波伏瓦指出，"古代用一根绝对的垂直线为参照，以说明其他斜线，而现在把男性确立为一个绝对的人的标准。身为男人，总是对的，因为他是男人；身为女人，则总是错的"，波伏瓦说出了现实中女人的地位和处境。亚里士多德认为，"女人之所以成为女人，就因为她们缺乏某些素质，女人由于天然的缺陷而遭受痛苦"，圣·托马斯则根据《创世纪》中关于夏娃是由亚当的一根"多余的肋骨"造成的传说，提出，妇女是一个"不完善的男人"、一个"附属"的存在。[③] 黑人女性处境更不容乐观，学生非暴力协调委员会（SNCC）中的"妇女解放委员会"创始人弗朗西斯·贝勒（Frances Beale）曾用"双重险境"来描写黑人女性的生活，"作为黑人，她们遭受着所有黑皮肤

---

① bell hooks, *Ain't I a Woman: black woman and feminism*, Boston, MA: South End Press, 1981, p. 99.

② Ibid. , p. 100.

③ 西蒙娜·德·波伏瓦：《女人是什么》，王友琴、邱希淳等译，中国文联出版公司 1988 年版，第 5 页。

的人所受到的歧视和虐待，作为女性她们还有其他的重担——应对白人男子和黑人男子"①。正是建基于父权制的共同信念，使得白人男性和黑人男性基于性别歧视基础上的团结的存在成为可能。在胡克斯看来，这种背景使得黑人男性一方面内化了白人的父权文化，同时也将自己作为种族主义的唯一受害者，在对黑人女性实施父权统治的同时，将他们所丢失的权力和男性气概以暴力的形式施展到黑人女性的身上来，所以这种暴力最终是由资本主义父权制促使的②，虽然这种观点不无偏激之处，但也某种程度上说出了黑人男性暴力的渊源。

胡克斯对男性暴力有着自己深刻的理解，源于她的成长经验，当她目睹父亲对母亲施以暴力时，母亲总是沉默，"也许对母亲而言，说出被施以暴力后的复杂感情是困难的，尤其当施暴的人是亲近的人"③。胡克斯认为，很多讨论黑人男子气的论文和著作都会表达黑人男性是暴力的观点，作者有的表示认同黑人男子的暴力是合理的，有的认为他们的暴力是对种族主义迫害的回应，但他们一般不认同黑人男子作为一个群体是失控的、狂野的、非文明的捕食者。事实上，不仅有关于黑人女性的刻板模式，黑人男子的刻板模式也同样存在，在20世纪60年代黑人民权运动之前，黑人男子一直在努力克服将他们描述为野兽或魔鬼的种族主义性别主义的刻板模式，尤其18、19世纪关于黑人男子的刻板模式的描述到今天仍被看做变态，其中一个特点便是他们缺少情感反应，即"缺少良知"。针对于此，很多黑人男子回应道，他们之所以决定要成为"野兽"，只是向他们改变不了的现实投降，既然黑人男子被看做野兽，那么最好做的也像个野兽，年轻的尤其贫穷的黑人男子，通过

① Frances Beale, "Double Jeopardy: to Be Black and Female", Toni Cade ed., *The Black Women: An Anthology*, New York: New American Liberary, 1979, pp. 90 – 100.

② bell hooks, *Ain't I a Woman: black woman and feminism*, Boston, MA: South End Press, 1981, p. 105.

③ bell hooks, *Talking back: thinking feminist, thinking black*, Boston: South End Press, 1989, p. 85.

让其他人尤其白人感到恐惧而得到心理上的满足。① 研究男性暴力
长达二十年之久的治疗师唐纳德·度顿（Donald Dutton），提出暴
力男子的大脑和那些精神正常的人是不同的，度顿这样说："精神
病的心理综合症是，缺乏感受其他人的恐惧或痛苦的能力，或者感
受不到暴力之后的可怕后果。还有就是，不愿意面对过去的问题、
情感回应肤浅、对未来的描述不真实。"② 根据这种观点，18、19
世纪西方文化将黑人男子描述为不文明的牲畜，认为他们不具有感
受复杂情感或感受害怕和悔恨的能力，正是出于种族主义意识形态
的考虑，只有这种刻板形象的塑造，才能使得种族主义者们不必去
承担他们对黑人男子残忍行为的责任，因为他们认为，白人对黑人
的征服，对于控制不具人性的野兽来说，是必要的。事实上，黑人
男性和白人男性之间的暴力冲突，渊源已久，形式也很多样，除了
私刑和暴乱外，还包括直接的武力较量，结果往往是黑人遭受的损
失更多，如在 1906 年的亚特兰大叛乱中，两个白人和 11 个有色人
被杀死；10 个白人和 60 个有色人受伤。1919 年，在南卡罗来纳州
的查理斯顿暴乱中，死伤结果是两个黑人被杀，大约 20 个黑人和 8
个白人水手受伤。1919 年，在得克萨斯州朗维的骚动中，4 个白人
受伤，许多黑人住宅被烧。③

此外，胡克斯指出，黑人男子的暴力很大程度上和美国社会压
迫性的文化相关，她认同奥兰多·帕特森（Orlando Patterson）的说
法，在黑人男子还未涉及暴力之时，他就出生于将暴力当作社会控
制手段的文化中，在这里将父权制的男子气质界定为暴力，表现得
富有侵略性便是树立男子气概的最简单方式，结果就是，生活在暴
力文化中的所有男人，必须在某种程度上表现得暴力。④ 胡克斯对

---

　　① bell hooks, *We Real Cool：Black Men and Masculinity*, New York and London：Rout-
ledge, 2004, pp. 47 – 49.

　　② Ibid. , p. 48.

　　③ 吴泽霖：《美国人对黑人、犹太人和东方人的态度》，中央民族学院出版社 1992
年版，第 256 页。

　　④ bell hooks, *We Real Cool：Black Men and Masculinity*, New York and London：Rout-
ledge, 2004, p. 49.

"压迫性"政治有自己独特的理解，她指出，就包括在著书立说的过程中，都可以体现出权威群体对弱势群体的"压迫"：当大量关于奴隶制和黑人经验的书，尤其学术著作，是由白人（有时是由黑人男性）写作，当大量关于同性恋经验的著作是由非同性恋人而写，就涉及到了压迫者／被压迫者、剥削者／被剥削者的关系，其中统治者被看作主体，被统治者被当作客体，白人女性、有色女性、黑人包括各个民族的同性恋个体，在他们的历史发展中，都会有这样一些时刻，在其中他们的经验被研究、被译著，并且仅由白人男性来负责记录和写作，或者仅由有权威的群体来记录和写作，"于是任何想要了解弱势群体经历的人，只要参照权威群体的话语就可以，而这个过程就是压迫政治的表现"。① 事实上，并不是拥有权威的人才有言说他人的权力，胡克斯以阅读海明威的小说《太阳照样升起》为例指出，她既不需要是一个白人男性，也不需要和白人男性在同一间教室内，才能研究和理解这部作品。她认为，作为一位黑人女性，阅读这部由白人男性写作的小说，她会有一些和白人男性读者在洞见和理解方面不同的看法，而且这些不同的看法同样有价值。如今虽然黑人需要有人代言的时代已经过去，但社会仍然倾向于看重由白人写作的关于黑人或非白人的作品。鉴于此，胡克斯认为，当描述不属于自己群体的经历时，应该思考伦理的问题，考虑一下这样写是否支持了压迫性制度。② 综上所述，正是多重因素的合力，使得黑人男子的暴力越来越成为社会瞩目的现象，小说、影视等文学领域对黑人男子在私人领域的恶性都进行了披露，尤以黑人女子的揭露最为典型，有人指出，很多黑人女作家，从妮特亚克·山吉到沃克，都是靠贬斥黑人男子而出名的。当代黑人女性主义者们则认为，黑人女性应该揭示私人领域的性别歧视问题，在黑人作品中，黑人男子用暴力反抗白人而遭到不幸时，很多人表

① bell hooks, *Talking back*: *thinking feminist*, *thinking black*, Boston: South End Press, 1989, p.43.

② Ibid., p.47.

示同情，当黑人男子转而虐待黑人女子时，她们难道不应该要求
"人"的平等权利？"从奴隶制起，我们就能稍稍比男人坚强些。
所以我们把男人供起来，想让他们强大。他们得寸进尺，开始成了
奴隶主之流的人物，说女人该洗刷洗刷，做饭，生孩子。黑人男人
想压迫我们，这是他能感觉自己像个人物的唯一方法。"① 很多黑
人女子厌倦了黑人男子把挫折感发泄到她们身上的暴行。有一名被
采访的黑人女性说："我没见过多少喜欢女性、真正喜欢女性并欣
赏女性的黑人男子。……黑人男子因为社会的弊病而惩罚你。他们
惩罚女性。"②

胡克斯谈到黑人男子沙若泽德·阿里（Shahrazard Ali）颇具争
议的著作《黑人男子对理解黑人妇女的引导》一书，阿里将黑人女
性与自然和性欲联系在一起。他坚持认为，黑人女性在智力上是劣
于黑人男性的，脑袋与之相比也要小，尤其出于"教化黑人女性"
的目的，当她们出格时，有责任心的男人就应该打她耳光，胡克斯
认为阿里的著作表征了厌女症的复活③。针对黑人男子的态度，黑
人女性通过写作等多种方式表达了对所受性别压迫的愤怒。沃克的
首部长篇小说《格兰奇·科普兰的三次生命》（1970），塑造了黑
人佃农布朗菲尔德的形象，当他生活陷入困境时，总是殴打曾经十
分可爱的妻子梅姆，因为这令他感到瞬间的轻松和愉快。梅姆聪
明、美丽、受过教育，她力图把家庭从佃农制度下解救出来，但丈
夫认为她的努力威胁到他在家中和社区中的地位，最后开枪将她打
死。事实上，黑人男作家也在写作中讲述黑人男子的暴力，但出发
点大多集中于美国种姓制度的摧残，与女作家们理解问题的出发点
不同。"抗议小说"代表作家莱特（Richard Wright）在《土生子》

---

① Kim Marie Vaz ed., *Black Women in America*, Thousands Oaks: Sage Publications
Inc., 1995, pp. 121 – 122.

② Ellis Cose and Carrie Mae Weems, "Black Men&Black Women", News-week, 6/5/
95, Vol. 125, Issue23, pp. 66, 4, 3bw.

③ bell hooks and Cornel West, *Breaking Bread: Insurgent Black Intellectual Life*, Boston,
MA: South End Press, 1991, p. 154.

中塑造了黑人青年比格·托马斯，作为一个生活在"只能通过篱笆往里看的外部世界"里局外人，他的心里窝着一肚子复仇的怒火，他深夜送主人道尔顿的女儿玛丽回家，玛丽因醉酒不省人事，比格只好将她抱回房间，却被眼盲的道尔顿太太撞到，比格吓得心胆俱裂，因为一旦被人发现他在白人小姐房间，将会被判处死刑，为防止玛丽出声，比格无意间用枕头闷死了玛丽，心慌意乱的他将尸体塞进锅炉焚烧后畏罪潜逃，又将女友贝西杀死。赖特在小说中并未将比格描述为十恶不赦的恶人，而是赋予比格的暴力行为以特殊的含义：一个在白人眼里不是人，而只不过是一个"畜生"的他，却在暴力中发现了自身的价值，而他的暴力源于对白人世界的恐惧。赖特力图说明，黑人男子的野蛮既非天性也非民族性，而是美国社会制度使然，比格的性格是美国社会文明的产物，他的行为是由美国社会及其歧视黑人的法律所造成。事实上，很多黑人女作家在描写黑人男子的恶行时，也不忘揭示白人社会对黑人男性的腐蚀作用，使得他们往往将失望与愤怒转化为对妇女的残暴，这些描写从表面上看是迎合了黑人男子"野蛮"的刻板形象，但事实上却重述了种族主义对黑人的戕害。奥兰多·帕特森指出："如果归纳一下白人的犯罪和白人男性对他们毫无防备力量的妻子和孩子背地里实施的暴力可以发现，在美国，白人男子不仅占暴力犯罪的大多数，而且绝对数量也很触目。"①

　　然而，白人的文化却通过强调黑人男子原始暴力的性状，制造出"为了抵制黑人男子野蛮的男子气，白人男人和白人女人必须武装自己"的谎言，于是，个体的黑人男子只能让自己成为残忍的父权男子气的标本，并且忍受着种族主义的迫害。就胡克斯而言，虽然她对黑人男性的性别歧视进行批判，但她仍然保持清醒，并未将黑人男性作为一无是处的对象看待，她在多年的女性研究授课中发现，很多黑人男学生也热衷于参加学习，主要是出于见证了在家庭

① bell hooks, *We Real Cool: Black Men and Masculinity*, New York and London: Routledge, 2004, p.51.

和社区内男性对女性侮辱的缘故，并且承认结束性别歧视的斗争是制造改变的唯一方式，鉴于黑人男子面对种族主义难以发声，他们也无法对性别歧视负以责任。胡克斯指出，很多黑人男子，尤其年轻人，开始面对挑战，关注性别（gender）概念，乐于批判性别歧视，如她的一个关注性别议题的黑人男性学生布雷特（Brett）认为，当面对性别歧视的问题时，黑人男性也面临很多困难，最大的困难是，他们习惯于将自己作为种族歧视的受害者，"我试图理解，但我是个男人"，布雷特说出了他努力培养女性主义意识的局限性，"有时我不理解，这让我受到了伤害，因为我认为自己是受所有压迫的缩影"[1]，性别差异造成了黑人两性间的冲突和张力。

由上述种种因素造成的与黑人男子复杂的矛盾，使得黑人女性把注意力转向同为女性的姐妹关系。但胡克斯发现，无论是黑人女性和白人女性之间，还是黑人女性相互之间，黑人女性主义批评家所呼吁的姐妹情谊的实现都存在着现实的或历史的障碍。首先是黑人女性和白人女性的关系。胡克斯认为，一个不可忽视的事实是，作为受性别压迫的群体，女性之间也参与了压迫的政治，主要表现为白人女性对有色女性的压迫，"全球范围内界定性别的一个中心点，就是强和弱、有力量和无力量的区分，它假设男性应该比女性更有权威，应该统治女性，但不应该忽视的现实是，女性在其中既是受害人也是肇事者，如果仅聚焦于父权压迫，而掩盖了上述事实，或者女性们通过这种方式将注意力从我们生活的真实环境中转移开，那么女性们就参与了促进错误意识的行为"[2]。在这个问题上，胡克斯明确反对资产阶级白人女性提出的"共同压迫"的主张，"共同压迫的思想是一种错误而虚伪的说法，它掩盖和混淆了

---

① Bell Hooks, "From Scepticism to Feminism", *The Women's Review of Books*, Vol. 7, No. 5 (Feb., 1990), p. 29.

② bell hooks, *Talking back: thinking feminist, thinking black*, Boston: South End Press, 1989, p. 20.

妇女们各种复杂的社会现实的本质"①。事实上，胡克斯对妇女们之间"差异性"的诉求，也是整个黑人女性主义批评的一个核心问题，鉴于不同种族和阶级的女性具有不同的历史文化语境，而非铁板一块，美国黑人女性主义最早发出对女性主义的挑战，黑人女性主义者们对白人女性主义者们说，由于有着不同的文化背景和不同的历史经历，她们形成了不同的看待世界的方式，性别压迫并非所有女性的唯一压迫，对黑人女性来说，她们具有种族、性别、阶级压迫的"多重危险"②。种族和阶级压迫与性别压迫同样严重，甚至更为严重，美国黑人女性主义批评家奥德利·劳德说到，作为一位 49 岁的黑人同性恋者、女性主义者、社会主义者、两个孩子的母亲，她是太理解"多重危险"这一概念了，因为她经常发现，自己就是"被界定为他者、异常、劣等或者干脆就是简单地被归之为有问题"的群体中的一员。③

　　可现实中不同群体女性之间确实存在联合，如果不是因为受到"共同压迫"，那么到底是出于什么基础呢？在这个问题上，胡克斯给出了自己的答案，她认为，应该把女性主义广义地界定为"一场结束性别压迫和性别歧视的运动"，是这样一种共同的目标将女性们结合在一起，但这并不意味着差异性的不存在，因为每一个参与女性主义斗争的人意识水平、经历、观点以及知识都不同，有共同的目标并不意味着女性们不能就怎样达到目标有不同的观点。④ 事实上，种族主义和阶级特权往往把不同肤色和阶级的女性分裂开，使她们所遭受的压迫不论程度还是来源都有着本质的区别。胡克斯

---

　　①　贝尔·胡克斯：《女权主义理论：从边缘到中心》，晓征、平林译，江苏人民出版社 2001 年版，第 52 页。

　　②　Deborah King，"Multiple Jeopardy：The Context of a Black Feminist Ideology"，Alison M Jaggar and Paula S Rothenbert ed.，*Feminist Frameworks*，3rd edition，New York：McGraw-Hill，1993，p. 220.

　　③　Audre Lorde，"Age，Race，Class and Sex：Women Redefining Differece"，Margaret L. Anderson and Patricia Hill Collins eds.，*Race*，*Class and Gender*，2nd edition，Belmont，Calif：Wadsworth，1995，p. 188.

　　④　bell hooks，*Talking back*：*thinking feminist*，*thinking black*，Boston：South End Press，1989，p. 23.

发现，女性运动由受过学院教育的中产阶级和上等阶级的白人妇女为主力构成，她们为美国妇女权利概念带来了新能量，她们不仅倡导获得和男性一样的社会平等，还要求对美国的社会结构进行革命性变革，而且她们试图将女性主义走出理论领域，进入美国人的生活中，但结果是，她们并没有改变性别歧视和种族歧视的状况，"她们倡导的姐妹情谊没有真正实现，她们所设想的能对美国文化产生变革性影响的妇女运动也没有出现，相反，种族和性别关系的父权模式已经在美国社会中确立，仅仅是在'女性主义'的名义下采取不同的形式"。① 鉴于此，胡克斯认为，女性主义需要成为消除其他形式压迫的必要组成部分，"由于父权压迫和种族主义及其他形式的压迫具有相同的意识形态基础，所以如果这些系统完整无损的话，消除任何一种压迫都是不可能的，女性之间的种族意识和阶级意识，破坏了她们之间的联系，所以女性主义批评家有必要批评并修正女性主义理论和女性主义运动的方向，使得性别、种族和阶级共同决定女性的身份、地位和环境"。②

胡克斯的这一观点，源于她发现，在美国社会中，白人女性和黑人女性的地位是不同的，"白人种族帝国主义给予所有的白人女性一种权利，即在与黑人女性和黑人男性的关系中扮演压迫者的角色"③。胡克斯指出，即使当19世纪30年代的白人女性改革者们为解放奴隶而工作时，她们只是出于宗教感情，她们所反对的是奴隶制，而不是种族主义，直到20世纪，还几乎很难发现这两个女性群体生活经历中的相似点，虽然她们都是性别歧视的受害者，但黑人女性所遭受的种族歧视，白人女性则不必被迫忍受，而且鉴于女

---

① bell hooks, *Ain't I a Woman: black woman and feminism*, Boston, MA: South End Press, 1981, p. 121.

② bell hooks, *Talking back: thinking feminist, thinking black*, Boston: South End Press, 1989, p. 22.

③ bell hooks, *Ain't I a Woman: black woman and feminism*, Boston, MA: South End Press, 1981, p. 123.

性也可以并且确实参与了压迫的政治，她们既是受害人也是肇事者。① 在胡克斯看来，强调女性压迫者的范式，挑战了男性是敌人、女性是受害者的观念，因为这种观念只将男性视为压迫者，而呼吁关注女性压迫者的现象，则使人们反思女性在使压迫体系永久化中的角色。"为理解'压迫'一词，我们必须明白男性与女性之间压迫和被压迫的关系和共同性，尽管我是从生活于美国的黑人女性的独特经历来说这个问题，事实上，只有少数白人男性（体面的'白人男性'）属于压迫群体，在很多地方，压迫者和被压迫者拥有相同的肤色，甚至有相同的性别。诚如我所言，一个受到种族主义和阶级剥削伤害的男人，会反过来压迫女人；受其他女性剥削的女性，会反过来压迫孩童，所以我们应该反思'压迫'这个词，知道我们都有能力去压迫、去伤害（不管权力是否是制度化的），我们必须抵制潜在的压迫者和解救潜在的受害者，否则就无法希望结束压迫，寻找自由。"② 胡克斯指出，白人女性群体和黑人女性群体内部的压迫和不平等关系，表现在很多机构中，白人女性对黑人女性持歧视甚至敌视的态度。

首先，胡克斯发现，白人妇女俱乐部成员的反黑人意识比白人男性俱乐部成员的反黑人意识强烈得多。她谈到在芝加哥论坛的一次采访中，妇女俱乐部总联合会的主席罗威女士，在就拒绝黑人女子约瑟芬·鲁芬加入俱乐部给予解释时，她这样回答："鲁芬女士属于她那个群体，在她的群体中，她可以成为领导，可以做很多有益的事情，但在我们中间，她只会制造麻烦。"③ 胡克斯就此指出，白人女性活动家对黑人女性的歧视远比对黑人男人的歧视强烈得多，因为很多白人女性认为，如果她们和黑人女性建立联系，她们

① bell hooks, *Ain't I a Woman: black woman and feminism*, Boston, MA: South End Press, 1981, pp. 123, 125.

② bell hooks, *Talking back: thinking feminist, thinking black*, Boston: South End Press, 1989, pp. 20 – 21.

③ bell hooks, *Ain't I a Woman: black woman and feminism*, Boston, MA: South End Press, 1981, p. 129.

作为受过教育的、优雅的基督教女性的地位就会受到削弱。① 不仅如此，很多白人女性还认为，黑人女性道德上的污点和黑人男性无关，所以黑人男性领导如弗雷德里克·道格拉斯、詹姆斯·福顿、亨利·加内特等人在白人社交群内是受欢迎的，白人女性活动家欢迎这些黑人男性进入她们家庭的圆桌会议。此外，胡克斯看到，在工厂内，白人女工和黑人女工之间的关系也具有冲突性，尤其当黑人女性试图成为工业劳动力时，冲突就变得更加剧烈。② 1919 年，一篇题为《有色妇女工人的新时代》的研究纽约城工业区黑人女性状况的调查报告刊出，开头这样写道："几个世纪以来有色女性一直在南方的田地里劳作，她们是北方和南方家庭内的仆人，接受着对她们开放的个人化服务的位置……她们几乎完全地被商店和工厂排除在外，传统和种族歧视在其中起了很大的作用……战争曾一度为她们打开了工业之门，因为很多男人去了战场，而很多白人女子则去了军工产业，所以工厂不得不采用有色女性来代替他们的位置……第一次就业局和广告业将'有色'这个词加人单词'被需要'之前，他们可以得到大量的有色人种女性。"③ 在这种背景下，黑人女性进入了食品业以及一些技术性不太强的工业领域，于是两个女性群体之间的冲突不可避免。黑人女性经常被迫接受一些白人女性认为艰苦或收税太高的工作，比如在糖果厂，黑人女子不仅要负责烘烤、包糖果皮和打包，还要托着沉重的托盘来回穿梭于机器和包装糖果桌之间。白人女性不愿意和黑人女性在一起工作，为阻止白人雇佣者雇佣黑人女性，白人女性工人就采用对雇佣者抱怨的方式或以停止工作的方式相威胁。在很多工厂，都设有隔离的工作间、盥洗室，很多白人女工认为，黑人女子是粗野的、不道德的，她们之间的隔离可使白人女性远离"黑鬼"携带的疾病，而且在隔离的工作间中，黑人女性的收入经常比白人女性少。再次，多次参

---

① bell hooks, *Ain't I a Woman: black woman and feminism*, Boston, MA: South End Press, 1981, p. 130.

② Ibid., p. 132.

③ Ibid..

加女权主义活动团体的胡克斯发现，在这些团体内，白人女性对黑人女性的评价和态度也很消极，她认为这源于一种普泛的观念：即所有的黑人女性对女性运动都不关心，她们宁愿保持刻板模式形象，也不愿获得与男性平等的社会地位。而且这种观念被白人女性解放主义者永久化。但1972年路易斯·哈里斯·小弗吉尼亚的民意调查显示，62%的黑人女性支持改变女性的社会地位，相比只有45%的白人女性支持；67%的黑人女性同情妇女解放团体，而相比只有35%的白人女性持这种态度[①]。在胡克斯看来，这再一次证明了白人女性评价黑人女性不热心于女性解放的言论是谎言。

特宝葛－潘恩（Terborg-Penn）指出："从1830年到1920年，在妇女权利运动中歧视非裔美国的女性改革者，并不少见。尽管白人女性主义者苏珊 B. 安东尼、露西·斯通以及其他一些人鼓励黑人女性加入反对性别歧视的斗争，但整个19世纪，参与妇女权利组织以及妇女废除死刑组织的改革者们都歧视黑人女性。"[②] 事实上，黑人女性解放主义者和白人女性解放主义者之间的敌意，不仅仅在于两个群体关于种族主义问题上的分歧，而是她们多年嫉妒和竞争的结果，她们之间的冲突在奴隶制时期已经凸显。在奴隶制之前，父权制的法律将白人女性贬低为低人一等，是社会中次要的群体，对黑人的征服则让白人女性腾出她们受鄙视的位置，占据了相对于黑人而言的优势地位，她们通过不断地强调比黑人女人和黑人男人优越来保持这种优势地位。殖民地的白人女性，尤其是那些女主人，经常以残忍的方式对待奴隶来区分她们和奴隶的地位。斯坦利·费尔德斯坦（Stanley Feldstein）在汇集了奴隶叙事的著作《曾经是奴隶》中记述了这样一件事：一个白人女主人从远足中不期归来，打开她试衣间的门，发现丈夫正在强暴一个13岁的黑人女奴，

---

① bell hooks, *Ain't I a Woman*：*black woman and feminism*, Boston, MA：South End Press, 1981, p. 148.

② Ibid., p. 128.

她把女奴关进烟囱房，让她每天受鞭笞，一直持续了好多周。① 白人妇女正是通过对黑人女奴的虐待和打击，树立她们的权威。正是在这个意义上，胡克斯认为，美国白人女性的社会地位很大程度上是由白人与黑人的关系决定的，正是当美洲殖民者对非洲人民奴役之时，白人女性的社会地位开始发生改变。当然，白人男性在黑人女性与白人女性关系的错位中扮演了很不光彩的角色，他们支持白人女性社会地位的改变，前提是存在另一个女性群体承担她们原来的角色，结果将黑人女性置于更为劣势的地位，并且白人男性支持这两个女性群体的对立，阻止她们之间的团结。②

不仅黑人女性在寻求与白人女性的姐妹情谊过程中，存在着种种困难和阻碍因素，就包括在黑人女性群体内部，女性之间的团结也不是畅通无阻的。胡克斯认为，其中最重要的一个因素就在于黑人女性相互之间的愤怒和敌意，而这种不友好感情的根源在于她们所受到的性别及种族歧视。③ 劳德在《相互谅解》中描述了黑人女性之间的排斥："我们不爱我们自己，因而我们彼此间也没有爱。因为，我们在彼此的面孔上看到了我们自己的面孔，从来没令人满意的面孔。因为，我们活在世上，而活着的状态使争取更多自我的渴望滋生出来。令我们不满意的面孔，也是我们想除掉的面孔。为什么我们不相互打量打量？我们在彼此的目光中期望看到背叛还是承认？"④ 胡克斯认为，劳德以一种本质主义的方式道出了黑人女性相互行为中可能出现的粗鲁和残酷。胡克斯以自己的亲身经历为例，讲述了一旦发出"反对的声音"，将会遭到的待遇：在一次黑人女性主义全国会议的策划会议上，大多数黑人女性都只谈论如何

---

① bell hooks, *Ain't I a Woman: black woman and feminism*, Boston, MA: South End Press, 1981, p. 36.

② Ibid., p. 155.

③ 贝尔·胡克斯：《女权主义理论：从边缘到中心》，晓征、平林译，江苏人民出版社 2001 年版，第 59 页。

④ 蓓·赫珂丝：《革命的黑人女性：自己争取成为主体》，毛荣运译，杨乃乔校，见巴特·穆尔－吉尔伯特等编《后殖民批评》，杨乃乔等译，北京大学出版社 2001 年版，第 312 页。

被黑人社区残酷对待的经历，为反对建立一种生硬一统的经验，胡克斯讲述了她所生活的黑人社区，那是一个令人舒畅的社区，区内的教堂和学校都承认黑人女性的地位，而且，胡克斯认为，她在社区内得到的是关注和爱护，这种正面经验一直是支持她的基础，结果，她的话还未讲完，就被一位黑人女性以一种充满愤怒的语气打断，她认为胡克斯的言论企图以不同的经验抹杀其他黑人女性的痛苦。结果，黑人女性的社会身份只能作为"受害"的同义词，"真然的"黑人女性的声音也只能是一种痛苦的声音，不同经历的黑人经验被剥夺了让别人了解的机会。当然，团体意识一度是黑人女性主义思想大加强调的意识，它可使黑人女性认识到政治结构对个人的影响，增加黑人女性的归属感和彼此之间的联系，黑人女性活动家安吉拉·戴维斯在一次游行时被捕，她讲述此事时强调了团体意识的重要性："当'放了安吉拉'的喊声让我万分激动时，我担心这种呼喊过多会使我与监狱中的其他姐妹产生隔膜，于是我就挨个地喊那些因参加游行而和我一起被捕的姐妹的名字。"[1] 黑人女性深刻意识到通过集体方可显示她们的力量，但胡克斯认为，黑人女性之间真正的团结只有通过彰显差异才能得以实现，而事实是，"内部化的种族歧视"导致了有色人种女性之间缺乏沟通，甚至产生一种恶性循环，"在全美，妇女们每天都要花几个小时辱骂其他妇女，其方式通常是恶意的闲扯。电视里的肥皂剧和晚间剧也不断地把妇女之间的关系描绘成相互攻击、蔑视和竞争。在女权主义者中，对妇女的性别歧视表现在对那些没有加入到女权运动中的妇女的辱骂、对她们完全忽视以及缺乏关心或兴趣"。[2] 正是出于使女性主义运动的基础更广泛考虑，胡克斯认为，如果想建立坚实的个人关系和团结，就必须帮助女性忘掉内部化的性别歧视和种族歧视。

---

[1] Angela Davis, *Angela Davis: An Autobiography*, New York: Random House, 1974, p. 65.

[2] 贝尔·胡克斯：《女权主义理论：从边缘到中心》，晓征、平林译，江苏人民出版社 2001 年版，第 58 页。

## 第二节 贝尔·胡克斯建构姐妹情谊的策略

从女性主义理论的批判和分析中可以看出，姐妹情谊不但为女性写作提供女性关系图景，也指代了女性作家之间、女性作家和读者之间的紧密关系，而且这种关系对女性文学以及女性自身的发展都非常必要。但事实是，无论在现实的女性生活和斗争中，还是在写作的建构中，姐妹情谊往往付诸阙如，即便在女性精英阶层，姐妹团结一致的目标也甚为遥远。美国女性主义历史学家吉娜认为，"姐妹情谊"一般被理解为妇女在共同受压迫的基础上建立起来的互相关怀、互相支持的一种关系，这种理解实质包含两层含义：一是指妇女由于独特的性别特征而形成的特殊的妇女之间的关系，这种互相关怀、互相支持、相依为命的感情同充满竞争的男性世界的伦理和价值观念截然不同；二是以强烈的政治色彩团结受压迫妇女开展女性主义运动。在吉娜看来，这两层含义都忽视了妇女之间由于种族、阶级、民族的不同而存在的不同的政治和经济利益，有过于笼统和抽象的倾向。① 针对现实存在的问题，胡克斯提出了自己的应对策略。首先，她认为，受压迫的女性们应该把种族、性别和阶级的压迫结合起来，考虑应对的策略，而不是各自为一个阵营，"性别歧视、种族歧视和阶级歧视把妇女们相互隔离开。在女权运动中，对策略和重点的分歧和不一致导致形成了很多不同政治立场的群体。分裂成不同的政治派别和特殊兴趣群体对本来就很容易被消除的姐妹关系造成了不必要的障碍"②。面对这种情况，胡克斯认为，并不是只有社会主义女权主义者才关注阶级问题，也并不是只有同性恋女权主义者才应该关注对男女同性恋者的压迫，更不是只有黑人女性或其他有色人种才应该关注种族歧视的问题，"每一

① 王先霈：《文学批评术语词典》，上海文艺出版社 1999 年版，第 603 页。
② 贝尔·胡克斯：《女权主义理论：从边缘到中心》，晓征、平林译，江苏人民出版社 2001 年版，第 74 页。

个妇女都可以有反对性别歧视、种族歧视、异性恋主义和阶级主义压迫的政治立场"①，胡克斯强调女性情谊的超越性，即从超越种族、性别和阶级的基础上建构情谊。随着时间的推移，白人女性主义者和黑人女性主义者越来越意识到双方的共同利益，她们在一定层面上面临着不少共同问题，比如在法律上的地位和权利、性别上的弱势等，因此，女性主义者们想培养一种姐妹意识。有黑人女性主义者说道："黑人女性现在认识到运动中的部分问题是，我们须坚持白人与我们一道，支持我们的利益……讨论的关键是为自己的利益而组织起来的权利……黑人女性主义的批判一定要确认这个原则。"② 为表现支持不同种族、不同肤色女性相互融合、共同斗争的信念，莫里森在《天堂》中采取了故意模糊小说人物种族身份的策略，她指出："我想让读者疑惑这些姑娘们的种族，直到他们了解她们的种族无关紧要。我想劝人们不要那样读小说。种族是你从一个人身上得到的最不可靠的信息，它是真实的信息，但它什么也没有告诉你。"③

再者，胡克斯指出，"支持"在姐妹情谊的建构中具有更大的意义。"支持可以意味着赞成某个人认为正确的观点，或者为它辩护，它也可以意味着作为较弱结构的支撑或基础……其价值在对共同牺牲的强调中表现出来。"④ 白人女性主义批评家富勒也提出过相似的观点，她认为，作为个体，妇女需要自由地施展她的才能，发现自己的真理，而要探究她们作为整体到底是什么样的人，这个过程必须与其他妇女一起完成，彼此的隔离无益于妇女的此项事

---

① 贝尔·胡克斯：《女权主义理论：从边缘到中心》，晓征、平林译，江苏人民出版社 2001 年版，第 74 页。

② Sheila Radford-Hill, "Considering Feminism as a Model for Social Change", Teresa de Lauretis ed., *Feminist Studies/Critical Studies* , Bloomington：Indiana University Press, 1986, p. 162.

③ 王守仁、吴新云：《性别、种族、文化：托妮·莫里森和二十世纪美国黑人文学》，北京大学出版社 1999 年版，第 162 页。

④ 贝尔·胡克斯：《女权主义理论：从边缘到中心》，晓征、平林译，江苏人民出版社 2001 年版，第 75 页。

业，"我相信，目前对妇女而言最好的帮助者就是别的女人"，"如果她们是自由的，如果她们的智慧足以帮助她们培养女人的实力和女人特有的美，她们将不愿变成男人，甚至不愿像男人那样"。①相互支持给予黑人女性的帮助是巨大的，早在19世纪后期，以捍卫政治、经济和社会权利为主要目的的各种黑人妇女社团纷纷诞生，如"全美有色人种妇女协会"（NACW）、"波士顿黑人知识妇女社"（The African-American Female Intelligence Society of Boston）等，前者到1914年已拥有会员5万人，遍布美国28个州。50年后，"全美有色人种妇女协会"迅速发展到85人。② 尤其对于美国商界的黑人女性而言，联合起来组成人际网络是成功的要诀。在美国，从知名大学毕业的人往往通过大学同学的帮助和提携谋得职位，而黑人很少靠关系得到机会，为挽回颓势，黑人女性也建立了延伸"姐妹情谊"的人际网络。早在20世纪70年代，纽约黑人女性就成立了百名黑人妇女全国联盟（The National Coalition of 100 Black Women），旨在加强黑人女性的能力。到了20世纪70年代中期，黑人女性在公司的人数已经大增，黑人女性专业人员已经可以找到更多与其境遇相似的其他黑人女性，可以相互分享自己的经历，并在此基础上建立一种支持机制。在写作中，黑人女作家也流露了对黑人女性之间相互支持的期许。莫里森的小说《所罗门之歌》中，黑人男子麦肯·戴德因为妹妹派特拉一家贫困和地位低下，拒绝同她们来往，他的妻子却同派特拉保持着往来。莫里森通过写作表明，黑人女性的生存离不开彼此的支持和帮助，这种支持是黑人女性在种族、性别和阶级压迫下寻求自我、解放自我的坚强后盾。莫里森的另一部小说《天堂》，塑造了女修道院的主人康瑟蕾，她像一块磁铁，将周围受伤害的黑人女性吸引到她的身边，如死了孩子的玛维斯、对外部世界怀有恐惧的吉姬、被母亲抛弃的西

---

① 参见约瑟芬·多诺万《女权主义的知识分子传统》，赵育春译，江苏人民出版社2002年版，第49—50页。

② 嵇敏：《美国黑人女权主义批评概观》，《外国文学研究》2000年第4期，第62页。

尼卡等，康瑟蕾的宽容与大度给了这些女性以安全感，安抚她们伤痕累累的心灵，并引导她们学会热爱自己的肉体和灵魂。简·鲁尔（Jane Rule）在文章《以一切应有的敬意》中评论了"相互支持"在女性主义者中的作用："支持是妇女运动中经常用到的一个词汇。对太多的人来说它意味着给予和接受绝对的赞成……这是一个错误的概念，产生了很多妨碍理解的障碍并且造成了真正的情感伤害。真正的支持不是对重要判断的迟疑，而是指即使是在有严重分歧的时候也能做到自尊和尊重他人。"① 胡克斯对此表示认同，她认为，如果妇女们不是怀着诋毁的目的加入到建设性的和人道的争论之中的话，就需要消除妇女们仇视女性的传统，消除相互之间的残酷和恶语相向。②

此外，胡克斯认为，发展一种"批评性意识"对女性联合的前景也具有重要作用，它决定了未来女性主义运动的方向。鉴于很多领导性的女性主义思想家居于优越地位，并且考虑到种族和阶级的不同，女性越来越倾向于和具有相同观点的人结成群体，这限制了她们参与批评性讨论的潜力，因为很多女性将男性界定为敌人，抵抗男性压迫，将得到相同的权力和特权作为女性主义运动的最终目标。胡克斯表达出对妇女们在有意识形态分歧的形势下走到一起的期待："这意味着当妇女们真正走到一起，而不是虚伪的联合的时候，我们便会认识到我们是分裂的，我们必须产生出克服恐惧、偏见、怨恨、竞争等等的策略。女权主义者圈子里的极端否定的分歧已经使很多女权主义者回避群体或者个人的交流，而这种交流中很可能有着能够产生对话的不同意见……安全和支持被重新定义为群体内部的事务……没有一个妇女会希望进入一种她会在精神上被摧毁的情境之中，妇女们可以在敌意的对峙中相互面对、斗争并且超

---

① 贝尔·胡克斯：《女权主义理论：从边缘到中心》，晓征、平林译，江苏人民出版社 2001 年版，第 75—76 页。
② 同上。

越敌意达到理解。"① 但事实却是，女性主义者、女性理论家或激进的女性主义者受到围攻，渴望融入团体或者期待理解接受的女性遭到污蔑，黑人女性尤其如此。从根本上说，这源于作为整体的人与作为个体的人的对立，即要形成阵营和力量，需要女性的整一性，而作为个体的人，又有追求独立和精神丰富性的需求，进而产生这样一种结果："因为某种深刻的相似或一致，人们（女性）之间才会彼此需要互相依存，而互相依存的人们之间也会出现对峙和怨恨，对峙和怨恨往往又产生于太过的相似或一致。"② 诚如胡克斯所指出的，当黑人女性终于坐成一圈，坦诚相对时，她们说的却是对对方言说内容的愤怒，如果此时她们没有了愤怒，那么女性之间的隔膜是否就可以消除了呢？可以肯定的一点是，她们之所以不再怨恨被围坐在中间的这个女性主义者，是因为以她为对象结成了一个阵营，在这个阵营内，她们敢于表达自己的想法，并同其他的阵营抗衡着，而且，由于这个阵营外，还有更多的女性没有这种哪怕暂时的归属，她们因此而产生一种安全感甚至优越感，这意味着距离仍然存在，问题仍然未得以解决。在这个问题上，胡克斯更多地将原因归结为女性之间的种族和阶级隔阂，但女性作为一个整体，毕竟不同于阶级，某一阶级在同一生存条件下总是被某一特定的压迫者所压迫，如工人阶级总是被资产阶级所压迫，而女性所承受的压迫是多方面的；也不同于种族，同样的肤色和血统，使得个体可以确定自己的归属感，而男权的价值体系把女性置于不同的规格内，唯独缺少了她们作为同一性别显现的机会，这些因素造成了姐妹关系的悲剧性，使得姐妹情谊成为一个悖论。当然，胡克斯从积极的角度出发，呼吁女性之间的团结和支持，为女性主义的发展预设了一个美好的图景，可以说，她对于姐妹情谊的态度是乐观的，这源于她所提出的建立女性"主体性"的确证。她认为，只有

---

① 贝尔·胡克斯：《女权主义理论：从边缘到中心》，晓征、平林译，江苏人民出版社 2001 年版，第 77 页。

② 魏天真：《"姐妹情谊"如何可能?》，《读书》2003 年第 6 期，第 90 页。

女性在消除自身偏狭的基础上保持个体性，才能寻求团结一致，在这个过程中，离不开女性之间相互理解差异，尤其在女性主义运动中，胡克斯认为，"如果我们要发展，便需要差异、分歧和不同"。① 正如格瑞斯·李·伯格斯（Grace Lee Boggs）和詹姆斯·伯格斯（James Boggs）在《20 世纪的革命与发展》中强调的那样："对于矛盾现实的相同评价构成了批评和自我批评的概念的基础。批评和自我批评使那些由于共同的目标团结在一起的个人可以有意识地利用她们的差异和局限，亦即消极性，以促进她们积极地提高。对这一过程的普遍表达是'把坏的东西改变为好的东西'。"② 胡克斯对此表示认同，她指出，女性不需要完全消除差异以求团结，共同的利益和信仰、女性们对差异的正确评价以及她们为了结束性压迫的斗争和政治团结最终将她们结合在一起，向着姐妹情谊的理想而迈进。

---

① 贝尔·胡克斯：《女权主义理论：从边缘到中心》，晓征、平林译，江苏人民出版社 2001 年版，第 78 页。
② 同上。

# 第六章

# 贝尔·胡克斯论黑人两性关系

## 第一节　贝尔·胡克斯论影响黑人两性关系的因素

两性关系在女性主义批评中是一个永恒的话题，也是深受西方和中国女性主义者关注的一个话题。生理性别的差异造成男女两性的差别自不待言，而社会性别的建构，更让两性处于性别的两极。就中国而言，自由母系进入父系社会，两性关系就呈现出"统治与依附"的不平等形态，古典戏曲清楚地呈现了这一点。不论是明传奇《五伦记》，还是元杂剧《秋胡戏妻》；不论是南戏《荆钗记》，还是清初传奇《娇红记》，都深深地烙上了男权统治中心的印记。"洞房花烛夜，金榜题名时"被视为男人最重要的课题，而"女子无才便是德"，她们凭着美丽、温柔、贞洁、善良，把自己的终生幸福抵押在男人的身上，期待着通过男人的大功告成，依靠在丈夫这颗大树上享受荣华富贵。尤其明代传奇《浣纱记》，更将两性的不平等演绎到淋漓尽致的地步，西施宁可以个人的"牺牲"，换得帮助范蠡击败吴王的政治目标，西施心甘情愿地充当了男权政治的祭品。可以看出，中国漫长的封建社会所积淀出的男权观念，让女性明显处于性别天平中劣势的一端，女人的价值，要通过男人才能得以实现，这让"居高临下"的男性，有了更多的理由要求女性服务于他的事业，其结果是压抑和毁灭了许多因依附于男性而才华得不到施展的女性。

进入 20 世纪，当中国的女性作家活跃之际，便也开始通过文学文本探讨这个问题。此时的女性已不甘于两性关系的陈腐模式，而开始大胆地展露自我，标榜自我。比如《莎菲女士日记》里的莎菲，开始将男人凌吉士作为凝视的对象，莎菲欲望的滋长标志着自觉的女性目光的生成，虽然这种自觉充满了挣扎和矛盾。到了《倾城之恋》，欲拒还休的面纱被抽掉，白流苏用尽心力地"谋爱"，把女人的全部风情与心计都押在了谋取与范柳原的婚姻上。而《一个人的战争》则以女权的姿态，将男人和女人放置在对抗、无法沟通的位置上——"一个人的战争意味着一个女人自己嫁给自己"。到了《作女》这里，为了建构女性主体而将男性物化，觉醒了的女性可以让男人向自己卖弄风情。当代女作家们偏于一隅的探讨，说明了男女两性关系也是缠绕她们的一个难题。不仅中国，西方女性主义者们也在这个问题上有过争论。弗吉尼亚·伍尔夫"双性同体"观的提出，开始以一种共存的眼光看待两性关系，肖瓦尔特提出女性"亚文化群"的观点，要求平分男性中心文化的一片天空，艾伦·莫尔斯则将女性文学视为男性文学之下的一股潜流。可以看出，经历了混沌而纷繁的变迁，面对女性被男性所规定、所统治的男性模式，带有女性意识的女作家和批评家们，不论带着偏执的观念，还是秉持心平气和的态度，事实上，她们都期待着和谐两性关系的实现。

黑人女性主义批评也不例外。作为黑人女性主义批评的典型代表，贝尔·胡克斯明确提出，争取黑人解放的历史性斗争，是由关注黑人共同福利的黑人男性和黑人女性共同铸成的。意识到黑人解放斗争的未来是黑人男性和女性共同的事业，以及黑人男性和女性是彼此的命运，是至关重要的[①]。然而在现实中，黑人两性的矛盾是显在的，胡克斯以黑人作家为例，指出了问题的复杂性。她认为，在比较大的社会语境下，黑人女性和男性之间的竞争，往往围绕着黑人女作家是否比黑人男作家得到更多的关注。只有极少数的黑人女作家才能得到公众赞誉，然而这一事实却几乎无人承认。成

---

① bell hooks and Cornel West, *Breaking Bread：Insurgent Black Intellectual Life*, Boston, MA：South End Press, 1991, p.9.

功的黑人女性正在从黑人男性那里抢夺东西的观念，深深地渗透在黑人的意识里，提醒着黑人女性和男性该如何对待彼此。因为资本主义根源于资源分配的不平等，因此黑人女性和男性处于竞争和冲突状态的事实，并不值得惊讶。在这种前提下，如何才能达成黑人两性的合作呢？"当我们懂得相互支持，并依据关键的承诺思维时，我认为黑人两性之间的合作关系是可以达成的"①，胡克斯给黑人两性指出了富有建设性的前景，她非常认同黑人女作家托尼·莫里森在《宠儿》中提出的黑人两性关系范例，在小说中，西克索这样描述了他对"三十英里"女子的爱情："她是我灵魂的朋友，我本身已成碎片，她把这些碎片收集起来并将之归位我身，当你找到一位可以做你灵魂朋友的女子，这种感觉是很好的。"胡克斯认为，莫里森提出了一种植根于激情、欲望甚至浪漫爱情的两性关系观念，关键在于，连接黑人两性的是彼此的承认和理解，了解彼此，了解共同的历史，可以把自身的碎片组合起来。②

然而由于历史和现实的原因，出现了许多阻断黑人两性关系和谐发展的因素，其中之一就是胡克斯所提出的"强暴文化"（rape culture）。胡克斯指出，我们生活在一个纵容并支持强暴的文化中，在一个以男性为中心的父权国家，男人强暴女人成为一种延续和维持性别剥削与压迫的仪式，如果我们不能全面抵制和根除父权制，就不要寄希望于改变"强暴文化"。强暴文化具体体现在哪些方面呢？哥伦比亚大学教授曼宁·玛拉贝尔（Manning Marable）在名为《黑色美国：克拉伦斯·托马斯和大卫·杜克时代的多元文化民主》的文章中给出了解释，他认为强暴、虐待配偶、工作中的性骚扰，都是强暴文化的组成部分，它们对于延续性别歧视的社会，是必不可少的，对于性别歧视者而言，暴力是不平等两性关系的必要和合乎逻辑的组成部分。为了控制和占主导，性别歧视要求暴力，强暴

---

① bell hooks and Cornel West, *Breaking Bread: Insurgent Black Intellectual Life*, Boston, MA: South End Press, 1991, p. 12.

② Ibid., p. 19.

和性骚扰理所当然地成为性别歧视秩序中性别关系结构的必然结果。① 对于曼宁的这一看法，胡克斯是认同的，她认为曼宁的观点并不是新的发现，然而，只有当男性趋向于女性主义的思维，并且积极挑战性别歧视和男性对女性的暴力，改变"强暴文化"的运动才有可能取得进步。黑人男性的暴力并非像某些白人评论者所说的，是他们天性如此，而是有着复杂的社会原因。胡克斯认为，在美国社会，黑人男性几乎在生活的每一个领域都被完全剥夺权利，他们发现，性别歧视是他们获取父权权力的唯一表现，因此，大多数黑人男性支持"强暴文化"并不值得震惊。这种支持在厌恶女性的说唱音乐中可以找到最强有力的声音。当然，还有一些替代性的声音，比如媒体，也很少关注反对男性中心主义、厌女症以及性别歧视的黑人男性。再加上黑人男性圣像级的代表人物如斯派克·李和艾迪·墨菲鼓吹"真正的"黑人男性应该是性别歧视的，强暴和攻击黑人女性并以此作为吹嘘资本的，这些因素造成了父权文化的延续。事实上，进步的黑人男性声音在说唱音乐和电影中很少被关注，但他们确实存在着，有一些黑人男性甚至通过说唱反对强暴，但他们的声音不被父权文化支持。

这正是父权文化的一贯策略。除此之外，它还通过让男性各种"酷"形象商品化的形式，让其更有魔力和更具有欺骗性。父权文化断定，那些异性恋的黑人男性是令人满意的伴侣，这一点恰恰有助于男性气概的形成。他们可以说话强硬，动作粗鲁，相互吹嘘怎样制服他们的女人，以此获得女人的尊重。胡克斯认为，很多黑人男性对维持和延续"强暴文化"都有着意义深远的贡献，他们的价值观和自尊构成了父权制的大男子主义形象。② 这一点在对迈克·泰森的审讯中表现得非常明显。迈克·泰森，曾是一位职业拳击手，获世界重量级冠军，被认为是世界上最好的重量级拳击手之

---

① bell hooks and Cornel West, *Breaking Bread: Insurgent Black Intellectual Life*, Boston, MA: South End Press, 1991, p.128.

② Ibid., p.130.

一，1991 年，泰森和美国黑人小姐德西蕾·华盛顿于凌晨一起到泰森居住的旅馆，随即，华盛顿向警察提出控告说，泰森强暴了她，泰森强奸案在美国马里恩县高级法院被审理，泰森被判入狱。对此，黑人男性同胞认为，原告如果没有发生性关系的想法，就不会在凌晨待在泰森居住的旅馆那么长时间，"如果一个女孩在那么晚的时间去我的房间，我会认为她脑子里只有一种想法"，当胡克斯提出，一个女人在深夜拜访她所喜欢的男人的房间，仅仅因为她喜欢说话，这位年轻的黑人男同胞摇头说："绝不可能"，胡克斯就此认为，他的表现是一种根深蒂固的性别歧视，是信奉"强暴文化"的结果。① 在这样的前提下，女性主义者们呼吁重新思考男子气概和反对父权制，一些勇敢的黑人男性同胞，也参与到这一行动中来，但当他们重新思考男子气概，反对父权制和"强暴文化"时，却发现他们根本发挥不了什么作用，因为和他们一样的黑人女性驳斥他们这些"无意识的黑人兄弟"很有趣。在美国的大学里，胡克斯曾与这些黑人男性谈话，并亲耳听到了他们的郁闷。他们试图对抗父权制，却被黑人女性拒绝，理由是他们没有足够的男子气概，这让他们感觉到失败，因为当他们做出有意义的改变或支持女权运动时，他们的生活并不能得到改善。他们的黑人女性同辈断定，他们这样做是因为他们"持有矛盾的欲望"，黑人女性渴望他们不要成为性别歧视者，但是却又"想要他具有男子气概"，当要求被定义何为"男子气概"时，她们又转而求助于性别歧视的表现。胡克斯惊讶于反对男性主导，然而又坚决要求黑人男性同胞在工作中处于掌权者地位的年轻黑人女性数量之多。这再一次表明了黑人群体内部性别化的矛盾是多么凸显，而这也正是阻碍黑人两性关系和谐发展的重要障碍。

除了现实的因素，历史遗留的问题也对黑人两性关系的健康发展造成不利影响，较为典型的就是黑人男性的刻板形象。当胡克斯

---

① bell hooks and Cornel West, *Breaking Bread: Insurgent Black Intellectual Life*, Boston, MA: South End Press, 1991, p.130.

在 20 世纪 70 年代初读大学时，被文学作品中所描绘的黑人男性的形象所震惊。这些作品把黑人男性描述为不负责任、懒惰，甚至当黑人男性想成为家庭的供养者和保护者时，他们做不到，因为他们被"阉割"。令胡克斯更震惊的是，这些作品宣扬黑人女家长是阉割黑人男性的主谋。胡克斯对此并不认可："这让人发笑，因为它完全是荒谬的，一点也不符合我的经历，这是白人至上社会的虚构。"① 胡克斯对她成长过程中的男性家长，都有着美好的记忆，"我成长的环境，黑人成年男性绝大多数都在场，像我的爸爸一样，他们是家庭的供给者和保护者"②。比如谈到外祖父，胡克斯认为，"他极其温柔善良，没有粗暴的言行，是一个受人尊敬的教会执事，无条件地给予我爱，培养了我信任男性的心理基础"③。即使遭受多重的压迫，在胡克斯看来，这些男性家长一样对家庭、对社会负责任，然而白人社会所刻意虚构的关于男性的陈腐形象，却让黑人男性有了背弃黑人女性和家庭的空间，那即是对于"男子气概"的追寻。所谓男子气概，即是武力的，对抗的，有别于女性以家庭为主的、关注点在家庭之外的，拥有这些特质，才能称为具有男子气概。白人世界用这种虚假的描述来勾画男性所应该具有的特质，这种特质如此的深入人心，使得社会中的绝大多数男人沉迷于男子气概胜过于爱。弗兰克·皮特曼（Frank Pittman）在《够男人味》中写道："男人生命中的激情或许不是男人和女人，也不是财富和荣誉，甚至不是自己的孩子，而是男子气概。"④ 当年轻的黑人男性接受了白人男性所描绘的黑人男子气概，并让自己适应时，他们就背离了父辈的轨迹，不想走父亲的老路，"努力地在白人世界里工作，却忍受着厌恶和蔑视"⑤。纳罕·麦肯（Nathan McCall）在回

---

① bell hooks, *Salvation*: *Black People and Love*, New York: Harper Collins Publishers, 2001, p. 131.

② Ibid. , p. 130.

③ Ibid. , p. 128.

④ Ibid. , p. 145.

⑤ Ibid. , p. 132.

忆录《让我想发牢骚》中证实了这个事实："我从未听朋友们说，他们长大后要成为父亲那样的人。当我们了解父辈受惩罚的境况后，我们就不想走他们的老路了，那等于承认我们自己也想受惩罚。我们想要的和父辈完全相反，我们不想为白人男性工作。"① 这个思想让新一代的黑人男性接受了种族主义的观念——他们的父辈不是"真正"的男人，黑人女性在某种程度上和白人男性共谋，压制黑人男性。

结果这反过来又印证了白人世界对黑人男性的假想，即他们不愿工作，抛弃妻子和孩子，倾向于做"缺席的父亲"和"离家的男人"。既然父权制的男子气概认为男人不适合于养育子女，很多失业的黑人男子不和孩子们度过闲暇时光，而和男性伙伴们混在一起。传统的思想将养育子女当成女性的工作，黑人男性放弃养育的责任不会引起异议。虽然很多没有父亲的孩子也可以成长为健康、成熟的成年人，但这并不意味着他们对于缺失父亲没有悲伤。在《爸爸的小女孩发生了什么事》中，巴罗斯（Jonetta Rose Barros）指出缺失父亲的女儿的伤痛："一个被生命中第一位男性抛弃的女孩，会产生一种强烈的无价值感，无法再接受其他男人的爱。父爱帮助孩子建立自尊。"② 而父亲的离家出走，胡克斯认为，首先是由父权思维方式造成的。黑人男性一直被灌输的父权思维迫使他们认为，养育孩子是女人的事情。"父权思维反复地告诉他们，他们在家庭外所做的事情远比在家庭内所做的事情重要。"③ 这是绝大多数黑人男性不把养育孩子当回事的重要原因之一。其次，单独养育孩子的母亲不想让孩子和父亲有接触，尤其是那些青少年时代就生育孩子的黑人母亲。黑人男子对黑人女子的情感遗弃，以及他对家庭的不负责任，让黑人女子认为，他在孩子的生命中没有扮演任何角色，孩子不需要父亲。再次，是黑人男性为了逃离自己孩童时

---

① bell hooks, *Salvation*：*Black People and Love*, New York：Harper Collins Publishers, 2001, p. 134.

② Ibid. , p. 143.

③ bell hooks, *We Real Cool*：*Black Men and Masculinity*, Routledge, 2004, p. 111.

的伤害。孩童时被父亲抛弃的伤痛，在日后成长过程中被埋藏起来，但并不意味着这种伤痛就此消失，当面对自己的孩子时，又一次引发了内心的伤痛。所以，黑人男性感觉，从孩子身边逃走，就逃离了记忆伤痕。这些因素造成了"缺席的父亲"和"离家的男人"，很显然，它不利于构筑和谐的黑人两性关系。而认可白人所虚构的黑人女性在某种程度上压制黑人男性，则让黑人两性在民权运动中的结盟关系受到威胁。在 70 年代早期，很多年轻的黑人男性开始谴责黑人女性是叛徒，和莫伊尼汉报告的观点一致，认为黑人女家长制剥夺了黑人男性的权利，提出如果黑人男性要担当起家长的角色，黑人女性就应该服从。埃尔德里奇·克里弗（Eldridge Cleaver）在《冰上灵魂》中，反对给所有黑人男性强暴者贴上种族主义/性别主义的标签。作为美国黑人运动的领导者，克里弗吹嘘强暴黑人女性就是强暴白人女性的做法让胡克斯认为，克里弗和他的黑人男性信徒们，围绕着谁才是真正的男人、有力的男人，对白人男性宣战。克里弗的这种态度有历史的原因，20 世纪 50 年代，黑人民权运动声势浩大地开始，却以怨声载道结束，一些领袖被暗杀，一些被投进监狱，很多生命消失了，黑人并未获得自由。而白人女性没有使用武力冲突就获得了权利和工作的机会，这些都是黑人所不曾有的。白人女性的优势加剧了黑人男性的愤怒，年轻的黑人男性贬低黑人女性在争取自由斗争中的价值，他们认为这样做可以肯定他们新的男子气概。但在胡克斯看来，这种接受强奸犯身份的做法，在捍卫男子气概的同时，并不利于黑人两性关系的建构。为了疗治受伤的自尊，许多黑人男性转而到色情场所，也许他们不具有白人男性家长的政治和经济权利，然而在色情领域，他们就略胜一筹了。《休闲男士：皮条客的一年》一书对剥削女性持肯定态度，由于种族主义/性别主义和非人化形象的流行，黑人男性有了使用和虐待黑人女性的许可。一旦花花公子的形象被描述为令人神往的，相对于做孩子的父亲与承担养育责任而言，此形象更易为黑人男性所接受。胡克斯的父辈立志做仁慈的家长，他们养育并保护家庭中的女人和孩子，他们可以成为一家之主，但不会使用高压和武力，他们既然把女性看做劣势的，就不会宽恕使用武力使女性屈服的行为。而不仁慈的家长则不仅把女性看作劣势的，还把女性当作恶魔，认为她们背信弃义。事实上，他们在营造厌女情绪，而这恰恰是皮条客表现出的男子气概，这种男子气概为越来越多的年轻黑人男性所吹捧，厌女者的说唱音乐和嘻哈文化鼓动黑人男性憎恨女性，认为作为性的掠夺者是非常"酷"的。当激进的嘻哈代言人凯文·鲍威尔（Kevin Powell）批评黑人男性的性别主义时，他经常被无知的男性和女性同辈嘲笑。他有洞察力的论文《正在复原的厌女者的忏悔》为黑人两性改变各自的观点和行为来对抗性别主义创造了空间。

"愤怒的父亲"也是白人世界勾画的黑人男性的刻板形象之一。此种形象在黑人社区如此流行，以至于具有一定的可信度。在《让我想发牢骚》一书中，纳罕·麦肯指出生气的父亲不会创造幸福的家庭生活："如果父亲很糟糕的话，双亲家庭未必好过单亲家庭，在一个家庭中，没有什么比一个郁闷的黑人男性更危险的了。"①因为愤怒，他可以把妻子和孩子作为发泄对象，施以暴力；因为愤怒，他可以不工作，以此躲避白人的压迫；因为愤怒，他可以离开家庭，逃离责任。而且，他还可以为这样的作为找到借口，将根源归结到黑人女性的身上——因为女家长的存在，使得黑人男子的男子气概受到极大削弱，他必须逃离家庭。愤怒这种情绪的危害如此之大，并处在一系列连锁反应的链条之重要位置上，它到底是如何产生的呢？在胡克斯看来，愤怒产生于以下几个方面的原因，首先是黑人男性在孩童时期所遭受的来自家庭和学校的情感虐待（emotional abuse）。比如难堪和惯常的忽视，耻辱以及击碎男孩精神的种种策略，让黑人男孩无法树立"自尊"和"自信"，更看不到未来，这种"无力感"很容易让他们产生自暴自弃的情绪，他们在内心中积郁的不适感越多，就越容易导致愤怒的产生。按照父权社会

---

① bell hooks, *Salvation : Black People and Love* , New York：Harper Collins Publishers, 2001, p. 140.

的观念，男孩不应该表露感情，也不应接受情感照顾，他应该在大人需要的时候表现出感情而不是感受，这种观点恶意并且残忍地在孩童社会化的过程中暗示给男孩，让他们心理上感觉无能，因为他们无法完成大人强加在他们身上的"成为一个男人"的要求。黑人男孩比其他任何群体的男孩，都承受了更多的要求——放弃自己的童年，去追寻那难以捉摸的父权男子气概。在这种前提下，很多黑人父母感觉，训练男孩"强壮"是最关键的。此举忽视了男孩自己的心理需求，让他们感觉失去了自身的价值，只为了培养"男子气概"，"成为一个男人"。如果他不符合这个要求，就会被羞辱，被贬斥。其次是由父权压制所产生的伤痛。经常遭受羞辱、困窘或随意处罚的黑人男孩，在成长过程中发现，他们可通过压制和分离来解脱这种伤痛。暴力，是控制伤痛的另一种方式。在《丢失的男孩：为什么我们的儿子变得暴力，应怎样拯救他们?》中，治疗师詹姆斯·加巴里诺（James Garbarino）探索了在孩子成长过程中由于受到严厉的压制而致情感的脆弱与他们日后表现的暴力之间的联系。詹姆斯发现，暴力的孩子经常在出生时就被认为难养，当被贴上"可怕的人"的标签后，他们日后就成了那样的人。加里·朱卡夫（Gary Zukav）和琳达·弗朗西斯（Linda Francis）在《核心的灵魂》中认为，自我价值的缺乏是造成愤怒的核心因素。在父权社会，"愤怒"被看作"男人气"，它完美地遮掩了一切，让所有的人，包括他自己，都无法察觉他所承受的伤痛有多深。再次，由于黑人男性孩提时的心理创伤而造成的缺乏自尊。胡克斯将其称为"灵魂谋杀"（soul-murdering），这让黑人男孩产生深深的沮丧。胡克斯以自己的弟弟为例，讲述了这种感受。弟弟经常因为不符合父权制的"雄性"标准遭受父亲的辱骂，当他受伤时想哭，但男子气概的标准要求他不能这样做，一旦弟弟不遵守标准，就会被父亲辱骂甚至暴打。所以弟弟感受到了男子气概的多重信息，一方面，因为他是个男孩，所以被迁就，被珍视；另一方面，他又因为没达到父权要求的男子气标准而遭受羞辱。虽然弟弟被需要，被爱慕，自尊却从未被激发起来，他无法得到认可。这些因素造成了黑人男性

的愤怒，黑人男性的愤怒经常被认为是对不公正的积极回应，因此
被鼓励使用。事实上，它是黑人男性无力感的标志，愤怒更进一步
羞辱和隔离了他们。如果孩提时的创伤得不到疗治，会导致自我破
坏。只有当受伤的黑人男性能够面对孩提时所经受的情感虐待时，
才能达到情感顺利。

　　历史和现实的原因，使得黑人建构和谐的两性关系困难重重，
在这个问题上，胡克斯基于多年的观察和分析，产生了自己的观点
和看法，对黑人社区的两性关系发展具有重大的指导意义。

## 第二节　贝尔·胡克斯建构黑人和谐两性关系的策略

　　两性关系是人与人关系中最基本的关系，人类关系的大变局
就是从两性关系的变化开始的。"丈夫在家中掌握了权柄，而妻
子则被贬低，被奴役，变成丈夫淫欲的奴隶、变成生孩子的简单
工具了。"① 这个变化是结构性和全局性的，男女关系发展到男人
对女人的奴役，带动了人类各种关系的变化，出现了由奴隶制开
始的人与人包括男人对女人的占有和压迫关系，产生了以性别等
级制为起始的父权制的各种人际关系的统治等级制。可以说，性
别关系是人类最原初的同时也是与人类社会相始终的最漫长的人
际关系，两性关系的变化深刻影响了其他各种人际关系的变化，
而人际关系的变化又反过来制约着两性关系的变化。所以，建构
和谐社会，两性关系是首当其冲的问题。而建构和谐的两性关
系，一直是女性主义批评的要义之一，黑人女性主义批评也不例
外。由于历史的复杂性和现实的矛盾性，使得黑人两性关系的建
构面临着很多的难题。黑人女性主义批评家莫里森是这样描述现
代黑人两性关系的："女人得一方面挑起家务的担子，一方面又
要护着男人，不要他心里委屈，办法是：给他一点男人所宗、男

---

　　① 恩格斯：《家庭、私有制与国家的起源》，《马克思恩格斯选集》第四卷，人民
出版社 1972 年版，第 52 页。

人所好的小天地，管他酗酒也罢，耍蛮也罢，逃跑也罢。"① 很显然，莫里森清楚地看到黑人两性存在的问题，而她的策略是消除早期的二元对立思路，在文学创作中将黑人女性与黑人民族结合起来，在两者的主体性得到确立之后，如何将传统文化与现代文明完美融合。在莫里森看来，这是建构和谐两性关系的前提，也是整个黑人民族生存的前提。小说《爵士乐》典型地体现了莫里森的这一观点，乔和维奥莉特一个生活在现在，一个生活在过去。乔在迁入北方城市后很快忘记了南方生活，他像爵士乐时代的美国人一样追求物质生活，融入北方社会过美国式的生活，这意味着他对非洲传统文化的抛弃。和乔不同，维奥莉特并没有很快融入城市生活，她在很大程度上还生活在过去。乔和维奥莉特在两性关系上的冲突是融入现代和坚守传统之间的冲突。小说结尾，维奥莉特接受了艾丽斯的忠告，开始真正去爱丈夫，与他重归于好，象征着文化的融合。

就胡克斯而言，她对这个问题的看法，基本上围绕着"爱"的议题。谈到黑人男性形象时，胡克斯认为，如果我们的文化教给男性爱的艺术，也就不会再出现"缺席的父亲"问题。在白人至上的资本主义父权社会，父权制思想鼓励男性相信权力比爱更重要，尤其是统治别人的权力。② 而如果母亲用正确的方式爱孩子，很大程度上会减少黑人男性产生愤怒的概率。母亲通常承担起所有满足儿子需要的责任，结果造成了儿子缺乏基本的照顾自己的技能，黑人母亲，像父权社会中其他女性一样，认为为男性服务——不管是丈夫还是儿子，都是在履行正确的角色。黑人小男孩要求外婆、母亲和姐妹为他服务是正常的，这经常被当作健康的男子气概的标志。胡克斯认为，按这种方式培养出来的不懂得照顾自己基本需要的男

① 查尔斯·鲁亚斯：《美国作家访谈录》，粟旺、李文俊等译，中国对外翻译出版公司 1995 年版，第 222 页。

② bell hooks, *Salvation: Black People and Love*, New York: Harper Collins Publishers, 2001, p. 145.

性是幼稚的。母亲迁就儿子，允许他们不负责任，这不是爱。① 事实上，对于爱，胡克斯有着切身的感受："'爱'是我孩提时代最神秘的事情，当我感觉不到被爱，我就想结束自己的生命。死亡可以把不被需要和找不到位置的创伤感带走，爱让生命有了意义。"② 同时，胡克斯对于爱有着清醒的认识，在她的第一本谈"爱"的著作《关于爱的一切：新视野》中，她认为爱并不会结束各种困难，它以一种建设性的方式给予黑人同各种困难做斗争的力量。基于此，胡克斯认为，尽管有着不同的宗教经历，但黑人绝大多数都是基督教徒。听年长者在家里或在教堂诵读圣经，都是在谈论深奥莫测的爱。黑人必须爱上帝，爱彼此，"我所了解的爱，意味着善良、宽容并充满同情，我认为爱比信仰或希望更重要"。③ 但事实却是，对于黑人有无爱的能力，一直是颇具争议的话题。早在奴隶制时期，白人殖民者通过受契约束缚的劳动和奴隶制，将种族压迫合法化，宣称黑人并不是完全的人类。尤其关涉到"爱"时，殖民者引用例证证明，因为黑人的非人化，他们缺乏文明人类所具有的感情。在种族主义者看来，被奴役的非洲人缺乏深刻的感觉和美好的感情，既然爱被看作较好的情感，黑人被认为缺乏这种能力。当奴隶制结束后，很多让黑人居于劣势的种族主义的刻板形象受到挑战。但问题的关键是，黑人是否有爱的能力，是否有深刻复杂的感情，仍然是继续引发热议的话题。黑人作家理查德·赖特、佐拉·尼尔·赫斯顿、安·佩特里等人在小说和散文中，围绕着爱的话题，进行着争论。

赫斯顿的小说《她们眼望上帝》表明，对于贫穷受压迫的阶层来说，爱不仅是可能的，同时也是必要的生活动力。作家琼·约旦1974年发表的论文《论黑人对爱和恨的平衡》，就讨论了权威性的黑人经历，认为赫斯顿的作品庆祝了爱对于非人化的胜利。约旦认

---

① bell hooks, *Salvation: Black People and Love*, New York: Harper Collins Publishers, 2001, p. XV.

② Ibid., p. 148.

③ Ibid., p. 33.

为："毫无疑问,《她们眼望上帝》是关于黑人之爱的最成功、最令人信服的模范小说。"① 安·佩特里在她的富有挑战性的抗议小说《大街》中,提供了黑人异性之爱的图景,讲述黑人男子通过性的客体化行为背叛黑人女子,贪婪导致了黑人男英雄不尊重爱他的黑人女子的完整性。而赖特的《土生子》则描述了爱对于暴力、自我仇恨和破坏的胜利,他所塑造的缺乏爱的黑人男性形象比格·托马斯,触及了黑人活动家思想中恐怖的那根弦。而在自传《黑人男孩》中,赖特敢于告诉这个世界:他相信大多数黑人都经历过非人化待遇,持续的种族灭绝在爱的领域,给黑人留下了永久的伤害。黑人作家鲍德温在《没人知道我的名字》中指出,爱并不以我们想象的方式开始和结束,爱是一场战斗,爱是一次战争,爱是不断成长的,世界上没有人比美国黑人更爱美国人。不仅如此,即使黑人民权运动的先知们也认为爱对于黑人的创作是至关重要的。到了20世纪70年代末,犬儒主义日渐占据统治地位,被有远见卓识的领导者们看作是黑人自由斗争的力量和权力基本源泉的爱,在黑人的生活中意义越来越小,尤其在年轻的黑人中间。"爱"开始被嘲笑,不论是马丁·路德·金领导的非暴力运动提出的"爱你的敌人",还是建立充满爱的社区。当寻求解放的反种族主义斗争成为对权力的争夺时,就几乎不再探讨在黑人经验以及在黑人解放斗争中爱的意义了。胡克斯认为,对黑人经验中"爱"的贬损,成为了虚无主义、绝望以及持续不断的恐怖暴力和机会主义的滋生地,通过武力的反种族主义斗争获取的物质利益,对黑人灵魂和心理的积极影响很小,关心美国黑人命运的黑人们意识到,日常生活中的爱是解决黑人所面对的无数危机的唯一动力。

基于此,胡克斯认为,如果美国黑人创造有意义的社会变化不以"爱"的理念为基础,就不能有效地抵制支配。给予黑人爱,爱黑色,是修复黑人生活中自由、希望的真正意义。当黑人

---

① bell hooks, *Salvation*：*Black People and Love*, New York：Harper Collins Publishers, 2001, p. XXII.

孩子告诉胡克斯"爱不存在"时，胡克斯告诉他们爱就在那里，如果决心寻找，就没有什么可以阻止黑人们的爱。即使改变不了被剥削和被支配，爱也给生命指明了意义和方向。胡克斯指出，在美国黑人的生活中，黑人女性一直是爱的实践者，尽管黑人女性很容易放弃爱，但她们仍然秉持爱的理念，因为她们相信爱的力量，可以治愈和更新，可以调和和改变。回望黑人女性的历史，从奴隶制到今天，黑人女性都被塑造为低等的牛马，被迫服务于他人的需要，只有当黑人女性个体不再内化为消极的刻板形象时，黑人女性的爱才有可能完全实现，而只有当黑人女性不再群体性地被看作种族主义和性别主义的刻板模式，培养她们的自爱才有可能实现。抛弃压在黑人女性身上的种族歧视和性别歧视的重负，是爱自己和爱其他黑人女性的表现。在论文《教堂的标志》中，约翰·亚历山大（John Alexander）描述了基督教经验和爱之间的联系，他认为从理论上讲，教堂不仅是爱的场所，也是我们学习爱的场所。然而，不同种族的基督教徒对这个问题的了解仅停留在理论的层面，并未放置于实践。亚历山大认为，人们对工作的关注远远多于爱别人，人们把大量的时间花费在打扫房间上，而不是关注人与人之间的关系。[①] 胡克斯基于真实的生活也发现，《圣经》中描述的爱在大多数黑人家庭中都未实现，以母亲为例，很像托尼·莫里森小说《苏拉》中塑造的母亲，黑人社区里的妈妈关注的是入不敷出和获取物质成功的问题，爱并非一直都是中心议题。五十岁左右的黑人妈妈尽她们所能地去实现美国梦，社会赋予她们的角色就是创造一个和谐的小家庭，就像《爸爸知道最好的》等影视剧中塑造的家庭一样，没有喊叫，没有争吵，更不会为了钱而打仗，每个人都有自己的位置。然而这项工作对于母亲是很不容易的，胡克斯发现，黑人孩子的妈妈是在已经查封了黑人命运的种族主义世界中建造家庭的，这个世界

---

① bell hooks, *Salvation: Black People and Love*, New York: Harper Collins Publishers, 2001, p. 33.

如此的不公平，说黑人不够聪明，不值得爱，黑人孩子的妈妈就是在这样的背景下建立家庭的。作为房中天使，她们不得不创造一个抵制种族主义的小家庭，每天铺床叠被，准备餐点，这不是一个容易的工作，因为内化的种族主义意味着黑人把白人至上的价值观带入家庭。繁重的工作和沉重的思想压力，使得黑人妈妈往往忽视了对孩子进行爱的教育。胡克斯就曾见证当女儿告诉妈妈她受到了性虐待，妈妈的反应不是给予同情或给予治疗，而是用生硬质问的语言驳斥女儿的倾诉。胡克斯指出，这种缺乏爱的行为让很多黑人女性在从青少年向成年过渡时，心变得很硬。她们失去了信仰，而这种丢失对精神是有害的。胡克斯谈到了自己的母亲，她认为母亲并没有接受肤色种姓制度，她告诉孩子们，自己的价值不是靠肤色来决定，要善于发现自己异样的美，她的七个孩子有不同的肤色和发质，每一种都有它独特的风格和美丽，而认识到这一点，对于培养孩子的自信和自爱意义重大。

由此可见，家庭在培养黑人孩子爱的过程中发挥了很大的作用。治疗师约翰·布拉德肖（John Bradshaw）指出："家庭是所有关系的源头，我们首先从父母眼中认识自己，我们第一次看到自己，在家庭中我们可以学习情感上的亲密，我们知道了各种感觉并学会如何表达它们，父母的榜样让我们知道什么感情是可以接受的，什么感情是被禁止的。"[1] 然而在现实中，大多数黑人并不反对性别主义，他们承认男性的优越，认同男性在家庭中和家庭外居主导地位，尽管他们不会说白人更好，更优越，应该统治黑人。这种观念导致了黑人孩子认识到男人和女人是不同的，这些不同经常导致冲突，男人有权力统治女人和孩子，惩罚是好的，父权制的权威是正确的，孩子们只有去服从。比如胡克斯在成长过程中就听到父亲直言不讳地说，男人喜欢不说话但顺从的女人，而且胡克斯发现，母亲就是一个不太爱说话的人，至少当父亲在场时是这样。父权制的文化创造出了"牺牲型"的妈妈，目的是让女性服从，它把

---

[1] bell hooks, *We Real Cool*: *Black Men and Masculinity*, Routledge, 2004, p. 118.

女性区分为有爱心和无爱心的类型，要求女性压制她们自己的需求和欲望，服务于他人。对于父权制的权威，比如体罚和语言的责骂，黑人孩子在成长过程中往往是忍受，像每一个受虐待的孩子一样，黑人男孩会服从于父母，成人后，他们会感激父母对他们要求严格，然而，在内心深处他们却想逃离父母，而且对于自己情感需要的不被满足，他们会非常愤怒。如果乱伦、体罚和吸毒是家庭经历的一部分，会影响黑人孩子的身心健康，如果没有得到帮助，他们最终会成为身心不健康的成年人。精神分析学家爱丽丝·米勒（Alice Miller）把这种不健康的家长统治称为"恶意的教育学"："成年人是孩子的师傅，他们决定什么正确什么错误，孩子要为家长的愤怒负责，因而必须经常免于面对现实。孩子积极的生活态度对父母的权威而言是威胁，因此孩子的意愿必须尽快地被打碎。"①胡克斯指出，当这些法则出现在适当的位置上，虐待就出现了，绝大多数黑人都在这些恶意的教育法则下成长，大家心照不宣地认为，在黑人家庭中，"虐待"对孩子是好的，它不应该称作"虐待"，而应该称作"惩罚"。

这必然对培养黑人爱产生障碍，胡克斯以自己的家庭为例指出，在自己成长的早期阶段，妈妈并没有工作，而是留在家里照顾孩子。她尽力地营造着和平，把爸爸对孩子们的责骂挡在门外。她竭尽全力创造一个充满爱的家庭，尽管有时她也会在语言上责骂孩子，但对于孩子们来说，积极的方面远远超过了消极的方面。可见，家庭对于培养孩子爱的能力有多么重要。胡克斯认为，绝大多数父母超负荷工作或收入低下的家庭，没有人会关注营造和平，给予孩子情感的看护，这就使得家庭功能不良，当生活贫困再染上吸毒，这个家庭就成了地狱。即使在经济条件好的黑人家庭，父母也可能会因为忙于工作而无法在情感上关注孩子，他们认为满足孩子的物质需求就可以了，然而物质的优越并不能保证一个人在充满爱的家庭中长大。家庭的功能不良，会使

---

① bell hooks, *We Real Cool*: *Black Men and Masculinity*, Routledge, 2004, p.118.

黑人孩子缺乏自尊，在他们成长过程中，会戴上各种面具，隐藏真实的自己。这就使得黑人男性，像父权文化中其他群体的男性一样，认为撒谎和保留真理是权力的一种形式。很多黑人男性都倾向于撒谎，这种倾向也许源于童年时的逃避惩罚，也许源于不想伤害过度劳累的父母。但它让黑人男性远离了爱。不诚实就意味着缺乏自尊，而自尊是自爱的核心。如果黑人男子不爱自己，他就不可能和其他人建立爱的关系。治愈黑人男性成长过程中经历的伤痛，胡克斯认为，对话和倾听是良好的方式，黑人男性渴望爱，既然这种渴望只有做复原工作才能实现，个体的黑人男子就期待感觉和经历。同时，胡克斯认为，黑人两性之间还要重视情感联系。只有重视情感联系，才能疗治伤痛。但白人资本主义文化的心理历史学显示，黑人只有隐藏或压制脆弱，才能生存。当这种生存策略和贬低脆弱的文化联系起来时，很多黑人错误地把刀枪不入当作情感坚强的标志，就是有道理的。然而不脆弱意味着黑人不能去感觉，如果不能感觉，就不能建立情感的联系，就不可能了解爱，难怪缺乏爱在美国黑人中如此普遍。此外，处理好黑人两性之间的关系，对于培养他们爱的能力也至关重要。胡克斯指出，大多数黑人两性的矛盾，是因为女性想要性别平等，而男性想要霸主地位。两方中一方觉得另一方没有担负起承诺的责任，男性是经常食言的一方。摆脱黑人两性支配的关系模式，会引导他们逃离父权制，实现充满爱的女性主义政治，由此达到性别的平等。然而在现实中，造成黑人两性关系破裂的原因有很多，其中之一就是背叛。胡克斯指出，既然背叛是黑人两性之间关系破裂的主要原因，真诚和公开的交流对于修补关系和创造爱就是必要的。M. 斯科特·派克（M. Scott Peck）将这种训练称为"献身求实"，并认为"如果让我们的生活健康，让我们的精神成长"，这种训练就必须被实践。美国黑人培养了很多生存策略，为了应对种族隔离时期的种族主义威胁。其中一种策略就是装假，用白话来说就是"戴面具"，在危险的环境中，伪装感情、撒谎包括假装坚强，都是必需的，但这些生存策略对于亲密的关系来说是有害的，而且在家庭之外的世界也不再是有用的。

　　胡克斯发现，大多数黑人男性不会选择工作中的同辈作为伴侣，他们想要符合性别主义模式的传统女性，服从于他的意愿，取悦他。他们会支持她工作，只要她挣得比他少，或者让他管理收入。他们这种关于男女角色的性别主义的思维方式，被基督教的《旧约全书》证实。而大多数的黑人女性并不是女性主义者，尽管她们得到工作的机会很多，收入也很高，但她们都希望有一个男人在家庭中扮演保护者和供养者的角色，并成为保护她们荣誉的骑士。在这个前提下，绝大多数黑人女性非常乐意将她们辛辛苦苦挣来的钱交给家庭中的男人——父亲，兄弟，爱人和丈夫来掌管。难怪女权主义运动起始的调查显示，男人比其他群体更能接受和支持女人走出家门工作，这并不表明黑人男性没有性别歧视的态度，而是他们并没有感到自己失去了权力。的确，当性别平等成为工作场所的标准后，男人如果能控制财政，就不会太在意女人外出工作。事实上，尽管大量的女性外出工作，研究表明她们并没有带来家庭中的性别平等。当越来越多的黑人意识到父权制的思维方式和原教旨主义的宗教信仰的有害性时，他们的关系就会向好的方面发展。认识到情感联系的重要性，对于相互之间关系的复原是很关键的。约翰·布拉德肖在《创造爱》中指出："能够回应是一种能力，功能良好的家庭是由功能良好的人创造的，功能良好的人有一种能力，即能够回应彼此的感觉、需要、思想和要求。在功能良好的家庭内，所有的成员都可以表达他们的感觉、思想及需要，问题可以被公开有效地处理。"① 而这对于治愈黑人孩子成长过程中的伤痛，让他们和黑人女性建立起信任关系，是至关重要的。同时，这也是培养他们爱的有效途径。胡克斯指出，为了培养爱，黑人必须选择正确的自我认识方式，这就建基于黑人尤其黑人男性能很好地爱自己，最大限度地爱别人。能够很好地爱自己，才能保持底线，才能

---

① bell hooks, *We Real Cool*: *Black Men and Masculinity*, Routledge, 2004, p. 127.

够发现对于自己，哪些是符合实际的要求，哪些不是，意识到那些对自己提出不切实际要求的人，其实并不是真正的关心自己的成长。有了自爱，才能爱别人，摘下虚伪的面具，善于倾听，乐于表达真实的自己，这样有利于黑人两性建立感情联系，保证黑人两性关系的健康发展。胡克斯作为一位黑人女性主义批评家，她对这个问题的看法，对于消除黑人两性关系的障碍，意义重大。

# 第七章

# 贝尔·胡克斯黑人女性主义文学
# 批评的特色、启示和局限

## 第一节 贝尔·胡克斯黑人女性主义文学批评的特色

### 一 批评方法的通俗化和性别视角的本土化

贝尔·胡克斯作为一位在女性主义运动和理论研究领域内同样激进的黑人女性主义作家和批评家，对黑人女性主义文学和批评的发展都作出了卓越的贡献。作为处于黑人文学和批评日益崛起和彰显的特殊时期的黑人女作家，她顺应时代地将黑人女性推向前台，不仅为以前的黑人女性作家正名，也带动了后世黑人女性批评家的崛起。纵观胡克斯的理论，她并没有将"种族"因素在黑人女作家写作中的作用无限放大，虽然包括她在内的绝大多数黑人女性主义批评家都无法回避这一点。她在亲身经历和深入反思的基础上，鲜明地提出种族、性别和阶级三位一体的批评范畴，在具体的理论应用中，并不厚此薄彼，而是将三要素作为研究黑人批评和黑人问题的关键因素共同加以强调，这一点与黑人女前辈如芭芭拉和沃克等人全力突出种族要素相较，是一个突破，虽然前辈批评家们在文学创作和批评中也会涉及到种族以外的因素。胡克斯多产的著作和独树一帜的观点在很大程度上调整了主流女性主义的议题和关注群，使得黑人女性以及黑人整个社群的存在日渐进入传统批评的视野，越来越引起主流社会的关注。虽然在胡克斯之前，也有黑人女性主义批评家在关注黑人，批评主流女性主义的狭隘和偏颇，如芭芭拉·史密斯、艾丽丝·沃克、奥德利·劳德、芭芭拉·克里斯汀等人，并且不乏创见之处，如艾丽丝·沃克提出的"妇女主义"（womanism），芭芭拉·克里斯汀提出的"文学女性主义"，但她们往往从黑人女性文学的某一特定领域入手，如芭芭拉强调黑人女性批评要有一个批评角度和理论的立足点：即黑人女性主义批评要"自治"但不"隔离"；沃克对黑人女性主义批评的贡献主要在于，她扩大了黑人女性主义批评的内涵，主张以故事和自传的形式阐发理论；劳德则强调黑人女性要庆祝自己的不同而不是否认它们，只有这样才能更好地定义黑人女性文学；克里斯汀则是首位著书整理黑人女性文学史的批评家，她"确定了黑人文学传统研究在学术界的地位"①。可以看出，她们的研究往往集中于黑人女性文学批评的某一方面，以求有所洞见，对于更宏大的文化现象则疏于探索，而且观点中也不乏偏颇之处，作为黑人作家群，她们大多坚守于黑人本土文化，立足于黑人传统，自觉不自觉地流露出"非洲中心主义"意识，以对抗欧洲中心主义体系。胡克斯则不同，她在赞美黑人性的同时，提倡话语多元共存，主张从主流女性主义批评中汲取有益元素，以充实黑人女性主义话语。

从胡克斯笔端所触及的领域可见，她的研究并不局限于一方一隅，而是对前辈们涉及的很多问题甚至还未涉足的问题都有关注，并且身体力行自己的理论主张，以求将理论真正应用于实践，应用于女性主义运动中，而不局限于书斋之内，她的学术勇气，使她真正成为了"激进的女性主体"。比如她践行了沃克以故事和自传的形式阐发理论的主张，她的绝大部分理论著作，都是从自己的成长经历入手，在回忆往事和讲述故事的过程中，娓娓道来，既不晦涩，又充满生活情趣，最终将理论呈现于人前，这种自传式的写作，对于执著于架构体系和营造艰深理论的主流批评而言，是一种全新的风格，不无借鉴之处，同时也说明了，并不是只有所谓的"经典"才能称作理论，理论事实上有多种表述形式。当然，这种

---

① 刘英：《赫斯顿与沃克：美国黑人女性文学史上的一对"母"与"女"》，《四川外语学院学报》2002 年第 3 期，第 18 页。

写作风格并不专属于哪一位黑人女性主义批评家的独创，而是由于黑人独特历史经过漫长时间沉淀的结果，但胡克斯对其的继承充分表明了黑人女性作家对女性传统承继的自觉。胡克斯批评形式的通俗化来源于她批评的实践性，就当时学界内普遍存在的理论和实践相分离的二分法，胡克斯表明了自己的学术态度和立场，她认为，当理论从实践中而来时，个人就不必过分关注是否又陷入了将理论和具体的现实及实践隔离开的陷阱中，因为这种方式让学者们从纸上谈兵回归到了具体的实践过程中，而这个过程恰恰是一个有机的智力化过程。① 在当时，有很多研究女性主义理论的人并非传统的学界知识分子，她们的女性主义理论直接来自于激进主义的女性主义运动，胡克斯认同这种来自于实践的理论，她以自身经历为例指出，自己作为一个女性主义思想家，就是从个人的斗争生活中逐渐发展而来。当 19 岁就读于斯坦福大学时，胡克斯开始逐渐意识到作为一名黑人女性在社会中的位置，以及这种身份的复杂涵义，"所以在某种程度上，我的理论来自于我的经历，我对于女性主义理论的实践，就是试着理解所经历的事情，并从具体的事情深入到理论的空间，我认为，这样的女性主义理论才是自由的、具有前途的"②。她本人的写作过程也证明了来自于实践的理论的生命力，她指出，从写作《我不是一个女人吗：黑人女性与女权主义》（1981）到《杀死愤怒：结束种族主义》（1995），读者们普遍回应到，作品中提到的现实议题正是她们在日常生活中努力解决的问题。"很多次读者找到我说，'我坐在家里，问我自己如何去解决这些问题，然后我就想到了你写的作品，你不仅帮我定位我在哪里，还告诉我怎么可以走得更远'，对于我而言，这就是创造理论的定位和立场，而且又不会使得理论远离实践"。③

胡克斯作为一位土生土长的南方黑人，对黑人社区的状况有着

① bell hooks and Tanya McKinnon，"Sisterhood：Beyond Public and Private"，*Signs*，Vol. 21，No. 4，Feminist Theory and Practice（Summer，1996），p. 817.

② Ibid．，pp. 817 – 818.

③ Ibid．．

深刻的认识，尤其对黑人妇女的生活，她更有着切身的体会，所以，她的文学批评浸润了作为一位黑人女性的独特视角。就白人女性主义者而言，她们关注的焦点一般都集中于白人妇女群体的工作、职业、福利、心理和情感状况，尤其和白人男性群体之间的权力分配和性别优劣，更是她们争论不休的话题，而对于边缘种族的妇女状况，则关注很少。作为一位黑人女性主义作家和批评家，胡克斯更关注在女权运动和女性主义理论研究中被忽视的黑人妇女，而且她关注的层面和白人女性主义者不同。就女性之间的关系而言，白人女性主义者很早就开始探索这个问题，从英国的弗吉尼亚·伍尔夫到美国的伊莱恩·肖瓦尔特，再到法国的西蒙·德·波伏娃，她们或通过文学创作，或通过批评对这个话题进行研究，但囿于生活范围和眼界，她们始终突破不了白人的界限，考虑不到生活的复杂性和多样性，并且往往将自己的经历普适化，而将其他话语视为"杂音"，甚至视而不见，而且她们对之基本持一种消极的态度。伍尔夫的小说《到灯塔去》隐含地表明了她对女性之间关系的失望：拉姆齐夫人与莉莉之间相互欣赏，拉姆齐夫人用自己的方式关心着莉莉，她希望莉莉结婚，认为一个女人应该和一个男人生活在一起，生儿育女，这样才正常——"有一点是不容置疑的：一个不结婚的女人错过了人生最美好的东西"，而莉莉却不能接受，她觉得一个人生活安全自由，不结婚也"还有她的父亲；她的家；甚至……她还有她的绘画"[①]，甚至在拉姆齐夫人去世后，莉莉还认为她的观点是"有限的、落伍的"，觉得拉姆齐夫人结婚的愿望"不合时宜"，对她的看法仍然不满和抵触，两个好朋友之间自始至终没有真正的心灵相通，也没有达至理解。存在主义女性主义者波伏娃明确指出，就女性而言，"她们之间的关系不是建立在她们各自的性格基础之上，而是直观的共同体验的结果，由此敌意的潜在因子随之产生。女人对彼此的理解是建立在相互认同的基础上，同

---

① 弗吉尼亚·吴尔夫：《到灯塔去》，马爱农译，人民文学出版社 2003 年版，第 43—44 页。

样的原因，每个人都因此反对他人"。① 胡克斯则不同，作为一位黑人，她肯定了女性之间结盟的可能性，但这种团结不只限于黑人女性之间，更包括黑人女性和白人女性之间，她批评了白人女性主义者的话语霸权和在女权运动中对黑人女性的排斥，但在这一点她又没有像一般黑人女性批评那样流于泛泛，而是多次参加女性团体活动，观察内部的形势和状况，根据现实指出问题的瓶颈及克服问题的主张，但诚如她思考黑人问题时是从种族、性别和阶级三者连锁因素入手一样，黑人女性的问题存在的原因也不仅在于黑人女性内部之间或黑人女性与白人女性之间，更多地在于文化环境和社会环境，在于白人占主导地位的父权文化制度，在这一大背景下，仅从女性自身着手，通过改变她们的态度来改变现实的状况，这种方法能否奏效，仍然值得期待。

就两性之间的关系而言，白人女性主义者大都执著与男性的权力争夺，从历史上大规模的三次女权运动可见一斑，这种争夺不仅表现在家庭领域内，更扩展到社会的就业、文化等各个方面，甚至在女权运动白炽化的阶段出现过极端的表现，如大多数女权主义者把头发剪短，穿灯笼裤，抽烟、喝酒，模仿男人粗犷的举止言行，尽量让自己看上去像个男人，试图从服装、发式、行为习惯等方面和男性比肩，这种偏激的行为不仅混淆了女性的性别特质，也背离了女权主义者一直呼吁的要求女性独立的初衷，更不能从根本上证明女性实现了对权力的占有。在这个问题上，胡克斯的态度是理性的，她尖锐地指出，白人女性刻意地将自己与男性隔离成敌对的群体，将男性树立为敌人，并不是为了真正消除性别歧视，而是"希望能从把男人描绘成敌人、把女性描绘成受害者中得到很多东西"②，甚至为了更多地巩固争夺来的权力，她们会和黑人男性结盟，而将黑人女性排斥在同盟之外。胡克斯对这种"反性别歧视"

---

① 西蒙·波伏娃：《第二性》，李强选译，西苑出版社 2004 年版，第 211 页。
② 贝尔·胡克斯：《女权主义理论：从边缘到中心》，晓征、平林译，江苏人民出版社 2001 年版，第 91 页。

的态度是审慎地批判的，她不赞成二元化的性别观念，也不认为两性之间是天然的敌对关系。事实上，她一直很关注黑人男性群体，包括他们的生活、工作、心理甚至暴力，并且一直在理论研究和生活实践中探讨黑人两性之间和谐的途径。胡克斯的态度表明了黑人女性身份的复杂性，她们首先要考虑种族的利益，黑人男子的困境也愈加使得黑人女性相信种族团结的重要性，种族压迫体系中渗透了结构的和意识形态的力量，监狱、军事、媒体、教育和其他的国家制度对黑人男子所造成的压迫和伤害，是黑人女性有目共睹的，与白人男性相比，黑人男子收入低、职业不理想、缺乏政治地位，甚至美国监狱内的黑人男青年占总人数的绝大部分。"有三分之一的 20—29 岁的年轻黑人男子在美国司法机关的监视之下，或在监狱坐牢，或在缓刑、在假释中。据估计，每天约有 827440 名年轻黑人男子，即黑人的 32.2%，有点法律麻烦。"[①] 所以不只胡克斯，很多黑人女性都理解黑人男子的难处，一位嫁给白人的黑人女子说："白人男子的世界与黑人男子如此不同……我丈夫出门，出租车招手即停，这是理所当然的事，根本无须去想，我想这是他们的世界。"[②] 因而，当监狱里一名黑人男囚犯写信告诉胡克斯，她的书让他看到了生活的希望后，胡克斯感到由衷的高兴，认为自己为黑人社群出了一份力。

胡克斯的这种态度有历史遗留的原因，黑人的历史使得黑人女性将种族主义考虑为首要面对的问题，因为这关涉到整个黑人种族的生存和发展，相比较之下，性别的问题则居于其次。这一点和绝大多数白人女性主义者恰恰相反，白人女性主义者们的观点基本上集中于作为个体的白人女性或女性群体，关注她们的精神现状和经济利益，为她们在各方面争取和男性比肩的权力，所以她们往往有意无意间隔离了男性群体，践行一种二元对立的性别观。黑人女性

---

① David Holmstrom, "Why Young African-American Men Fill Us Jails", *Christian Science Monitor*, 10/5/95, Vol. 87, Issue218, pp. 12, 1c.

② Ellis Cose and Carrie Mae Weems, "Black Men & BlackWomen", *Newsweek*, 6/5/95, Vol. 125, Issue23, pp. 66, 4, 3bw.

则认为，只有先解决了种族主义遗留下来的毒瘤，才有可能解决性别歧视的问题，所以很多黑人女性积极响应黑人男性领导的"革命"运动，包括政治的和艺术的，如在 20 世纪二三十年代的"哈莱姆文艺复兴"和 20 世纪 50 年代中期至 60 年代中期的黑人民权运动中，她们都作出了不可磨灭的贡献，而对运动中存在的性别压迫则在某种程度上持回避态度。莫里森的小说《爱》就描述了这个问题：在黑人民权运动中，黑人女主人公克里斯汀与民权运动的积极分子弗鲁特生活了九年，她成为弗鲁特的得力助手，为唤醒民众的革命意识，她风尘仆仆，四处奔波，在 9 年里为弗鲁特做了七次人工流产，对他与其他女人的性关系却只能听之任之，当运动中有位"同志"强暴了一名 17 岁的学生志愿者，克里斯汀报告上去，弗鲁特却认为"侵犯一个女孩与损害男性之间更强劲的友谊相比，没有分量"[1]，而不了了之。然而，当种族政治滑向狭隘的民族主义时，对黑人女性的伤害就无法避免，因为按照黑人民族主义的视角看，种族的利益高于一切，为黑人全体的利益而进行种族政治就自然把黑人女性的利益包含进去了，而且在黑人民族主义的政治哲学中，黑人家庭、社区、种族、民族都被视为一个整体，统统笼罩在一个"大家庭"的模式下，就像家庭内有自然的等级，比如大孩子对小孩子有权威，男人对女人有权威，黑人的种族大家庭也遵循着同样的法则。在黑人社区中，黑人女性也应无条件地支持黑人男性，正是受到这种"种族团结"观念的影响，黑人女子受到黑人男子不公正对待时，也大多缄口不言。从这个意义上说，民族主义是一把双刃剑，它既能团结人，也能伤害人，特别是当它演化为狭隘的民族主义时更是如此，而且，它也会掩盖种族政治中的一些阶级问题和性别问题。

此外，黑人社群内的家庭观念对胡克斯也有一定影响，她认为，家庭是一个重要的血缘结构，是一个通过血缘、遗传或感情结合而连接在一起的人们共同生活的地方，一个有着关爱的环境。然

---

① Toni Morrison, *Love*, New York&Toronto：Knopf, 2003, p. 166.

而很多白人女性则认为，家庭是权威统治的场所，是带给女性们痛苦的地方。白人女性主义者吉尔曼在激进的作品《家庭》中就抨击了家庭制度，她认为，家庭制度是一种陈旧的体制，它就像愚昧无知、杂乱无章的温室，女人终日在那里忙碌劳作，情感和智力遭到压制，精神濒临崩溃的边缘，所以家庭不仅束缚了妇女的手脚，而且阻碍了社会的发展，而阻碍社会进步最根本的原因还是在于它妨碍了女性的发展。而且，吉尔曼指出，很多盛行的家庭观念应该遭到质疑，如母亲并非生来就是营养学家或技能娴熟的抚养者，实际上，许多为人母者都是蹩脚的厨师，对营养学几乎一无所知；家庭也不是一个适合培养儿童的场所，它不能带给孩子们智慧和道德的增益。无独有偶，贝蒂·弗里丹在《女性的奥秘》中也表露了这种解构式的家庭观。然而这样的家庭观在胡克斯看来存在很大的疑问，她质疑了白人女性主义者所倡导的本质主义女性主义观点，表达了对和谐有序的家庭观的崇尚："当代女权主义者对家庭的分析常常在暗示，成功的女权运动既可以废除家庭为开始，也可以导致家庭被废除。这种想法使很多妇女感到恐惧，尤其是非白人妇女……白人妇女积极分子可能首先把家庭视为一种压迫体系（它可能是一种她们在其中经历严重的虐待和剥削的社会结构），而很多黑人妇女却发现家庭是剥削最不严重的地方。尽管在家庭中存在着性别主义，但我们可能会拥有尊严、自我价值和人性，而这些东西是我们在家庭以外的世界中所没有的，在这个世界里我们要面对所有形式的压迫……我们希望能够确立家庭生活的重要性，因为我们知道家庭纽带对于受到剥削和压迫的人们来说是惟一永久的支持体系。"① 由此看来，让白人中产阶级女性感到恐惧的家庭，却是让黑人女性找到安全感的地方，这种现状和黑人社区文化密切相关，社区强调整体性和秩序性，强调关联和纽带关系，作为社会的组成单元，具有很强烈的独立性，生活在其中的黑人女性，是受社区保

---

　　① 　贝尔·胡克斯：《女权主义理论：从边缘到中心》，晓征、平林译，江苏人民出版社 2001 年版，第 44—45 页。

护的对象，也是发展社区的中坚力量，因此，强烈的集体意识使得
黑人女性将家庭观念放在重要位置对待。

## 二 关注现实的强烈意识

纵观胡克斯所研究的领域，除了黑人女性文学外，还包括教
育、宗教、暴力等与黑人女性现实生存息息相关的问题。针对暴
力，胡克斯有着不同于白人女性批评家和其他黑人女性主义者的独
到见解，很多白人女性主义者针对暴力做过大量研究，她们的关注
点大多集中于白人社群的两性之间，探讨暴力发生的语境和疗助方
法，一般偏重于指男性对女性的暴力包括男性家长对孩童的暴力。
如白人女性主义者艾维斯（Avis，J. M.）于 20 世纪 90 年代发表
的关于家庭暴力的统计数据显示，在 18 岁以前曾经经历过性虐待
的女性的比例为 37%，在所有施虐者中男性的比例是 95%，女性
在一年中遭受与其生活的男性的暴力行为的频率为 1—6 次/年，男
性中有 25% 的人曾强制与女同伴发生性关系。[①] 针对于此，艾维斯
质疑主张价值中立疗法的传统家庭治疗理论，即女性遭到虐待是由
女性自身的因素招致的谬论，指出这种观念实质是以男性的价值观
维护男性的绝对优势，要采取鲜明的非价值中立立场，重新考虑
"施暴者"的定义。

事实上，很多黑人女性主义者也将关注点集中在男性对女性的
暴力方面，从沃克和莫里森的小说创作中可见一斑。胡克斯则不
同，她将关注点转向了女性之间和成年女性针对孩童的暴力上来，
认为后者尤其值得女性主义理论的探究。"在很多家庭中，体罚是
作为孩子管理者的成年人，对孩子进行身体惩罚的正常表现，这是
一种控制手段，值得女性主义研究。女性主义探讨应突破针对女性
的暴力，将女性针对孩童使用身体惩罚也包括其中，这不仅挑战了
女性是非暴力的设想，也有助于我们理解，为什么在家庭暴力中成

---

① J. M. Avis，"Where all the family therapists Abuse and violence within families and family therapyps response"，*Journal of Marital and Family Therapy*，1992，（18）：223－230.

长的孩童，成年后对他人施以暴力。"① 胡克斯认为，当面对家庭
内部的性别主义时，女性的家长往往是性别主义思想的转播者，即
使在没有成年男性家长的家庭内，女性也一直在向孩子们灌输这种
思想，然而现实中对孩子施以暴力的女性常常被忽略，因为她们是
首要的照顾孩童的家长，而且她们的施暴更多的是情感上的折磨，
甚至这种折磨会危及孩子的性命。胡克斯就此指出女性主义思想和
实践中的一个缺陷，就是不愿面对女性对孩童的暴力这个事实，甚
至认可这种现实。比如，如果一个男性描述他通过掐女性来制服
她，很多人会将此种行为看作虐待行为，而当一个女性描述通过掐
年幼的儿子让他服从的管教方法时，很多旁听者会表示认同，胡克
斯指出，这种行为实质也是虐待性的，会潜意识地在这个男孩心中
埋下将来长大后虐待女性的种子，然而这种暴力却每天上演着，并
被宽宥。因此，"女性维系暴力跟男性没什么两样"，虽然男性对孩
童的性虐待发生得比女性对孩童的性虐待要多得多，也报道得多得
多，但"女性对孩童的性虐待应该被看作与男性的一样让人恐怖"，
所以女性主义运动"必须像批判男性一样严厉地批判那些实施虐行
的女性"②。胡克斯引导世人将思维的力度进入到更深层次，揭开
易为人所忽略的层面，从这个意义上说，她的研究不仅是黑人女性
主义批评史上的新见，对主流女性主义批评也是必不可少的校正和
补充。

　　作为黑人女性主义者，胡克斯不否认教育对女性的重要作用，
她承认自己就是教育的受惠者，但不同于白人女性主义者的是，她
不是参考一种教育的比照，形而上地提出某种教育理念，也并不针
锋相对地要求两性享有平等教育权。白人女性主义者们自启蒙时期
起就强调给予妇女适当教育的重要性，但她们所主张的教育和传统
观念对女性们的塑造和期待——即贤妻良母式的女性教育观、客体

---

① bell hooks, *Talking back*: *thinking feminist*, *thinking black*, Boston: South End Press, 1989, p. 85.

② 贝尔·胡克斯:《激情的政治》，沈睿译，金城出版社 2008 年版，第 76—77 页。

式的女性爱情观、依附式的女性家庭观是相悖的。被誉为"现代经济学鼻祖"的亚当·斯密在《国富论》中就明确指出：女子"所学的一切，无不明显地具有一定有用目的：增进她肉体上自然的风姿，形成她内心的谨慎、谦逊、贞洁及节俭等美德；教以妇道，使她将来不愧为家庭主妇等等"。① 自由主义女性主义者们对此进行了质疑，英国女性主义者沃尔斯通克拉夫特立足于中产阶级妇女立场，批判卢梭式的二元对立教育模式，指出仅让女人接受"小说、音乐、诗歌和向男人献殷勤"的教育灌输，非但不能使女子成为丈夫的贤内助，反而会造成祸害。② 鉴于此，必须给予女性和男性平等的、能充分发展理性和道德能力的教育，一方面让妇女能够对自身的生存境况作出清晰而明智的思考，不至于轻易受骗，忘了自己的利益而沦为卑屈的妓女："开阔妇女的心胸，使她们意志坚强起来，盲目服从就会停止；但是有权有势的人无论如何都在寻求盲目服从，所以暴君和肉欲主义者竭力把妇女保持在无知状态中的做法是理所当然的，因为暴君只需要奴隶，而肉欲主义者只需要玩物。"③ 另一方面，这种教育还能训练妇女的批判思维和理性能力，这两点对于女性的独立是至关重要的，因为理性是"分辨善恶的能力"，是"灵魂不灭的精义"，能让女性心智成长，灵魂完善。④

包括后来的弗吉尼亚·伍尔夫，也强力呼吁女性拥有和男性平等的受教育权，培养起理性思考和分析的能力，建立女性自身的价值理念，而她本人女性主义意识的萌发，也正是始于早年在教育问题上受到的不公平待遇——她的哥哥和弟弟被送进公立学校读书，而她和姐姐则留在家中接受教育。可以看出，白人女性主义者大都

① 亚当·斯密：《国民财富的性质和原因的研究》上卷，商务印书馆 2002 年版，第 387 页。

② 参见罗斯玛丽·帕特南·童《女性主义思潮导论》，艾晓明等译，华中师范大学出版社 2002 年版，第 61 页。

③ 约瑟芬·多诺万：《女权主义的知识分子传统》，赵育春译，江苏人民出版社 2002 年版，第 14 页。

④ 同上书，第 15 页。

强调的是希望白人女性享有和男性平等的教育，以形成和男性比肩的批判思维能力。在这个问题上，胡克斯有自己的见解，她借用教师的身份，立足于课堂，凭借几十年的教学经验，在主体和客体、教师和学生、理论和经验的交融中提出"交融教育学"（engaged pedagogy）理念，即创造一个老师和学生都能自由地实践，无论教和学都朝着平等、和平和爱的方向发展，创造学术和/或知识社区的教学空间①。从大的环境来说，这当然源于时代的不同，在胡克斯的年代，教育已渐渐对女性开放，女性可以和男性一样，接受平等的大学教育，充分发展思维能力，所以胡克斯所思考的并不是如何取得教育权的问题，而是如何以教育作为手段，鼓励被边缘化的学生尤其是沉默的黑人女学生争取发声的机会，并将课堂教育作为摆脱霸权文化和主流阶层束缚的途径，让不同阶级和种族的学生之间以及学生和老师之间没有界限，没有障碍地交流。之所以有这种设想，与胡克斯的教学实践大有干系。当她在城市大学教书时，她发现，90%的工作人员是白人，而90%的学生是有色人，在这样一个用种族主义偏见评价天才的机构内，胡克斯感到疏离，更不用说有色女学生了，她们无法形成正确的自我评价，导致了原本优秀学生的自我毁灭，比如她们会在一个学期的最后几周自暴自弃地旷课。针对于此，白人老师会宣称，正是这些数量众多的有色学生降低了教学标准，他们不得不降低要求以适应这些"后进学生"。②所以当胡克斯在学生中做这样一个实验：让学生从白人男性、白人女性、黑人女性和黑人男性四种身份中选择下一生最想成为的身份时，绝大多数学生都选择白人男性，而黑人女性的身份则几乎无人愿选。出于对种族问题的关注，胡克斯立足于课堂，提升边缘群体的文化地位，她鼓励黑人学生用黑人方言发言，即使会让教室内的白人学生感到不安。在她看来，黑人方言和英语一样，都可以作为

---

① bell hooks, *Teaching Community*: *A Pedagogy of Hope*, New York and London: Routledge, 2003, pp. 21 – 22.

② Ibid., p. 17.

学生之间以及学生和老师之间的交流工具。胡克斯在教育方面的影响是不容忽视的，她的教育理念源于她的种族身份，源于她对有色学生（不仅黑人女学生）的关注。

关于宗教，白人女性主义者对它的批判由来已久，尤其对基督教的批判，虽然侧重点不同，方法也各不相同，但她们大多数都认为，基督教是束缚女性的绳索，是必须要予以推翻的重压。如19世纪的文化女权主义代表斯坦顿在《妇女的圣经》中指出，天赋人权原理比圣经尤其圣经中的伦理观更接近上帝，因为《圣经》中的这些观念其目的在于以欺骗手段剥夺女性的天赋权力，因此，斯坦顿把《圣经》中的十诫看作是对女性毫无价值，甚至是不相关的东西。在她看来，《旧约》代表了人类部族社会若干个世纪的伦理观，它与当代社会的道德伦理大相径庭，由此人们需把《旧约全书》的首五卷当作"荒野时代最淫荡的头脑的产物"："任何理智的人都会自然而然地思考这样一个问题，即为什么生活在几百年前的无知的人类的习俗和观念还要影响现代人的宗教思想？"① 而且在斯坦顿看来，正是《圣经》所推断的女人低劣的理论导致了压迫女性的思想观念长期存在，从这个意义上说，仅争取政治权利不足以改变女性的社会地位，必须在宗教观念上引发一场革命。很明显，斯坦顿的策略是首先使《圣经》中贬低女性的内容丧失权威性，然后创立更适合女性的宗教传统。与斯坦顿对《圣经》中特定篇章进行挑刺儿的批驳不同，乔丝琳·盖奇把《圣经》和基督教教义看作父权制的产物，认为它是被污染的、完全可予以抛弃的东西。盖奇认为，女性受压迫根源于基督教教义，尤其是《创世记》，肆意贬低女性，认为女性邪恶，甚至普通的英国法律也以教会法规为基础，如布莱克斯通把女性缺少法律认可的公民身份编进法典，所以英国法律最终仍根源于基督教教义，而基督教统治下的若干世纪是人类黑暗而野蛮的时代，正因为此，盖奇为麦哲伦的环球航行欢呼，认

---

① 约瑟芬·多诺万：《女权主义的知识分子传统》，赵育春译，江苏人民出版社2002年版，第54页。

为这次举措是通往女性解放的第一步，因为它摧毁了中世纪的基督教世界观。德国女性主义神学代表温德尔对基督教的主要经典圣经进行了批判，她认为圣经里父权制约的烙印人所共见，"妇女在会中要闭口不言，像在圣徒的众教会中一样，因为不准她们说话。她们总要驯服"；"女人要沉静学道，一味地顺服。我不许女人讲道，也不许她管辖男人，只要沉静。因为先造的是亚当，后造的是夏娃；且不是亚当被引诱，乃是女人被引诱，陷在罪里"，概言之，《圣经》"是以男性为中心进行编辑的。在西方历史上，福音书是以父权制的方式接受下来的，至今仍然在按照父权制的方式传译、解释和宣道"①，鉴于此，温德尔主张从意识形态方面对《圣经》中的伦理学经典进行女性主义视角的重新阐释，以求能够真正"摆脱父亲"②。

　　与白人女性主义者们执著于对基督教的反叛和解构不同，胡克斯有着自己的见解，她不否认基督教中压迫性的父权制方面，但她更看重基督教中"爱"的层面，她将基督教信仰中爱的层面当作宗教经验中精义的方面，恰恰是基督教对爱的宣扬，使她寻找到了教义中提供给黑人女性超越法律和男性权威的精神王国。孩童时，每当她在家庭内因为不公平待遇受到伤害，便到附近的教堂去寻求帮助，获得内心的平静，"当我还是个小女孩儿时，就被基督教信仰中神秘的层面所感动，我感到内心充满爱，感到生命的整一……宗教的迷狂是真实的，我知道它对人类心灵的捕获，我的内心曾被它碰触过。早期我承诺成为这条路上真理的探索者，决心过一种精神上的生活"。③ 受到感发，胡克斯创造性地改造了教义中的"爱"，将之作为自己的使命，应用到生活中，"我的政治工作和作为知识分子的工作被爱的伦理引导着，我能够在冲突中感受到和谐，我的

---

　　①　E. M. 温德尔：《女性主义神学景观》，刁承俊译，生活·读书·新知三联书店1995 年版，第 76—79 页。

　　② 　同上书，第 88 页。

　　③ 　bell hooks, *remembered rapture：the writer at work*, New York：Henry Holt and Company，1999，p. 108.

追求是在工作中最大限度地表达神圣的爱"。① 可见，与白人女性对待宗教的颠覆观相比，注重"和谐"是胡克斯思考宗教问题的出发点，她以自己的经验和感受创造性地改造教义中有益的部分，使之更好地服务于生活、服务于人生，这种迥异于白人女性的态度，与黑人历史上种族主义的遗留不无干系，作为双重边缘的女性群体，黑人女性对基督教往往充满了一种既依恋又矛盾的感情，她们渴望上帝的拯救，但又对白人的上帝充满了怀疑，如《紫色》中的茜莉，每当遇到生活的磨难，便给上帝写信祈求获得解救，但又最终对"全知全能"上帝的无动于衷感到失望。歌手莎格告诉茜莉，应该在人与人的相爱中、在与大自然的和谐相处中寻找上帝，对上帝的新解使茜莉明白了教义中"爱"的真义，她由此获得新生，成长为一位独立的女性。同样的原因，胡克斯对基督教的感悟，与黑人社区及黑人女性的实际生活是息息相关的。

## 第二节 贝尔·胡克斯黑人女性主义文学批评的启示

### 一 还原女性真面目：确立女性主体身份

胡克斯关于黑人女性形象的批评对反思中国女性的出路很值得借鉴，和胡克斯对《紫色》中西莉形象的不认同一样，鲁迅先生在探讨五四时期走出封建家庭的女性命运时，也曾提出过"娜拉出走后怎么办"的疑问。他推断出两条路，或者堕落，或者再回到家庭，无论是被淹没在欲望之海的喧嚣都市中，还是再度成为"房中天使"，反抗都是失败的，究其原因，一方面源于经济问题，另一方面也是缺乏女性主体性确证的结果。女性形象的建构也是如此，缺乏主体性建构，就只能任由其他群体言说，在批判黑人女性刻板形象时，胡克斯指出这些人为塑造形象的欺骗性和自相矛盾性，这些刻板形象是主流社会为掩盖其对边缘群体的

---

① bell hooks, *remembered rapture：the writer at work*, New York：Henry Holt and Company, 1999, p. 117.

种族主义、性别主义和阶级主义的剥削和压迫而制造出来的谎言，客观上造成了黑人社群内两性之间的分裂和对抗，同时也是白人社会为维护白人至上的父权统治而制造出来的迎合主流社会心理需求和实际需求的"伪造形象"。究其原因，正是因为黑人女性在历史上是失声的群体，不具有言说自己的权力。中国的文学作品中也不乏类似的对女性形象塑造的臆想模式，包括"泼妇型"，像老舍《骆驼祥子》中的虎妞，曹禺《雷雨》中的周繁漪，她们在男性面前大发雌威，蔑视男人的尊严，剥夺男人的权力，使他们丧失掉颜面，以达到树立自己权威和驾驭男人的目的；另外还有"妓女型"，像郁达夫《茫茫夜》中的荷珠，茅盾《子夜》中的徐曼丽，她们外表性感柔媚，抛弃传统的伦理道德，调动人生智慧，在人生欢场中赌青春，利用女性性魅力去征服男性心智和他们拥有的金钱；此外还包括"贤良型"，像曹禺《北京人》中的愫方，巴金《家》中的瑞珏，她们知书达理，温婉恭顺，忘我地奉献，尽心地维护着夫权和家庭。

纵观这些出自于男性作家手笔的形象，或揭示了男性对女性的恐惧和仇视心理，或表达了男性对女性的渴望与憧憬，是男性单方面对女性形象想象的产物。在这种前提下，要还原历史中女性真实自我，需要女性掌握话语权，确立主体性，即胡克斯所提出的争取自我定义权，揭开尘封在女性本真之上的面纱。而让女性成为主体性的过程，"应该历史地放在从父权制人与人关系的转变过程来看"，实现"从被统治的依附性的'他者'身份到'主体'身份的转变"[①]，使她具备主观人格和自我意志，实现经济的独立，摆脱"他人与环境、及异化了的自我摆弄"[②]，实现"从物质世界的角度而言，她不再只是现象，而是现象的观察者；从精神世界的角度而言，她不再只是思考的对象，而是思想者；

---

① 刘思谦：《生命与语言的自觉——20 世纪 90 年代女性散文中的主体性问题》，《厦门大学学报》（哲学社会科学版）2007 年第 4 期，第 91 页。

② 波伏娃：《第二性》，陶铁柱译，中国书籍出版社 1998 年版，第 5 页。

从伦理的角度而言，她不再只是男人身上的责任，而是责任的承担者；从政治的角度而言，她不再是隶属于男性的次等公民，而是能够自由选择和行动的个人"①，女性新形象的建构才具可行性，这是当今中国女作家们的使命，也是值得男作家们反思的问题，胡克斯确立女性主体性的观点对中国当前的女性写作来说，具有启示意义。

### 二 建构和谐的性别关系

胡克斯所呼吁的姐妹情谊，中国的女作家在写作中也无法回避，她们或隐或现地探索过这个问题，很多女作家通过书写表达了对两性关系的批判和失望，尝试着把解决问题的途径转向女性之间的关系，希冀着通过寻求女性之间的结盟和团结，来摆脱困境。如池莉的小说《小姐，你早》，就对女性情谊进行了初探，对事业尽心尽责、对家庭全心全意甚至有些迂腐的知识分子戚润物，当目睹了丈夫王自力对自己和家庭的背叛，在退让和争吵都无望之后，开始联合另外两个同样遭受男人欺辱的女性李开玲和艾月，结成了女性的方舟。虽然一开始，她们三人之间存在矛盾，比如戚润物开始并不看好李开玲，认为她是一个"老狐狸精"，李开玲也认为戚润物"臭不懂事"，但当她们都被王自力伤害后，便义无反顾地握手言欢，李开玲用她的贤惠和能干给戚润物撑起了一片天，戚润物决心用自己的智力为二人复仇，艾月的加入，更使得方舟牢不可破。三位分别代表着智慧、道德和性感的女性联合起来将无才无德且无责任感的负心汉王自力打入了十八层地狱。小说到此戛然而止，对于胜利之后的三位女性，是否仍像以前那样关系牢不可破，是否可以继续把姐妹情谊坚持下去，而且这种情谊是否能够经得起时间的考验和磨砺，作者却有意无意地避开了。

如果说池莉对姐妹情谊还抱有憧憬，对其前景还有些欲说还休

① 徐艳蕊：《当代中国女性主义文学批评二十年》，广西师范大学出版社 2008 年版，第 60 页。

的话，张洁的《方舟》则直白地表达出对姐妹情谊的不信任。小说描写了三个中学时代的同窗女子（荆华、柳泉、梁倩），人到中年走出了无爱的婚姻围城，相聚在一个住宅的单元里，试图建立同舟共济、相濡以沫的紧密关系。但女性的"诺亚方舟"并不能遮风挡雨，三个女人也没有获得心灵的平静，反而日子过得一塌糊涂，完全排斥男性的存在不但没有实现她们的自我拯救，还使得她们的女性特征有丧失的可能，内分泌失调导致雄性化。虽然作者的意识里有排斥男性的倾向，但还是本着遵循生活真相的原则，让这条寄予了她希望的方舟自行解散。包括林白的小说《瓶中之水》，也直接描述了姐妹情谊的半路夭折，二帕和意萍虽然像情人一样地含情脉脉、吃醋、闹别扭，但她们最后的结局却是一个女人把另一个女人永远地伤害了。从她们姐妹情谊的失败中，不仅可以看到女主人公在姐妹情谊前的犹豫和退缩，还可以看到这种"特殊关系"在面对根深蒂固的男权思想和社会现实时显露出来的尴尬和无奈。

　　放在中国的语境中来看，女性之间的关系的确微妙，先不说女作家之间的恩恩怨怨，就包括女性读者和批评家，愈发让人感觉到她们作为女性言说的仓促甚至极端，她们或者随着时事更易不断把自己置于窘迫的境地，或者不断地授人以柄，同时也不断地找到他人的把柄，来为自己辩解，这些都昭示了现实中姐妹情谊的易碎性和虚幻品性，也在某种程度上向世人证明，女性之间、女性主义者与普通女性之间，包括女性主义阵营内部的隔阂和分歧，也许远远大于男性与男性之间以及女性与男性之间的敌意。那么，该如何建构姐妹情谊？女作家在写作中是要忠实于生活，还是将之作为保留话题？胡克斯在这些问题上的思考是尖锐的，她并没有仅在理论领域内推证这个问题，或者在写作中凭一己之设想，而是凭借着多年的观察，认为姐妹情谊的实现，只能立足于女性在尊重差异性的基础上保持彼此的个体性，并且与阶级和性别因素结合起来考虑。她的观点对反思中国当代女性写作及现实的女性关系不无启发意义，从20世纪80年代开始，"个体性"从女性群体中独立出来，成为中国女作家关注的焦点，个体女性的生存价值和意义，从历史的遮蔽中被揭开，从沉默的无性的女性群体中走出来，由个体意识引发的对女性身份的体认，使得女性开始思考，性别因素在形成"我"这一个独特个体的过程中起到了什么作用？对于个体来说，"我"是女人，意味着什么？女性学者刘思谦在《"娜拉"言说》中，通过对丁玲文化身份的描述，突出她个体意识的成长和变化，就是一个典型。① 个体意识的凸显，表明了中国女性问题研究者们直面现实的姿态和思考问题的深度，不论在写作层面还是现实层面，要忠实于生活，在姐妹情谊的建构策略中，就必须将女性个体考虑其中。换言之，每个女性，都是一个"此在"，都有她自身独特的不同于其他女性的生命状况，是尊重个体的差异性，还是试图抹杀个人的声音，以代言人的身份替所有女性发言，是考虑女性群体结盟问题的关键，背离了这一点，只能离预定的目标渐行渐远。

当然，就像胡克斯提出的，阶级因素也很重要，因为它关涉到经济大环境。《方舟》里的三位女性，她们有着自己独立的事业，荆华从事理论工作，梁倩是电影导演，柳泉精通外语，正是这些条件使她们敢于张扬自身的独立性，使她们有资本去计较成功的代价，有资本打造精神的方舟，也可以说，她们姐妹关系的建构，正是依赖于当时初步开放的大环境和当时的社会体制。可见，姐妹情谊并不是在乌托邦的基础上建构起来，它需要经济、社会等各方面的协助因素，从这个意义上说，胡克斯倡导的将性别和阶级结合起来考虑问题，而不要各自分裂成一块阵营的观点，是具有前瞻性的。胡克斯也清楚地看到了姐妹关系建构所需要的现实基础，但这还不是唯一的因素，女性心理需求的多样性和丰富性，女性之间精神交流的可行性，以及生存在男权制之下心理上被烙上的认同男权的意识，等等，都成为了埋伏在姐妹情谊任重道远路途中的障碍物，这些因素使得女性在面对男权制度伤害时，可以抛弃彼此的差异性，结成牢固的联盟，可当外患得以暂时消除，差异性凸显为主

---

① 刘思谦：《"娜拉"言说——中国现代女作家心路历程》，上海文艺出版社 1993年版，第 141 页。

要矛盾时，女性之间便又免除不了胡克斯所指出的"彼此怨恨和争吵"，使得姐妹关系半路夭折，"支持"和"理解差异"也成了一句空洞的口号，由此看来，姐妹情谊好似一只玻璃球，外表清亮透彻，实则易碎。就此而论，胡克斯强调女性在保持共性的基础上尊重个体性，既不违背姐妹情谊的前提，也符合女性的心理和生理特征，但在现实的生活和斗争中，女性之间能否像这些女性主义批评家所设想的那样，朝着团结互助的方向迈进，还需要时间和实践的检验。

谈到两性关系，胡克斯将"爱"作为解决两性矛盾的关键，对中国目前两性关系的健康发展意义重大。中国的女作家们在创作中，对两性关系大多持一种不信任的态度，并且在社会变革的大环境下，呈现出一条比较清晰的变化轨迹。首先是对立男性，如池莉的《来来往往》《生活秀》，丁艾香的《离婚以后》，作家们用女性的优秀和独立，来对抗男权话语的权威，将男性推到被鞭挞甚至被扭曲的地位；其次是逃离男性，如陈染的《无处告别》，林白的《说吧，房间》，徐小斌的《双鱼星座》，女作家们采取以退为进的策略，力图建立一个远离男性的自足的女性世界；再次是游戏男性，如徐坤的《离爱远点》，卫慧的《上海宝贝》，皮皮的《渴望激情》，女主人公们投身于男性游戏之中，将情与爱分割，通过控制男人的欲望来获得女性的自主权。① 这种非和谐的性别意识的呈现，有复杂的原因，除了和社会大环境有关之外，也和个体的情感意识有关，而个体的情感意识来源于作家成长的家庭及个人的情感经历，这样一种复杂的呈现，使得女作家们在面对两性关系时，不自觉地显现出言说的尴尬。在这个前提下，胡克斯所提倡的"爱"就具有了现实的意义。胡克斯所倡导的"爱"包括父母对孩子的爱和两性之间相互的"爱"。父母之爱能否以正确的方式实践之，能否一以贯之地实行之，是确保能否培养孩子正确的爱的理念的核

---

① 参见吕晓英《难觅和谐——当下女性小说两性关系描写的缺憾》，《南方文坛》2004 年第 5 期。

心。只有拥有了健康的爱的理念，才有可能营造和谐的爱的关系，包括两性关系。同时，两性之间如果多一些对话和倾听，少一些对抗和争执，完全有可能实现一种和谐。从这个意义上说，胡克斯"爱"的学说，对中国当下女性写作和现实中两性关系的处理，有积极的意义。

### 三  女性主义立场：中国女性个人化写作及女性文学传统建构的警区

在商品经济和书目排行榜的刺激下，黑人女性自传写作往往钟情于暴力和情色，过分的"暴露"欲望，造成了露私的极端化，以至于忽略写作技巧，给作品带来了消极的影响。胡克斯从写作的革命性入手，对黑人女性写作误区进行批判，对中国当代女性书写尤其私密性极强的个人化写作/身体写作不无启发。纵观中国女性写作的发展历程，由 20 世纪 80 年代上半期张洁回避身体的清教徒式的理想主义，到 80 年代后期王安忆的"三恋"（《小城之恋》《荒山之恋》《锦绣谷之恋》）对性爱话题小心的尝试，再到 80 年代末铁凝《玫瑰门》中女性身体意向的大胆流露，直至 90 年代陈染、林白对身体经验细致而坦荡的书写，一直进入到世纪之交，对身体的恣意张扬成为一道风景，形成了一股"身体写作"的潮流，在这个过程中，写作性质的变化是渐渐发生的。如果说 90 年代中期，陈染、林白对女性私密经验的描述被学者认为虽采取了脱离民族、历史等大叙事，转而直面自我的叙事态度，却弥补了大陆文坛中个人视角的匮乏①，而且在这种私密经验的表述中，主人公同时展开对世界的智性思考，即身体的维度和精神的维度并行不悖②的话，那么到了世纪转折点，以卫慧和棉棉为代表的 70 后作家，则抛弃了林陈二人带有幽闭色彩和诗意特征的描写，直接和消费社会的物

---

① 戴锦华：《陈染：个人和女性的书写》，《当代作家评论》1996 年第 3 期，第 48 页。

② 贺桂梅：《个体的生存经验和写作——陈染创作特点评析》，《当代作家评论》1996 年第 3 期，第 62—6 页。

欲特征挂钩，失却了精神牵系，存在价值失范的危险。尤其 2004 年木子美的性爱博客，更是脱离了情感的"负累"和虚构的范畴，甚至在日记中写出性伴的真实姓名，对待身体有一种操作机器的冷静。纵观这样一条发展脉络可以看出，当"男女都一样"的时代消逝后，性别复苏成为不可抵挡的时代潮流，消解个体性的"标准化"社会结构，已无法压制女性对自我的审视和内省。20 世纪 80 年代，当电影《街上流行红裙子》公映后，在年轻女性中掀起了穿红裙子的热潮。20 年的发展，女性的衣着早已脱离了单一和刻板，各种彰显时尚和个性的服饰以及尽显女性魅力的形象造型刺激着人的眼球和感官，填补着时代造就的空白。这当然与 80 年代启蒙思想密不可分，在强调个人、个性和美的同时，也促使着女性对女性气质和身体的探求，表现在写作中也无可厚非，但问题是，当这种探求与女性的历史和现实思考无涉，仅为了迎合市场或追求点击率时，还与所谓的"启蒙"有多大干系？这种空洞的"个体"和"个性"还有多强的生命力？

法国女性主义者埃莱娜·西苏关于身体写作的言论在大陆私人/身体写作现象讨论中被引用频率之高无人能及，尤其她所呼吁的"写你自己，必须让人们听到你的身体……一个没有身体，既盲又哑的妇女是不可能成为一名好斗士的"[①]，在表露作为女性的勇气和胆略、突破禁忌方面，堪称楷模，也鼓舞了女作家们探索身体的士气，但西苏的理论有明确的所指，也有显在的语境，她是要将女性身体中被时间和文化所遮蔽的欲求的深度、多元及绵亘，通过身体的革命挖掘出来，抛开男权的代言和蒙蔽，让女人自己言说自己。但当"激进理论"的本土化背离了革命的实质，只保留有语言的外壳时，道德的谴责呼声四起，能否达到女性主义者们所预定的目标仍然未为可知。私密的女性经验/身体不是女性谋取成功的手段，在这个问题上，胡克斯的观点值得引起中国女作家的思考，

---

① 埃莱娜·西苏：《美杜莎的笑声》，黄晓红译，张京媛编：《当代女性主义文学批评》，北京大学出版社 1992 年版，第 194 页。

"无论什么时候，无论哪个性别的作家，选择泄露他或她的私人生活的事实，揭示他人生活的细节，都牵涉到伦理的问题"①。没有鲜明严肃的女性主义态度和立场，就无法感受到女性在文化和历史中所受到的压抑，无法参与女性的主动疏离主流意识形态的反抗，更无法使女性写作在批评界发出自己"有差异的声音"，最终也无法避免女性写作被整合进男权体制与主流叙事，被祛除了"剩余价值"，在日益机构化、学科化、精英化的过程中，沦为男权文化的附庸。

胡克斯一直强调写作中女性主义立场的重要性，对美国女作家凯瑟琳·哈里森（Kathryn Harrison）的自传体小说《罪之吻》的评论，表明了她坚定的女性主义态度。《罪之吻》讲述了作者和亲生父亲之间乱伦的往事，也描写了作者对母亲的恨以及与母亲激烈的恶性竞争，对女性欲望和身体的刻画得到了出版界和评论界的大加关注，当作品中的哈里森成长为一个成年女性时，作者这样描述第一次遇见父亲："父亲眼中的女孩有一头过腰的金发，如果她的胳膊没有交叉于胸前，她的指尖可以碰到大腿。"胡克斯指出，没有评论者谈论由种族隐喻所形成的母亲与女儿之间施虐—受虐狂的象征性联系，评论文章都集中于哈里森金发碧眼式的美丽，以和她成长的黑暗世界对比，甚至作者哈里森的丈夫科林·哈里森在对此书的评论《父亲的罪恶》中，也大胆赞美了作品中女主角哈里森的美丽，对文中的乱伦他这样评论道："作为一个局外的男人，我敢说我部分地理解父亲对女儿的痴迷，没有人否认他，也没有人否认我。"对此，胡克斯指出，科林的评论充满了使男性性胁迫和暴力合法化的陈旧的父权思想，而哈里森的成功，就像电影《漂亮女郎》里的主角一样，不仅超越了她痛苦的过去，还得到了金钱和名誉，得到这些回报，她也变得更有魅力，毋庸置疑，这本书的畅销

---

① 贝尔·胡克斯：《激情的政治》，沈睿译，金城出版社 2008 年版，第 146 页。

体现了资本主义父权制文化享乐主义的消费道德。① 胡克斯思考作品和评论的女性主义立场，对于反思当代中国女性的个人化写作困境大有启迪，如果写作变成了一味的泄私，那么它也失去了它原始的初衷，并不能让人从中看到女性在社会生活与精神领域里应该得到的真正意义上的解放，反而抹杀了"身体"内容和意义的无限丰富性和多元复杂性，使女性陷入男性欲望化"窥视"的陷阱，使女性叙述重蹈男性话语之辙，为男权文化所利用，最终背离了女性写作的初衷。

同样，女性文学传统的建构也需要女性主义立场，在建构黑人女性文学传统时，胡克斯采取将历史长河中的女作家及作品剥离出来，并给予她们在文学史中应有的地位的策略，这是"史"的思路，是建构女性文学传统的必经之路。但这种思路也存在一个问题，即是否所有的女性作品都能被拉入传统之中？中国的女性研究者们在建构文学传统时也很关注这个问题，1989 年，孟悦和戴锦华出版了《浮出历史地表——现代妇女文学研究》，将现代女性文学的发展历程，当作现代女性的主体成长历史来书写，是当代第一部明确表明女性主义立场的女性文学史研究专著，对后来的女性文学研究影响深远；其后，刘思谦出版于 1993 年的《"娜拉"言说——中国现代女作家心路纪程》，采取将女作家个人生平和作品互为注释的参差映照法，对女性的生存经验和写作进行了切实描摹和传神刻画，不同于《浮出历史地表》将中国传统社会两千年历史当作女性历史的空白，《"娜拉"言说》特别强调了明清之际才女文化的异样繁荣；此外，乐烁出版于 1989 年的《迟到的潮流——新时期妇女创作研究》，将 1978—1988 年这十年间的女性写作文本当作研究对象，着力揭示"文化大革命"结束后的十年间女性创作主题的变迁及变迁背后的伦理意味；陈惠芬于 1996 年出版的《神话的窥破——当代女性写作研究》，对张洁、铁凝等 10 位

---

① bell hooks, *remembered rapture*: *the writer at work*, New York: Henry Holt and Company, 1999, pp. 75 – 76.

80 年代以来活跃的女作家创作进行女性主义的分析，各自成篇，不乏真知灼见。张岩冰在《女权主义文论》中评价道："书的绪论和前两章对女性书写与女性解放的关系的论述及对 80 年代女性主题、意象的概述，又有很强的历史感。从这个意义上看，这又是一本新时期女性文学的历史。"①

中国的女性作家和研究女性文学的学者对"女性文学"概念中的偏差曾提出过质疑。张洁在谈到什么是女性文学时说："是因为那些作品写了女人的问题呢，还是因为作家是女人呢，或是因为作品中透出了一种女人的矫情呢？现在有些人写作品就因为她是一个女人而卖弄和销售那种'女人的矫情'，不会客观地去对待妇女文学问题，所以我觉得女性文学这一概念相当模糊。"② 可以看出，在研究女性文学时，中国的一些女性作家也不约而同地将女性文学规范在对传统男权文化的否定和张扬女性解放的特定思想框架内，即以是否具有"女性意识"（也即是女性主义立场）作为划分的标准，这一意识对于明确女性文学传统至关重要，因为它有利于对历史中由男权文化所否定和埋没的女作家及作品的发掘。到底何为"女性意识"，对于这个自 80 年代中期中国女性主义批评发轫以来被频繁提及的话题，可谓见仁见智。早在 1983 年，朱虹在《美国女作家短篇小说选》序言中就提出，"妇女意识"是妇女研究的中心观念，是妇女文学的批评标准。③ 虽然此观点还比较简单笼统，却开了尝试将女性视角引入文学批评的先河。此后，王富仁、乐黛云、刘钊和李掰平等人也纷纷在著作中做出了自己的阐释，虽然论述各有千秋，如王富仁将其看作一种属于自然范畴的性别意识，同时与人类社会的发展密不可分；乐黛云则从社会层面、自然层面和文化层面将女性的觉醒、经验和独特处境涵括其中；刘钊则认为，中国的女性意

---

① 张岩冰：《女权主义文论》，山东教育出版社 1998 年版，第 214 页。

② 刘慧英：《走出男权传统的樊篱——文学中男权意识的批判》，生活·读书·新知三联书店 1995 年版，第 3—4 页。

③ 朱虹编译：《美国女作家短篇小说选》，中国社会科学出版社 1983 年版，第 3 页。

识是在西方平等思想影响下，伴随着资产阶级民主主义思想产生发展起来的；李掖平认为，女性意识是女性在发自内心的言说欲望驱使下，以独特话语方式发言的姿态。

将上述观点概括起来，不外乎两个方面的内容：其一，女性经验。包括生理经验和文化经验；由于女性在母职和女性作为社会人职业之间的紧张矛盾，使得上述两方面的经验一直存在着一个流动的相互影响和不断重塑的过程；其二，女性要求平等、自由的政治批判诉求，主要指女性所具有的独立精神和反抗意识。这种政治批判既可以在反思社会制度的宏观视野下进行，也可以在性别的视角下进行，并不存在非此即彼的矛盾。可见，女性意识将"人"和"女人"统一起来，体现着包含性别又超越性别的价值追求，使得本来蜷缩于文学史一隅的、形象单薄的女性作家开始变得立体生动起来，使得女性的言说，也具有了"性别意味"。建构文学传统，需要明确自觉的女性意识，它有益于传统的明晰性和纯粹性，胡克斯以种族和性别要素作为将黑人女性作品选入传统的准线，对于黑人女性主义批评来说，既有政治性，又包含了女性意识，为中国女性传统的建构提供了参照的标准，从根本上说，主要还是取决于女作家们意识中的那条警戒线，在这条线以内，女性写作就不会背离建构文学传统的初衷，超越了这条线，就很可能会远离女性写作的本真。

## 第三节 贝尔·胡克斯黑人女性主义文学批评的局限

作为一位以黑人社群为主要关注点的黑人女性主义批评家，胡克斯女性主义批评的局限也是可见的。首先，最明显的就是她缺乏对同为边缘群体的其他第三世界女性状况和文学创作的关注。纵观她的女性主义批评，大都集中于黑人女性本身，而且认同多于反思和批判，涉及到黑人男性文学和白人文学，大都针对于作品中的种族观念和性别观念，这样，使得她的黑人女性主义批评有陷入一种狭隘视域的倾向，强化其少数族裔身份和性别身份，结果只会加强其边缘地位。性别或种族只是研究文学的一个切入点，并不能涵括文学的全部意义，就文学作品本身而言，它有其自身独立的艺术特色，有其流传于世、丰富人类精神文化生活的价值和独特性，如果仅以研究的入手点作为唯一的标准来评论作品的优劣，难免有以偏概全之嫌。反观斯皮瓦克的批评实践，虽同为边缘群体内的批评家，她把大量的文学经典纳入其批评视野，为其批评被广泛接受提供了条件，所以，黑人女性主义批评并非规定性的理论，更不能因为是"男性"的作品或"白人"的作品就加以短视，它可以网罗所有可资借鉴的批评方法，如马克思主义社会批评、解构主义批评、非洲中心主义批评，等等，如果关注点过于集中在黑人女性文学，并且固定于性别批评一种方法，难以真正走向经典。

其次，在胡克斯的理论中，也存在着一些显见的矛盾之处。她尖锐地批判主流女性主义的偏颇和霸权之处，强调建立独立完整的黑人女性主义传统，用以彰显黑人的特质和历史特征，并为之做了大量的实践和理论工作，但标新立异于另一种传统，本身就依附于主流女性主义的批评方法，本身就渗透着非此即彼的思想观念，与试图用女作家代替男作家的简单方式建构女性传统的白人女性主义者们一样，在批判的同时也堕入了她一直反对的父权制美学体系。而且，胡克斯强调建立黑人女性文学传统的重要性，将黑人女性写作视为一条有承继关系、有明晰线索的发展脉络，她试图通过确证传统的显在，为包括自己在内的黑人女作家和批评家寻找存在的依据，证明黑人女性也是一个统一有力的发声主体，但事实是，黑人女性内部千差万别，不同的阶级和教育背景，使得她们对不同的对象有不同的理解和看法，而这也正是黑人妇女之间建构"姐妹情谊"的最大障碍。所以同为黑人女性，也并非是铁板一块、毫无差异的主体，如果用一种统一的声音说话，很可能会抹去差异，为他人代言，可以说，这也是胡克斯理论中很难两全的一个方面。虽然，胡克斯一直在批评中呼吁采取激进的态度，但在具体的实践中却又不赞成和主流女性主义相分离，她主张依存于主流，并从内部改良的方式，使黑人女性主义理论逐步地由边缘走向中心，从这个意义上说，胡克斯作为实践和理论俱"激进"的批评家，其"激进"性还是有所保留。

再次，胡克斯对主流学界的批判和她对学界的态度也存在矛盾之处。她明确抵制学界认为的黑人女性缺乏智慧和思维能力的本质主义观念，剖析出其中隐藏的策略性，并大胆地质疑主流学界所谓的标准和原则，采取与之标准相悖的写作风格，以求突破学界的界限，突破精英话语，将学术推向民间，应该说，她这种冲破传统的勇气和魄力是让人敬佩的，但同时她又保持着与学界的密切联系，无论出版、演讲、接受采访等各方面，均遵循着主流学界的标准和要求，自觉践行着知识精英的身份。此外，在她批判本质主义对身份建构、坚持身份的多样性和黑人经历多样性的同时，又坚持要建构黑人女性的主体性，认为这是摆脱黑人女性刻板形象的重要途径，虽然在胡克斯看来，这二者有不同之处：使自己成为表述的主体不同于现代主义中权威的宏大叙述，权威的宏大叙述是为了否认其他声音而使另外某些声音得以彰显，而建构激进的黑人主体性斗争则是"寻求建构对立的和解放的自我和身份的途径"①，但坚持身份的多样性和强调黑人共通的文化经历本身就是一对矛盾，应该说，不仅限于胡克斯，这个矛盾也是黑人女性主义批评中共通的一个问题。虽然有诸多局限性，胡克斯在黑人女性主义批评发展中承前启后的地位是不容忽视的，她的理论，在向世界发出边缘群体弱势的声音，在提升黑人女性地位和向世人彰显黑人女性批评的重要性中具有不可替代的价值和意义，尤其她在文化话语中批评的渗透，某种程度上改变了而且正在改变主流批评惯性的思维方式，使关于主流和边缘的定型观念受到前所未有的冲击。

---

① bell hooks, "Postmodern Blackness", *Yearning: Race, Gender, and Cultural Politics*, Boston, MA: South End Press, 1990, p. 29.

# 参考文献

一　中文书刊

**（一）期刊文章**

1. 哈旭娴：《黑人女性生存的基石——莫里森小说的姐妹情谊》，《太原大学教育学院学报》2007 年第 3 期。

2. 高承新：《在刀刃上行走——从三个女性主义小说文本看"姐妹情谊"》，《现代语文》（文学研究版）2008 年第 3 期。

3. 魏天真：《"姐妹情谊"如何可能?》，《读书》2003 年第 6 期。

4. 王俊棋：《阶级与特征：女性主体性的新道路——基于科拉·卡普兰〈潘多拉的盒子〉的解读》，《湖州职业技术学院学报》2009 年第 2 期。

5. 谷英姿、刘钊：《马克思主义妇女观在中国的文学阐释》，《长白学刊》2005 年第 6 期。

6. 尚文祥：《从无字到方舟——解读〈小姐你早〉》，《安徽文学》2007 年第 9 期。

7. 李娇：《女性意识觉醒中的矛盾——解析池莉小说〈小姐，你早〉》，《作家杂志》2008 年第 5 期。

8. 张玉玲：《"方舟"里没有救赎之路——读张洁〈方舟〉》，《现代语文》（理论研究版）2005 年第 3 期。

9. 王海燕：《瓶中之水：姐妹情谊的尴尬与困境》，《江西金融职工大学学报》2008 年第 21 卷。

    10. 黄晖：《20 世纪美国黑人文学批评理论》，《外国文学研究》2002 年第 3 期。

    11. 修树新：《当代美国黑人女权主义文学批评理论》，《学术交流》2003 年第 12 期。

    12. 周春：《抵抗表征：美国黑人女性主义的形象批评》，《湖南师范大学社会科学学报》2005 年第 5 期。

    13. 胡笑瑛：《哈莱姆文艺复兴时期黑人文学的特点》，《宁夏社会科学》2008 年第 6 期。

    14. 周春：《黑人女性主义批评的对话意识》，《文艺理论与批评》2006 年第 1 期。

    15. 嵇敏：《美国黑人女权主义批评概观》，《外国文学研究》2000 年第 4 期。

    16. 张淑菊：《美国黑人女性主义文学批评综述》，《时代文学》（下半月）2008 年第 2 期。

    17. 张学祥：《美国黑人文学传统之鸟瞰》，《电影文学》2008 年第 14 期。

    18. 罗婷：《美国少数族裔女性主义批评简论》，《湘潭大学学报》（哲学社会科学版）1997 年第 1 期。

    19. 柴千：《试论"哈莱姆文艺复兴"》，《齐齐哈尔大学学报》（哲学社会科学版）1994 年第 6 期。

    20. 周春：《文化表征与形象建构——黑人女性主义的大众文化批评》，《当代文坛》2006 年第 1 期。

    21. 潘晓静、侯天皓：《美国黑人女性主义文学及文化探源》，《吉林师范大学学报》（人文社会科学版）2008 年第 4 期。

    22. 杨静萍：《胡克斯女性主义思想的评析》，《内蒙古农业大学学报》（社会科学版）2006 年第 3 期。

    23. 李克：《语言斗争之场——读女性主义理论家贝尔·胡克斯的〈语言，斗争之场〉》，《博览群书》2001 年第 5 期。

    24. 周春：《贝尔·胡克斯的对话体诗学》，《北京第二外国语学院学报》2008 年第 12 期。

　　25. 哈旭娴：《二十世纪美国黑人女性文学在中国》，《承德民族师专学报》2006 年第 2 期。

　　26. 倪坤鹏：《孤独心灵的避难所——论〈到灯塔去〉与〈私人生活〉中的姐妹情谊》，《四川教育学院学报》2008 年第 9 期。

　　27. 李巧宁：《1950 年代中国对农村妇女的社会动员》，《社会科学家》2004 年第 6 期。

　　28. 文培红：《"作为有色人种的我有什么感觉"——评佐拉·尼尔·赫斯顿的种族哲学及其命运》，《西南民族大学学报》（人文社科版）2004 年第 1 期。

　　29. 王安琪：《读〈黑人灵魂〉兼论黑人文学的语言艺术》，《世界文学评论》2007 年第 1 期。

　　30. 赵纪萍：《多元文化语境下的黑人女性身份建构》，《时代文学》（双月上半月）2009 年第 1 期。

　　31. 史敏：《"我者"与"他者"——托尼·莫里森小说中女性主体意识的建构》，《名作欣赏》2009 年第 24 期。

　　32. 许媛媛、邹惠玲：《黑人女性主义思想与非洲文化传统的融合》，《山西师大学报研究生论文专刊》（社会科学版）2008 年 4 月第 35 卷。

　　33. 赵纪萍：《"黑人妇女文学之母"赫斯顿小说的"黑人性"特征》，《中华女子学院山东分院学报》2009 年第 5 期。

　　34. 张欲晓：《黑人文学的崛起及其对美国现代主流文学的影响》，《学习与探索》2009 年第 4 期。

　　35. 王军：《美国少数族裔女性文学的历史与沿革》，《社会科学家》2009 年第 8 期。

　　36. 李权文：《从边缘到中心：非裔美国文学理论的经典化历程论略》，《湖北民族学院学报》（哲学社会科学版）2009 年第 4 期。

　　37. 师卓：《论〈紫色〉中"紫色"的反原型象征意义——解读艾丽丝·沃克的妇女主义》，《山花》2009 年第 20 期。

38．高志英、冯溢：《探索黑人女性心灵世界的重构——评托尼·莫里森小说〈宠儿〉》，《辽宁师范大学学报》（社会科学版）2009 年第 6 期。

39．韩辉：《浅析美国文学中黑人女性形象的转变》，《长城》2009 年第 10 期。

40．韩秀：《论托尼·莫里森小说〈宠儿〉三代黑人妇女自我的寻找》，《沈阳农业大学学报》（社会科学版）2009 年第 5 期。

41．佘艺玲：《隐忍与抗争——解读〈所罗门之歌〉中黑人女性的声音》，《牡丹江大学学报》2009 年第 10 期。

42．张晓敏：《百年沧桑——1830—1930 年的美国黑人女性写作》，《社会科学战线》2009 年第 3 期。

43．谭隆国：《爵士的起源——美国黑人音乐浅析》，《才智》2009 年第 15 期。

44．马海英：《黑人形象在美国小说作品中的演变特征》，《濮阳职业技术学院学报》2009 年第 2 期。

45．袁霁：《非洲中心主义文学批评理论》，《吉林大学社会科学学报》2000 年第 5 期。

46．陈建强：《独生子的人格双性化》，《当代青年研究》1995 年第 4 期。

47．刘英：《赫斯顿与沃克：美国黑人女性文学史上的一对"母"与"女"》，《四川外语学院学报》2002 年第 3 期。

48．董艳娜、李辉：《后现代心理学中女权主义对家庭暴力的影响》，《新乡学院学报》（社会科学版）2009 年第 5 期。

49．施慧：《从简·爱和玛姬看维多利亚时期的新女性观》，《世界文学评论》2009 年第 1 期。

50．潘迎华：《论 19 世纪英国下层社会女子教育对妇女性别地位的影响》，《浙江教育学院学报》2009 年第 1 期。

51．刘爱琳：《伍尔夫与女性主义》，《青海社会科学》2009 年第 4 期。

52．雷若欣：《中世纪西欧修女院教育初探》，《宗教学研究》

2009 年第 2 期。

53．张之春：《〈女勇士〉——反映华裔女性意识觉醒的"世界小说"》，《延安职业技术学院学报》2009 年第 5 期。

54．杨娇霞：《反叛与顺从——从〈傲慢与偏见〉看简·奥斯丁女性意识的矛盾性》，《新乡学院学报》（社会科学版）2009 年第 5 期。

55．郭孟媛：《女性的悲剧——〈米德尔马契〉中体现的乔治·爱略特的女性意识》，《科技创新导报》2009 年第 28 期。

56．刘思谦：《生命与语言的自觉——20 世纪 90 年代女性散文中的主体性问题》，《厦门大学学报》（哲学社会科学版）2007 年第 4 期。

57．李冰：《在苦难中求生存——从宗教和文化的角度阐释艾丽斯·沃克的〈紫颜色〉》，《信阳农业高等专科学校学报》2009 年第 4 期。

58．马红英：《声讨父权制 重释圣经——女性主义圣经诠释刍议》，《怀化学院学报》2008 年第 12 期。

59．齐桂红：《论〈宠儿〉所折射出的宗教意识》，《作家杂志》2009 年第 2 期。

60．黄粹：《揭示天国中的父权制——西方女权主义神学思想述评》，《思想战线》2006 年第 3 期。

61．陈强、计艳辉：《托尼·莫里森小说〈宠儿〉的宗教解读》，《作家杂志》2009 年第 9 期。

62．洪增流、姚学丽：《为分裂的灵魂找到属于自己的位置——析托尼·莫里森小说中的黑人宗教思想》，《国外文学》2008 年第 1 期。

63．蒋欣欣：《爱：托尼·莫里森小说的基本主题》，《湘潭大学学报》（哲学社会科学版）2009 年第 4 期。

64．《中共中央华东局关于在土地改革准备时期加强妇女工作的指示》，《新中国妇女》1950 年第 14 期。

65．戴锦华：《陈染：个人和女性的书写》，《当代作家评论》

1996 年第 3 期。

66．贺桂梅：《个体的生存经验和写作——陈染创作特点评析》，《当代作家评论》1996 年第 3 期。

## （二）编著、著作

1．贝尔·胡克斯：《激情的政治：人人都能读懂的女权主义》，沈睿译，北京：金城出版社 2008 年版。

2．贝尔·胡克斯：《女权主义理论：从边缘到中心》，晓征、平林译，南京：江苏人民出版社 2001 年版。

3．贝尔·胡克斯：《革命的黑人女性：自己争取成为主体》，选自巴特·穆尔－吉尔伯特等《后殖民批评》，杨乃乔等译，北京：北京大学出版社 2001 年版。

4．宋素凤：《多重主体策略的自我命名：女性主义文学理论研究》，济南：山东大学出版社 2002 年版。

5．王守仁、吴新云：《性别·种族·文化：托妮·莫里森与二十世纪美国黑人文学》，北京：北京大学出版社 1999 年版。

6．李小江：《夏娃的探索》，河南人民出版社 1988 年版。

7．唐红梅：《种族、性别与身份认同：美国黑人女作家艾丽丝·沃克、托尼·莫里森小说创作研究》，北京：民族出版社 2006 年版。

8．吴新云：《身份的疆界：当代美国黑人女权主义思想透视》，北京：中国社会科学出版社 2007 年版。

9．中国人民解放军五二九七七部队理论组、南开大学历史系（美国史研究室及七二届部分工农兵学员）：《美国黑人解放运动简史》，北京：人民出版社 1977 年版。

10．弗朗兹·法农：《黑皮肤，白面具》，万冰译，南京：译林出版社 2005 年版。

11．西蒙娜·德·波伏瓦：《女人是什么》，王友琴、邱希淳等译，北京：中国文联出版公司 1988 年版。

12．罗婷等：《女性主义文学批评在西方与中国》，北京：中国社会科学出版社 2004 年版。

13. 约瑟芬·多诺万：《女权主义的知识分子传统》，赵育春译，南京：江苏人民出版社 2002 年版。

14. 索菲亚·孚卡：《后女权主义》，王丽译，北京：文化艺术出版社 2003 年版。

15. 周春：《美国黑人女性主义批评研究》，成都：四川大学出版社 2007 年版。

16. 刘慧英：《走出男权传统的樊篱——文学中男权意识的批判》，北京：生活·读书·新知三联书店 1995 年版。

17. 皮埃尔 - 安德烈·塔吉耶夫：《种族主义源流》，高凌瀚译，北京：生活·读书·新知三联书店 2005 年版。

18. 洛伊斯·班纳：《现代美国妇女》，侯文蕙译，北京：东方出版社 1987 年版。

19. 张岩冰：《女权主义文论》，济南：山东教育出版社 1998 年版。

20. 林树明：《多维视野中的女性主义文学批评》，北京：中国社会科学出版社 2004 年版。

21. 李小江：《女人：一个悠远美丽的传说》，上海：上海人民出版社 1989 年版。

22. 李银河：《女性权力的崛起》，北京：文化艺术出版社 2003 年版。

23. 于东晔：《女性视域：西方女性主义与中国文学女性话语》，北京：中国社会科学出版社 2006 年版。

24. 周乐诗：《笔尖的舞蹈：女性文学和女性批评策略》，上海：上海外语教育出版社 2006 年版。

25. 芭芭拉·史密斯：《黑人女性主义评论的萌芽》，张耘译，选自张京媛《当代女性主义文学批评》，北京：北京大学出版社 2001 年版。

26. 弗吉尼亚·伍尔芙：《伍尔芙随笔全集》，王斌、王保令等译，北京：中国社会科学出版社 2001 年版。

27．弗吉尼亚·伍尔夫：《一间自己的屋子》，王还译，北京：文化生活译丛 1989 年版。

28．刘海平、王守仁：《新编美国文学史（第三卷）》，上海：上海外语教育出版社 2002 年版。

29．王先霈等：《文学批评术语词典》，上海：上海文艺出版社 1999 年版。

30．弗吉尼亚·吴尔夫：《到灯塔去》，马爱农译，北京：人民文学出版社 2003 年版。

31．西蒙·波伏娃：《第二性》，李强选译，北京：西苑出版社 2004 年版。

32．弗里丹：《女性的奥秘》，程锡麟等译，广州：广东经济出版社 2005 年版。

33．刘传霞：《被建构的女性：中国现代文学社会性别研究》，济南：齐鲁书社 2007 年版。

34．凯特·米利特：《性政治》，宋文伟译，南京：江苏人民出版社 2000 年版。

35．王淑芹：《美国黑人女性主义文学批评研究》，济南：山东大学，2006 年。

36．贝淑琴：《教育即自由的实践：贝尔·胡克斯的教育思想研究》，北京：北京师范大学，2005 年。

37．吴晓燕：《万物皆爱——贝尔·胡克斯女性主义理论再解读》，开封：河南大学，2008 年。

38．戴维·波普诺：《社会学》，李强等译，北京：中国人民大学出版社 1999 年版。

39．艾勒克·博埃默：《殖民与后殖民文学》，盛宁、韩敏中译，沈阳：辽宁教育出版社 1998 年版。

40．瓦勒里·布赖森：《女权主义政治理论引论（序言）》，选自李银河《妇女：最漫长的革命——当代西方女权主义理论精选》，北京：生活·读书·新知三联书店 1997 年版。

41．徐艳蕊：《当代中国女性主义文学批评二十年》，桂林：广西师范大学出版社 2008 年版。

42．波伏娃：《第二性》，陶铁柱译，北京：中国书籍出版社 1998 年版。

43．张荣生：《非洲黑人雕刻艺术》，石家庄：河北教育出版社 2003 年版。

44．伊丽莎白・赖特：《拉康与后女性主义》，王文华译，北京：北京大学出版社 2005 年版。

45．吴泽霖：《美国人对黑人、犹太人和东方人的态度》，北京：中央民族学院出版社 1992 年版。

46．简・盖洛普：《通过身体思考》，杨莉馨译，南京：江苏人民出版社 2005 年版。

47．陈顺馨、戴锦华：《妇女、民族与女性主义》，北京：中央编译出版社 2002 年版。

48．荒林：《中国女性主义》，桂林：广西师范大学出版社 2004 年版。

49．邓利：《新时期女性主义文学批评的发展轨迹》，北京：中国社会科学出版社 2007 年版。

50．盛英：《中国女性主义文学纵横谈》，北京：九州出版社 2004 年版。

51．刘思谦：《"娜拉"言说——中国现代女作家心路历程》，上海：上海文艺出版社 1993 年版。

52．埃莱娜・西苏：《美杜莎的笑声》，黄晓红译，选自张京媛《当代女性主义文学批评》，北京：北京大学出版社 2001 年版。

53．翁德修、都岚岚：《美国黑人女性文学》，长春：吉林大学出版社 2000 年版。

54．黄琼：《平等、性别与妇女解放——评析西方女权主义政治哲学》，南京：东南大学，2005 年。

55．爱丽丝・史瓦兹：《拒绝做第二性的女人：西蒙・波娃访谈录》，妇女新知编译组梁双莲等译，台北：妇女新知杂志社 1986 年版。

56. 耿云志、李国彤：《胡适传记作品全编：第 4 卷》，上海：东方出版中心 1999 年版。

57. 维吉尼亚·吴尔夫：《书和画像》，刘炳善译，北京：生活·读书·新知三联书店 1994 年版。

58. 柏拉图：《柏拉图文艺对话集》，朱光潜译，北京：人民文学出版社 1963 年版。

59. 威·艾·伯·杜波伊斯：《黑人的灵魂》，北京：人民文学出版社 1959 年版。

60. 朱虹：《美国女作家短篇小说选》，北京：中国社会科学出版社 1983 年版。

61. 亚当·斯密：《国民财富的性质和原因的探究：上卷》，北京：商务印书馆 2002 年版。

62. 罗斯玛丽·帕特南·童：《女性主义思潮导论》，艾晓明等译，武汉：华中师范大学出版社 2002 年版。

63. E. M. 温德尔：《女性主义神学景观》，刁承俊译，北京：生活·读书·新知三联书店 1995 年版。

## 二　英文书刊

### （一）期刊文章

1. Adell , Sandra, "untitled," Reviewed work（s）: Sisters of the Yam: Black Women and Self-Recovery by Bell Hooks, *African American Review*, Vol. 29, No. 3（Autumn, 1995）.

2. Alexander, Natalie, "Piecings from a Second Reader," Reviewed work（s）: Yearning: Race, Gender, and Cultural Politics by bell hooks, *Hypatia* , Vol. 7, No. 2, Philosophy and Language（Spring, 1992）.

3. Austin, Roy L. and Hiroko Hayama Dodge, "Despair, Distrust and Dissatisfaction among Blacks and Women, 1973—1987," *Sociological Quarterly*, 1996（Index）, Vol. 33, Issue 4.

4. Avis, J. M. Where all the family therapists Abuse and violence within families and family therapyps response [J]. Journal of Marital and Family Therapy. 1992, (18).

5. Burnham, Linda, "Has Poverty Been Feminized in BlackAmerica?" *Black Scholar* 16, No. 2 (March/April 1985).

6. Carter, Barbara L. Reviewed work (s): Black Looks: Race and Representation by Bell Hooks, *Gender and Society*, Vol. 8, No. 1 (Mar., 1994).

7. Cherniavsky, Eva, "Visionary Politics? Feminist Interventions in the Culture of Images," Reviewed work (s): Reel to Real: Race, Sex, and Class at the Movies by bell hooks, *Feminist Studies*, Vol. 26, No. 1 (Spring, 2000).

8. Cose, Ellis and Carrie Mae Weems, "Black Men & Black Women," *News-week*, 6/5/95, Vol. 125, Issue23, pp. 66, 4, 3bw.

9. Farris, Phoebe, "Decoding Visual Politics," *Art Journal*, Vol. 55, No. 3, Japan 1868—1945: Art, Architecture, and National Identity (Autumn, 1996).

10. Hamer, Jennifer and Helen Neville, "Revolutionary Black Feminism: Toward a Theory of Unity and Liberation," *Black Scholar*, Fall/Winter98, Vol. 28, Issue3 - 4.

11. Holmstrom, David, "Why Young African-American Men Fill Us Jails," *Christian Science Monitor*, 10/5/95, Vol. 87, Issue218, p. 12, 1c.

12. hooks, bell, "Feminist-It's a Black Thang," *Essence*, Jul. 92, Vol. 23, Issue3.

13. hooks, bell, "A Revolution of Values: The Promise of Multi-Cultural Change," *The Journal of the Midwest Modern Language Association*, Vol. 26, No. 1, Cultural Diversity (Spring, 1993).

14. hooks, bell, "From Black is a Woman's Color," *Callaloo*,

No. 39 (Spring, 1989).

15. hooks, bell, Julie Eizenberg and Hank Koning, "House," *Assemblage*, No. 24, House Rules (Aug., 1994).

16. hooks, bell, "Micheaux: Celebrating Blackness," *Black American Literature Forum*, Vol. 25, No. 2, Black Film Issue (Summer, 1991).

17. hooks, bell and Tanya McKinnon, "Sisterhood: Beyond Public and Private," *Signs*, Vol. 21, No. 4, Feminist Theory and Practice (Summer, 1996).

18. hooks, bell, "From Scepticism to Feminism," *The Women's Review of Books*, Vol. 7, No. 5 (Feb., 1990).

19. hooks, bell, "Essentialism and Experience," *American Literary History*, Vol. 3, No. 1 (Spring, 1991).

20. hooks, bell, "An Aesthetic of Blackness: Strange and Oppositional," *Lenox Avenue: A Journal of Interarts Inquiry*, Vol. 1 (1995).

21. Light, Steve, "Autobiographical Desire," Reviewed work (s): Bone Black: Memories of Girlhood by Bell Hooks, *Callaloo*, Vol. 22, No. 1 (Winter, 1999).

22. Nichols, Martha, "Good Girl, Bad Girl," Reviewed work (s): Wounds of Passion: A Writing Life by bell hooks, *The Women's Review of Books*, Vol. 15, No. 12 (Sep., 1998).

23. Painter, Nell Irvin, "A Black Intellectual at War With the Establishment," Reviewed work (s): Killing Rage: Ending Racismby Bell Hooks, *The Journal of Blacks in Higher Education*, No. 11 (Spring, 1996).

24. Pettis, Joyce, "untitled," Reviewed work (s): Feminist Theory from Margin to Center by Bell Hooks, *Signs*, Vol. 11, No. 4 (Summer, 1986).

25. Scott, Patricia Bell, "The Centrality of Marginality," Reviewed work (s): Feminist Theory: From Margin to Center by Bell

Hooks, *The Women's Review of Books*, Vol. 2, No. 5 (Feb., 1985).

26. Scott, Anne Firor, Sara M. Evans, Susan K. Cahn, and E-lizabeth Faue, "Women's History in the New Millennium: A Conversation across Three 'Generations': Part 2," *Journal of Women's History*, Vol. 11, No. 2 (1999.).

27. Skelton, Tracey, "untiled," Reviewed work (s): Outlaw Culture: Resisting Representation by Bell Hooks, *Transactions of the Institute of British Geographers*, *New Series*, Vol. 21, No. 3 (1996).

28. Wallace, Michele, "Art for Whose Sake?" Reviewed work (s): Art on My Mind: Visual Politics by bell hooks, *The Women's Review of Books*, Vol. 13, No. 1 (Oct., 1995).

29. Wellington, Darryl Lorenzo, "The Importance of Self-Esteem for African Americans," Reviewed work (s): Rock My Soul by Bell Hooks, *The Journal of Blacks in Higher Education*, No. 39 (Spring, 2003).

30. Wilson, Melba, "untitled," Reviewed work (s): Talking Back: Thinking Feminist, Thinking Black by Bell Hooks, *Feminist Review*, No. 33 (Autumn, 1989).

31. Winchester, James, "untitled," Reviewed work (s): Art on My Mind: Visual Politics by Bell Hooks, *The Journal of Aesthetics and Art Criticism*, Vol. 54, No. 4 (Autumn, 1996).

32. Winchester, James, "untitled," Reviewed work (s): Reel to Real: Race, Sex, and Class at the Movies by Bell Hooks, *The Journal of Aesthetics and Art Criticism*, Vol. 57, No. 3 (Summer, 1999).

## （二）编著、专著

1. Albrecht, Lisa and Rose M. Brewer. Bridges of Power: Women's Multicultural Alliances [M]. Philadelphia: New Society Publishers, 1990.

2. Bates, Geraline Washington. Womanist Aesthetic Theory:

Building a Black Feminist Literary Critical Tradition, 1892—1994 [D]. Indiana University of Pennsylvania, 1997.

3. Beale, Frances. Double Jeopardy: to Be Black and Female [A]. Bambara, Toni Cade. The Black Women: An Anthology [C]. New York: New American Liberary, 1979.

4. Bell, Laurie. Good Girls/Bad Girls: Feminists and Sex Trade Workers, Face to Face [M]. Toronto: Seal Press, 1987.

5. Bercovith, Sacvan ed. The Cambridge History of American Literature, Volume Eight: Poetry and Criticism, 1940—1995 [M]. Cambridge: Cambridge University Press, 1996.

6. Braxton, Joanne M. and Andrée Nicola Mclanghlin. Black Women Writing Autobiography: Tradition Within a Tradition [M]. Philadelphia: Temple University Press, 1989.

7. Carby, Hazel. Reconstructing Womanhood: The Emergence of the Afro-American Woman Novelist [M]. New York: Oxford University Press, 1987.

8. Charters, Ann and Samuel Charters. Literature and Its Writers: An Introduction to Fiction, Poetry and Drama [M]. Boston and New York: Bedford&St. Martins, 2001.

9. Cheatham, Harold E. and James B. Stewart. Black Familes: Interdisciplinary Perspective [M]. New Brunswick and London: Transaction Publishers, 1997.

10. Christian, Barbara. Layered Rhythms: Virginia Woolf and Toni Morrison [A]. Peterson, Nancy. Toni Morrison: Critical and Theoretical Approaches [C]. Baltimore: The Hopkins University Press, 1997.

11. Collins , Patricia Hill. Black Feminist Thought: Knowledge, Consciousness, and the Politics of Empowerment [M]. New York: Routledge, 1991.

12. Ervin, Hazel Arnett. African American Literary Criticism,

1773—2000 [M]. New York: Twayne Publishers, 1999.

13. Giddings, Paula. The Last Taboo [A]. Morrison, Toni. Raceing Justice, En-Gendering Power [C]. New York: Pantheon, 1992.

14. Giddings, Paula. When and Where I Enter: Impact of Black Women on Race and Sex in America [M]. New York: Bantam Books, 1984.

15. Guthrie, Danille Taylor ed. Conversation with Toni Morrison [M]. Jackson: University of Mississippi, 1994.

16. Hansom, Paul . Twentieth-century American Cultural Theorists [M]. Detroit: Gale Group, 2001.

17. Hill, Sheila Radford. Considering Feminism as a Model for Social Change [A]. Lauretis, Teresa de. Feminist Studies/Critical Studies [C]. Bloomington: Indiana University Press, 1986.

18. hooks , bell and Cornel West. Breaking Bread: Insurgent Black Intellectual Life [M]. Boston, MA: South End Press, 1991.

19. hooks, bell. Talking back: thinking feminist, thinking black [M]. Boston, MA: South End Press, 1989.

20. hooks, bell. remembered rapture: the writer at work [M]. New York: Henry Holt and Company, 1999.

21. hooks, bell. AIN'T I A WOMAN: black women and feminism [M]. Boston, MA: South End Press, 1981.

22. hooks, bell. Salvation: Black People and Love [M]. New York: HarperCollins Publishers, 2001.

23. hooks, bell. We Real Cool: Black Men and Masculinity [M]. New York and London: Routledge, 2004.

24. hooks, bell. Teaching Community: A Pedagogy of Hope [M]. New York and London: Routledge, 2003.

25. hooks, bell. Outlaw Culture: Resisting representations [M]. New York: Routledge, 1994.

26. hooks, bell. Yearning: Race, Gender and Cultural Politics [M]. Boston, MA: South End Press, 1990.

27. James, Joy and Denean Sharpley-Whiting. The Black FeministReader [M]. Malden: Blackwell Publishers Inc. , 2000.

28. Jones, Jacqueline . Labor of Love, Labor of Sorrow: Black women, Work, and the Family from Slavery to the Present [M]. New York: Vintage Books, 1986.

29. King, Deborah. Multiple Jeopardy: The Context of a Black Feminist Ideology [A]. Jaggar, Alison M and Paula S Rothenbert. Feminist Frameworks, 3$^{rd}$ edition [M]. New York: McGraw-Hill, 1993.

30. Lerner, Gerda ed. Black Women in White America: A Documentary History [C]. New York: vintage, 1973.

31. Lorde, Audre. Sister Outsiderr: Essays and Speeches by Audre Lorde [M]. Calif: The Crossing Press, 1984.

32. Lorde, Audre. Age, Race, Class and Sex: Women Redefining Differece [A]. Anderson, Margaret L. and Patricia Hill Collins. Race, Class and Gender, 2$^{nd}$ edition [C]. Belmont, Calif: Wadsworth, 1995.

33. Mayo, A. D. Southern Women in the Recent Educational Movement in the South [M]. Baton Rouge: Louisiana State University Press, 1978.

34. McDowell, Deborah E. The Changing Same: Black Women's Literature, Criticism and Theory [M]. Bloomington: Indiana University Press, 1995.

35. Mckay, Nellie Y. Reflections on Black Women Writers: Revising the Literary Canon [A]. Rosen, Robyn L. Women's Studies in the Academy: Origins and Impact [C]. Beijing: Peking University Press, 2004.

36. Mepham, John, Virginia Woolf: A Literary Life [M]. Lon-

don: Macmillan Press Ltd. , 1991.

37. Morrison, Toni. The Bluest Eye [M]. New York: Washington Square Press, 1970.

38. Morrison, Toni. Love [M]. New York&Toronto: Knopf, 2003.

39. Morrison, Toni. Playing in the dark: whiteness and the Literary Imagination [M]. Cambridge: Harvard Up. , 1992.

40. Omolade, Barbara. The Rising Song of African American Women [M]. New York: Routledge, 1994.

41. Sayres , Sohnya, Anders Stephanson, Stanley Aronowitz and Fredric Jameson eds. The Sixties Without Apology [M]. Minneapolis: University of Minnesota Press, 1984.

42. Showalter, Elane. A Literature of Their Own: British Women Novelists from Bronte to Lessing [M]. Beijing Foreign Language Teaching and Research Press & Princeton University Press, 2004.

43. Smith, Valerie. Black Feminist Theory and the Representation of the "other" [A]. Wall, Chery A. Changing Our Own Words: Essays on Criticism, Theory, and Wrtings by Black Women [C]. New Brunswick: Rutgers University Press, 1989.

44. Vaz, Kim Marie. Black Women in America [M]. Thousands Oaks: Sage Publications Inc. , 1995.

45. Walker, Alice. In Search of Our Mother's Gardens [M]. New York: Harcourt Brace Jovanovich, 1983.

46. Walker, Alice. You Cant Keep a Good Woman Down [M]. New York: Harcourt Brace Jovanovich, 1981.

47. Willis, Lucindy A. Voices Unbound: The Lives and Works of Twelve Women Intellectuals [M]. SR Books, 2002.

# 后　记

　　转眼踏入工作岗位已有三年多的时间，由学生到社会人的转变，对我而言，是一个不小的挑战，在经历了一系列的付出和心酸之后，我也收获了喜悦和成长，实事求是地说，这几年对我来说，是很好的磨练。这三年多来，在教学方面，我一直绷着一根弦，虚心听取前辈老师的指点，在上好专业必修课的基础上，开设专业选修课，力争让自己这么多年求索的书本知识变成让学生们感兴趣的知识点。在这个基础上，我仔细修改了自己的博士毕业论文《贝尔·胡克斯黑人女性主义文学批评研究》。当初之所以选择黑人女性主义批评，一是出于个人兴趣，同时也在一些媒体杂志上不断听到和看到胡克斯这位批评家的声音，当我检索国内学界对胡克斯的研究到了一个什么程度后发现，她有很大的可研究空间，在争取导师的同意后，我决定选择这位在批评界名声鹊起的女性主义者，作为自己博士毕业论文的研究对象。写作的过程是漫长的，但也有很大的乐趣存在，随着研究的逐步深入，我对于黑人社群有了全新的认识，这正是让我喜悦的地方。工作后，随着我对生活认识的不断加深，在博士论文原有章节的基础上，又增添了一个目前学术界较为热点的话题"黑人两性关系"，形成了这本专著的基本轮廓。

　　我的博士论文能够出版，首先感谢我的博导谭好哲教授，他对我的前期写作和后期修改进行了耐心的指导，同时，还要感谢李伟昉教授与罗莉老师，没有他们的热心帮助，此书也很难得以顺利出版。在此，表示我深深的谢意！

赵思奇

2014 年 4 月 16 日